捜査一課殺人班イルマ

オーバードライヴ

結城充考

祥伝社文庫

目次

一　毒

k

《蜘蛛《クモ》》は瞼《まぶた》を閉じていた。

担架の上でひどく揺れる自分の体を意識する。蜘蛛を運ぶ刑務官二人は無意味に焦っている。拘置所内の多くの刑務官が、中毒症状を示す未決囚たちを建物外へ運び出そうと通路で怒鳴《どな》り合い、エレベータの中でぶつかり合う様子は聴覚だけでも知ることができた。

周囲の騒ぎから、蜘蛛は心を閉ざそうと試みる。固く目を瞑《つむ》り、やがて思い出したのは、《蜘蛛》と名乗ることを決意した瞬間――

それは、天からの啓示に等しい出来事だった。世界を救え、という使命を与えられたのだ。大地は余計な者たちで満ちている。雷の轟《とどろ》きと稲妻の光で語れ。毒蝿《どくばえ》たちを吊《つ》るせ――蜘蛛は薄く、瞼を開けた。通路の天井に設置されたカプセル型の監視カメラが、限られた視界を次々と通り過ぎてゆく。

この施設の中で、蜘蛛を《蜘蛛》と呼ぶ者は誰もいない。常に番号で呼ばれ、番号を名乗る決まりになっていた。未決囚はろくに空を眺めることもできない三畳の単独室で七時に起床し、七時二十五分に朝食を食べ、鳥籠《とりかご》のような個室の運動場で体操をするか爪《つめ》を切るかし、週に二度入浴を許され、二十一時には就寝を強《し》いられる厳格な生活を刑務官により、要求された。

蜘蛛は単調な毎日にあっても完全に「独自性」を保ってきた。難しい話ではない。洗面台の上部に貼りつけられたフィルム状の鏡を覗《のぞ》き込むだけで、自分を取り戻すことができた。少し歪《ゆが》んだ像が、常に蜘蛛を暗く見詰め返した。死の直前を表現するデザインに彩られた顔面の中、二つの瞳が穴を穿《うが》ったようにそこにあった。それだけで充分だった。

怒号が頭上で交わされ、冷えた空気を感じ、蜘蛛は自分が拘置所の外に運ばれたのに気付く。続けて、救急自動車に乗せられたことも分かった。すぐにサイレンが鳴り出し、車が発進する。

蜘蛛の体が横を向いた。嘔吐《おうと》の際、逆流した胃の内容物で窒息《ちっそく》しないよう、救急隊員に対処されたのだ。隊員の一人が蜘蛛の首筋に指を当て、脈拍を調べている。もう一人はトレーナーの袖《そで》をまくり、血圧測定の準備をしていた。どちらかが口元を拭《ぬぐ》ってくれた。

蜘蛛は実際に朝食の内容物を吐き戻していたが、それは意図的な行為だ。本当に毒物を体内に摂取し、悶《もだ》え苦しむ未決囚たちと同化するための。

炊場《すいじょう》で馬鈴薯《じゃがいも》の芽を食事に混ぜさせ、毒物であるソラニンを未決囚たちにゆき渡らせたのは、蜘蛛の指示によるものだ。実行するためには調理担当受刑者の協力が必要だったが、その段取りは刑務官の一人が整えてくれた。

単独室の扉横の小さな食器口を通じ蜘蛛へと接触してきたのは、乾燥した木肌のような顔をした中年の刑務官だった。何かに怯《おび》え、常に視線を泳がせていた。協力を求められる中で蜘蛛は、拘置所内の騒動を発案したのはこの男ではない、と察していた。施設内部の人間か外部の者かは分からなかったが、中年男を操る第三者が存在するはずだった。刑務官は明らかに、誰かに弱みを握られ操られていた。

蜘蛛にとってみれば、黒幕がどこにいようと問題はない。その人物はこちらの毒物に関する知識の対価に、空疎な生活からの解放を約束してくれたのだ。

集団食中毒の発生と関連して、黒幕には何かはっきりとした目的があるのだろう。あるいは他の未決囚の誰かを脱獄させようとしているのかもしれない。

それも、俺には関係のない話だ。

蜘蛛が救急自動車の中でゆっくりと、大きく両目を開ける。応急処置を続ける二人の救急隊員がこちらの様子に気付き、狭い車内で身を引き後退《あとずさ》った。まるで、死者が蘇《よみがえ》るのを目撃したような怯え方だ。蜘蛛は上半身を起こし、微笑《ほほえ》みかける。俺の顔貌《がんぼう》を覆《おお》う刺青《いれずみ》、生と死の狭間《はざま》を表す文様に、恐らく奴らは生物として本能的に怯えている。

――そして、その恐怖は正しい。

片手の中に隠していた、半分に折ったプラスチック製の箸《はし》を蜘蛛は握り直す。

——長い平和より短い平和を。

i

鉄道駅の階段を上り、イルマは円形の広場に出た。広場中央の背の高い欅《けやき》を見上げると、落葉した細い枝の先に新芽が生まれ始めている。呼気が白く染まる。冷たい夜気がデニムの生地を通し、太股《ふともも》を刺した。

駅前の歩道に集う会社員や学生の酔客《すいきやく》を除《よ》け、繁華街へ向かい歩き出す。イルマはライダースジャケットのポケットに両手を差し入れ、大通りの横断歩道を渡った。

繁華街の入口アーチを通り抜け、携帯端末《スマートフォン》の地図で確認しながら、上司に指定された場所を目指す。風俗案内所の脇を曲がり、インターネット・カフェの看板が連なる建物の前を通り、比較的小奇麗な雑居ビルの前で背後の通りを振り返った。イルマと同世代の会社帰りらしき女性たちが、大きな声でお喋《しやべ》りをしながら通り過ぎた。今のところ、街に特別なきな臭さは感じられない。

雑居ビルの狭いエントランスに足を踏み入れ、エレベータのボタンを押した。

指定された一室、その硝子《ガラス》製の扉を開けると急に視界が広がり、真っ白な壁紙と、壁に沿って椅子に座る三十人前後の男性たちが現れ、一斉に厳しい視線をこちらへ送る。入口に近い位置に腰掛けていた、若い一人が立ち上がった。

イルマはジャケットの内から警察手帳を抜き出して開き、警視庁所属の警部補の身分を提示する。若い男性が背後を振り返り、イルマの到着を上司へ知らせた。

部屋の奥へ進むと、大勢の男性警察官に取り巻かれる格好となった。ジャケットに両手を突っ込んだまま、今回の摘発を指揮する組織犯罪対策課長らしきグレーヘアの男性の前に立った。怪訝《けげん》な目付きで、年嵩《としかさ》の課長がイルマを見上げる。

「捜査一課殺人班二係、入間祐希《イルマユウキ》、到着しました」

そう告げるが、困惑の色は課長の目から消えず、

「君だけか。新たな応援は」

「はい」

返答するイルマに、女を呼んだら牝狐《めぎつね》が来やがった、と吐き捨てる声が届いた。見ると、同じ捜査一課の金森《カネモリ》が不機嫌な顔で座っている。動きの鈍い、腹の突き出た中年刑事。あなたが応援に来て何か役に立つの、と嫌味をいってやりたかったが、場の空気を読み無視することに決める。

自分の登場により、捜査指揮本部内に奇妙な違和感が生じたのに気付き、

「……呼ばれて来たんですけど」

イルマが首を傾《かし》げて伝えると、ようやく課長が我に返ったように、

「今回の摘発について、詳細は聞いているかね」

「作戦内容については、全然」

イルマは首を竦《すく》め、

「帰り際に、突然係長から応援に向かってくれ、と。本来、摘発に参加するはずの新宿《しんじゆく》署の女性警察官が自動車事故に巻き込まれた、とか」

課長が頷《うなず》いて、

「その通りだ。擦《かす》り傷程度だが、カジノの内偵に向かう女性が頭に包帯を巻いていては不自然だからな。しかし……まぁ、いい。時間がない」

隣の同年代の男性へ目配せをした。ブルゾンを着た男性は、暴力団対策係長であるのを名乗り、座ったままこちらを見上げ、

「今から二時間後、組織犯罪対策課の主導により、闇カジノの摘発を始める」

係長が片手で部屋全体を示し、

「ここは見ての通り、普段はギャラリーとして使う空間だが、今は我々が指揮本部として借りている。ここにいる者は生活安全課、刑事課、本部の応援を含めた先発の摘発班となる。他にも逃亡者を捕らえる摘発待機班が別の場所に、監視班がカジノ向かいの建物から

見張っている。この日のために半年かけて準備してきた。一気に現場を押さえたい。今回の摘発に、全体では百人近くの警察官が参加している。君もその一人となるわけだが」

　少し離れた場所に座る小柄な中年男性を指差し、

「摘発に協力してもらうミヤムラさんだ。彼の手引きにより、君は暴力団対策係《ボウタイ》の捜査員と三人で摘発前にカジノに入ってもらう。カジノは当然、暴力団の息が掛かっており、紹介制だ。通常、部外者が入ることはできない」

　イルマは、会釈《えしゃく》をする中年男性を観察する。愛想笑いを浮かべ、頼りない印象だった。係長へ、

「彼は、どんな素性の人物……」

「医師です。泌尿《ひにょう》器科の」

　本人がそう答えた。声を落として質問したつもりだったが、聞こえていたらしい。イルマは係長から渡されたＡ４用紙の図面へ視線を落とす。大型のテーブルが六台。バカラ用、と記されている。カウンターバー。非常口はなし。部屋の奥に仕切りと事務室。「金庫やＰＣはここに？」との推測も書き込まれていた。見取り図には奇妙な個所があり、

「……二重扉？」

　イルマがその部分を指摘すると、係長が頷いた。

「そうだ。カジノの存在する雑居ビルの入口には見張りがいて、携帯で内部と連絡を取り

合っている。来客も二重扉で一々隔離し、一組ずつ中へ通す方式になっている。つまり……相手には、摘発に対する備えがある、ということだ。二重扉で時間稼ぎをして、その間に金のやり取りを隠し、捜査を免れる仕組みとなっている。裏をかくためには、予《あらかじ》め内部に捜査員を潜入させる必要がある」

「大掛かりなカジノだ。暴力団の資金源となっているのも間違いない。是非、この機会に完全に潰《つぶ》しておきたい」

捜査指揮官である課長が口を挟み、

「そのために、先に潜入する捜査員の一人として、本部の女性警察官を要請したわけだが……」

もう一度、怪訝そうな視線がイルマの全身を上から下まで眺め、

「もう少し女性らしい身なりだと、助かったんだがな」

イルマは口を尖《とが》らせ、

「返品交換したい、っていうのなら帰りますけど」

「いや……交替してもらう時間はない。君にはそこにいる……暴対のショウジと組んでもらう。彼に誘われてカジノを訪れた女、という格好だ。上から拳銃携行の指示は？」

イルマはジャケットのファスナーを下ろして片手で開き、カットソーの脇《わき》に吊《つ》った自動拳銃を見せた。課長が頷き、

「分かっていると思うが……潜入とはいえ、絶対に安全な任務とは断言できない」

指揮官の声に厳しさが込められ、

「我々は君たちがカジノに入ったのち、次の来客が誰であっても強引に張りついて突入するつもりでいる。突入前には、ショウジへ合図を送る。君たちには、内部から摘発のサポートをしてもらう。ショウジが二重扉を施錠させないよう、従業員たちに警告する。その際、君はショウジの傍につき、彼の指示に従ってくれればいい……そうはいっても結局、臨機応変な行動が必要となるはずだ。過剰な対応は必要ないが最低限、自分の身は自分で守ってくれ。何か質問は」

「中に従業員は何人いるの？」

「十五人ほどだ」

「全員、暴力団関係者？」

「いや。多くは逮捕されることが前提の、いわば摘発要員のはずだ。だが、裏カジノ摘発は暴力団の資金源を断つだけでなく、薬物売買の温床を一つ潰すことにもなる。さらに摘発を続ければ、暴力団へと繋《つな》がる証拠も増えるだろう。無駄になることはない」

「客の人数は？」

「二、三十人だという」

「顧客名簿も、こちらの狙《ねら》いに含まれている？」

「一応は。だが、単純賭博《とばく》罪は現行犯が基本だ。名簿に氏名や所持チップが記載されていても、証拠には足りない」

それくらい新聞で知っておけよ、と金森がまた聞こえるように吐き捨てる。イルマは苛《いら》立《だ》ちを呑《の》み込み、

「……ショウジ、という人はどこに？」

ここだ、と声がした方向を見ると、大柄な男性が脚を組み、椅子の背にもたれていた。五十歳前後の年齢に見える。少しくたびれた、背広姿。

「あの人は、荒事に慣れてるの？」

「警察柔道選手権の九十キロ級で、三位入賞している」

ショウジと呼ばれた男性がイルマを睨《にら》むように、目を細めた。

「ちなみに警察官としての階級は、君と同じ警部補だ。以前には警視庁本部の組織犯罪対策課にもいた。まあ……それはいい。質問は以上か？　こちらからの質問は一つだけだ」

課長は腰掛けたまま身を乗り出し、

「潜入任務を引き受けてくれるか」

迷う必要もなかった。イルマは、はい、と答える。体内の血液が温度を上げていく。

S

宮村《ミヤムラ》が建物前の中年の見張りに近付き、今晩は、と挨拶《あいさつ》する。すぐ背後に立つ小路《シヨウジ》は苦々しい気分で、その様子を観察していた。奴め、怯えすぎだぜ。

宮村の緊張は背中からも滲《にじ》み出るようで、その態度は作戦を台無しにしかねないほどぎこちない。しかし見張りは愛想よく挨拶を返し、携帯端末でカジノと連絡を取り、三人をすんなり中へ通してくれた。

エレベータ内で操作ボタンの傍《そば》に立った宮村を、後ろから睨みつけてやる。貴重な内通者であり、指揮本部も丁重に扱ってはいたが、こいつの心根は知れている。カジノに積もった借金を帳消しにするため相手を警察へ売ることにした、というだけの話だ。

隣に立つイルマという名の捜査一課員へ、

「二十代か？」

「……一応」

「俺とは夫婦、って設定だったんだが」

緊張をほぐしてやるつもりで、

「この年齢差なら、愛人関係ってところだな」

少年のように短い髪形をした女性警察官は、つまらなそうな顔で視線も合わせず、

「釣り合わないよ」

小娘に侮辱《ぶじょく》された、ということを理解し、小路は絶句してしまう。イルマとは同じ階級ではあったが、年齢も捜査経験も遥《はる》かにこちらが上であり、舐《な》められる理由など、どこにもないはずだ。警視庁本部の捜査一課に所属しているのを笠《かさ》に着て、所轄《しょかつ》を見下しているのか。憤るよりも呆《あき》れ、相手の横顔を小路は見詰める。

顔立ちは整っているように見えたが、その表情にはどこか野性味が含まれ、誰かが口にした「牝狐」という印象よりも、もっと獰猛《どうもう》な動物を連想させる。あるいは容姿を自負する余り、礼儀をどこかに置き忘れてしまったのか。

潜入捜査を前にして先輩後輩の序列を忘れるほど気を尖らせている、というのが実際のところだろう。まともに取り合うのも馬鹿馬鹿しいと考え、小路は口を結ぶ。

チャイムが鳴り、最上階に到着したことを知らせた。エレベータ内の不穏な空気を察した宮村が半端な笑みを浮かべたまま、逃げるように通路へ出た。金属製の扉の前に、携帯端末を持った初老の見張りが立っている。

宮村を見ると笑顔で頷き、扉を開けた。

頑丈そうな扉に前後を挟まれた狭い空間の中で待っていると、奥の扉が解錠され、店側へゆっくりと開いた。二重扉内部よりもカジノの方が薄暗かった。低い天井に安っぽいシ

ヤンデリアが下がっている。

入口に立つ若い男の指示通り、カウンターバーへ歩み寄った。そこで黒服から、身分証明書の提示を要求された。小路は予め用意した偽の免許証を渡す。黒服はカウンター隅のスタンドライトを引き寄せて免許証を携帯端末で撮影し、ノートＰＣを開いて画像転送した。次に、両手を見せるよう小路に求めた。指が欠けていないか確かめている。堅気《かたぎ》の人間かどうかを判断しているのだ。面倒ごとは極力排除する、という慎重な経営方針。

黒服は、イルマには何一つ要求しなかった。同伴の女に対しては詮索《せんさく》の必要はない、と決まっているらしい。短く刈った髪を金色に染めた、三十代の男。雇われ店長だろうか。物腰は丁寧だったが眉尻に傷があり、筋肉質な印象だった。

ＰＣへの入力を終え、黒服が改めて小路の方を向いた。カジノ利用に関する簡単な注意事項——基本的に一チップは一万円と等価であり、バーのドリンクはアルコールも無料、そして全ては他言無用——を伝え、小路へ無地のカードを渡した。

「このカードがなくとも、ゲームに参加することは可能です」

ゆっくりと黒服がいう。

「ただカードをご利用の場合、金額情報が自動的にネット上のクラウドに保存されるようになっていますから、ある程度当店のつけ﹅﹅でプレイを続けることができます」

店側に借金をさせられる、という話でしかない。膨れ上がれば闇金融が登場することになる。小路はフロアを振り返る。宮村はすでに数十枚のチップを抱えてバカラ・テーブルに座り、賭《か》けを始めている。この期に及んで？　自然に振る舞うよう指示してはいたが、宮村の入れ込みようは演技には見えない。

宮村への視線が、どうしても厳しくなってしまう。カードとクラウドについての話を、あの男は警察に話さなかった。

こちらも摘発班の突入を待つ間、カジノに溶け込んでいなくてはならない。指揮本部により用意された二十万のうち、五万を黒服に渡してカジノ・チップと交換する。円形のプラスチックを手にするのは、久し振りのことだった。片手で握り締めると、冷や汗が頭皮に滲むのを感じる。俺は宮村とは違う、と心の中でいう。

お連れ様にサービスです、と黒服が一枚のチップをイルマへ渡した。小路は黒服から離れ、いったんバーの椅子に腰掛け、寄って来たバーテンダーへウイスキーの水割りを注文する。イルマの方から、話しかけてきた。

「バカラってどうプレイするか、知ってる……」

小路は小声になり、

「お前はとりあえず、ここで飲みものでも飲んでいればいいんだ」

「ルールくらい教えてよ。後学のために」

「……ルールは単純だ。胴元《バンカー》とプレイヤーに二枚ずつトランプ・カードが配られる。どちらの合計が9点に近いかを比べるだけだ。二桁になった場合、一桁目だけを比べる。点数が少なすぎた時は、三枚目のカードが配られる。絵札は全て0点」

「カードは自分で引くの?」

「いや、機械でシャッフルしたカードを容器に仕舞い、一枚ずつディーラーが引き出す。不正防止のため、テーブルに一度出たカードは、全て廃棄される」

「バンカー対プレイヤー、っていうけど」

イルマは宮村の座るバカラ・テーブルを顎《あご》で示し、

「あの台には四人の客がいるけどさ、カードは一対しかないよ」

「バンカー一人に対し、プレイヤーも一人分が設定される。こいつは仮想的な争いで、客が直接ディーラーと戦うわけじゃない。カードの合計点数を比べるが、客が賭けるのはバンカーと仮想のプレイヤーのどちらが勝つか、という部分だ。予想が当たればチップは倍になり、外れたら消える。それだけさ」

「それなら結局バンカーが勝つかプレイヤーが勝つかで、確率は五〇パーセントじゃん」

イルマがこちらへ顔を寄せ、

「店の利益は……」

「バンカーが6で勝った場合だけ、配当が半分になるんだ。その分が店の利益になる。もう一つは、追加の三枚目のカードが配られる条件。バンカーの方が1点だけ有利に設定されている」

「ふうん」

イルマがもう一度顎を上げ、

「お客がカードをめくってるけど」

「一番掛け金の大きな客が、それぞれ賭けた側のカードをめくることができる。バカラの醍醐味《だいごみ》は、ほとんどそこにある」

「どういう意味……」

「自分でカードを裏返し、幸運を引き寄せる、ってところだ。カードを縦、横、斜めから少しずつめくり、スリルを味わうのさ」

イルマは呆れたように、

「詳しいんだね」

内心を見透かされた気分になり、小路は顔を歪める。カウンターに置かれたグラスの中味を一気に飲み干し、

「……そのまま座っていろ」

立ち上がり、フロアに入った。手首に嵌《は》めたスマートウォッチで時刻を確かめる。カジノに入ってから十分も経《た》っていなかった。「突入開始」の合図を振動で受け取るために指揮本部から渡されたものだったが、実際の突入がいつになるかは次の来客次第であり、予

想ができない。一分後の可能性も、一時間後の可能性もあった。それでも……今夜はもう客が来ない、という事態はあり得ない。

少しはゲームに参加するべきだ、とは思う。しかしあの遠慮のない生意気な捜査一課員のせいで、胸の奥の、消えていたはずの傷口から苦味が滲み出してしまっている。当のイルマはカウンターを背もたれにして座り、退屈そうに携帯端末をいじっている。賭けを始める気にはなかなかなれず、小路はフロアを彷徨《さまよ》ってばかりいた。

周囲を観察することは忘れなかった。宮村の情報通り、奥にはパーティションと扉で区切られた一画がある。六台のバカラ・テーブルがフロアに並び、それぞれのテーブルの一方に立つディーラーは、同時に最大七人まで対面することができる。小路が初めて見るものもあった。客席にはカードを差し込むスリットがあり、テーブルの端に設《しつら》えられた液晶モニタが、バンカーとプレイヤーの勝敗表をリアルタイムで表示している。客層の年齢がやや高いのは、昔と変わらない。会社員。仕事場から直行したらしき作業着姿の男。妙に着飾った厚化粧の女。静かな狂騒が、皆の顔貌に貼りついている。

過去と現在がアンバランスに重なり、夢見心地に陥りかけ、小路は半端に伸びた髪を片手で掻《か》きむしる。このままでは不自然だ、と考え、熱中する宮村の隣に腰掛けようとした時、割り込んで席へ滑り込んだ者がいる。イルマだった。

啞然《あぜん》とし苛立ったが、むきになるわけにもいかず、小路は黙って捜査一課員の背後に立った。イルマは賭けの締め切り《ノーモアベット》をディーラーが宣言する直前に、プレイヤー側の枠の中に一万円分のチップを置く。

ディーラーはいかにもホスト上がり——闇カジノの従業員自身、賭博中毒で身を持ち崩していることも多い——という風体の長髪の若者で、最高額で賭けた客たちへカードを滑《すべ》らせる両手の人差し指と薬指には、大きな銀色の指輪が嵌められている。優雅さを装い大きな動作でゲームを仕切っているがどこかぎこちなく、まだカジノに勤めて日が浅いのかもしれなかった。容器内のカードが尽き、新たなカードの束をテーブルの下から取り出した。機械に差し込み、シャッフルさせ、容器に収める。

二人の客が背中を丸めて覗き込みつつ、カードを裏返した。一人は笑顔で、一人は渋面《じゅうめん》を作り、カードをディーラーへ返却する。

バンカーの合計は11。プレイヤーの合計は7。一桁目だけを比べ、プレイヤー側に賭けた客の勝利。ディーラーはテーブルの隅に空けられた細孔《さいこう》に、カードを捨てた。

イルマは脚を組み、肘《ひじ》をテーブルに掛けている。再びノーモアベットのぎりぎりまで待ち、プレイヤーの枠に二枚のチップを放るように載せた。

小路は舌打ちしそうになる。イルマの賭けるタイミングは初心者とはいえ乱暴で、マナー違反すれすれ、というやり方だ。その態度といい、それなりに整った容姿といい、カジノの中で目立ちすぎるのでは……そっと他の客を観察するが、それぞれが自分の所持するチップのやり取りに夢中で、気にする素振りは窺《うかが》えなかった。宮村は、と見ると体を前後に揺すり、相変わらず賭けに夢中になっている。

宮村のチップが増えていることに気がついた。今さら、とまた考えて、小路は先程の黒服からの説明を思い起こした。

――金額情報が自動的にネット上のクラウドに保存されるようになっていますから……

ネット上に情報が記録されるのなら、宮村の店への借金もこの摘発で帳消しになるとは限らない。情報を握っているのは一店ではなく、元締めとなる暴力団である可能性が高い。もしそうであれば、日本の捜査機関が簡単に手出しできないよう海外のサーバーを利用し、顧客情報を保存しているはずだ。同じ元締めの仕切る他店が存在し、すでに情報を共有しているかもしれない。

ならばなぜ、宮村は警察に協力する？　小路は腕を組み、泌尿器科の医師を斜め後ろから観察する。両肩を強張《こわば》らせ、気持ちが張り詰めているのが分かる。この世の中でカード以外何も興味がない、といわんばかりの入れ込み様だ。奴はもう常軌《じょうき》を逸《いっ》しているのか？依存症の者が周囲の全てを自分に都合のいいように解釈するのは、珍しい話ではなかった。それは賭博を続けるための非現実的な夢想のようなものだ。現実がそううまく対応してくれるはずがない。宮村の内面は恐らく今、混乱状態にある。

苦々しさが蘇る。その心理が理解できる、ということが煩《わずら》わしい。俺はあの頃、家族からどんな風に見られていたのか……

ゲームは進んでいる。イルマはすでにチップを四枚に増やしていた。次のプレイのために、ディーラーが容器からカードを四枚引き出し、その上でゆっくりと両手を広げた。宮村を含め五人の客が、思い思いの側に忙《せわ》しなくチップを積み、さらに厚みを加える。イルマがまた締め切り寸前に、バンカーに賭けた。

何かおかしい、と小路は気付く。

このバカラ・テーブルにはどこか奇妙な箇所がある。おかしいのはイルマの賭け方だけではない。テーブル上の何かが、根本的に間違っているように思える。

バンカー、9。プレイヤー、6。バンカーの勝利。イルマもチップを八枚にした。

小路は小さく唸《うな》った。初心者の勝ちが三回続いた、というだけにすぎない。珍しい話ともいえない。だが……小路は歩き出し、ディーラーと捜査一課員の横顔が視界に入る位置に移動する。あの表情。イルマの目は薄暗い照明の下でも輝いている。賭博に熱中しているのではなかった。笑みを浮かべ、ディーラーの顔を正面から挑発的に見据《みす》えている。テーブル上の何が不自然なのか、小路はその原因にようやく思い至った。

この若いディーラーは容器からカードをテーブルに出してのちに、ノーモアベットを宣言している。通常なら宣言の後にカードを引き出し、そのまま客へ渡して滑《なめ》らかにゲームを進行させるはずだ……いや、全てのテーブルが同じスタイルとは限らない。あるいは、単なるディーラーの経験不足だろうか？

イルマの瞳。獲物を狙うような。

この回のゲームでは、彼女はどこにもチップを置かなかった。その理由は分からない。バンカーがカードを並べる。両手を広げ、ノーモアベットを伝える。イルマはまたもディーラーを見据えたまま、どちら側にも賭けなかった。

次には、やはりノーモアベットの間際に、プレイヤー側に置く。その直前に一瞬、イルマの視線が脇へ逸れたのが分かった。二人の客がカードを裏返す。数字の少ないバンカーにカードを足し、合計4。プレイヤー、6。勝者、プレイヤー。イルマのチップが十六枚に増える。

偶然ではない、と確信する。そして小路は、イルマが何を指標に賭けているのかも理解した。

次のゲームにイルマは加わらなかった。やはり、と小路は内心頷いた。あの小娘は、隣に座る宮村の動きを模倣《もほう》しているのだ。宮村はチップの上に、さらにチップを足すことがある。その時にだけ宮村の賭けた側に、イルマも乗る——

小路は低く唸った。つまり、このテーブルには不正が存在する、ということだ。いち早くイルマはその事実に気付き、ディーラーへ心理的な圧力を加えている。

カジノ自身は基本的に、不正を警戒する側だ。余計なことをせずとも、元締めが儲《もう》かる仕組みになっている。店側が最も警戒するのはディーラーと客が結託した詐欺《さぎ》行為であり、目の前で起こっていることは、まさにその通りの事態だった。

ディーラーと宮村は組んでいる。ディーラーから宮村へ、密かにカードの内容が知らされている。二人は恐らくこの摘発に合わせて不正を働き、慌ただしく儲け、その絡繰《からく》りを騒ぎの中でうやむやにするつもりなのだ。

だが、と再び小路は低い唸り声を上げた。実際にどう不正を行なっているか、その方法が見付からない。いったん怪《あや》しみ始めるとディーラーの動作はどれも疑わしく思えるが、宮村への合図になるような仕草は見当たらず、具体的な方法は発見できなかった。

カードそのものに最初から目印をつけるのは可能だろう、と思う。ディーラーは容器のカードが尽きて補充する際、手元から新規のカードを取り出した。それらが、すでにマーキングされているとしたら。機械にシャッフルさせるのだからカードの順番が予め決まっていることはなく、テーブル上の裏返しの状態で内容を知る必要がある。マーカーとして特殊なインクを……いや、ディーラーと宮村は眼鏡《めがね》を掛けていない。両手に嵌めた大きな指輪に何か意味があるのか。例えば、磁気センサーとなっていて……しかし、紙製のカードに磁気が付加できるとも思えない。テーブルにカメラを仕掛け携帯端末でカードの裏側を盗み見る、という方法は聞いたことがあったが、そんな箇所は見当たらず、それに二人とも、チップとカード以外のものに全く触れていなかった。

小路は自分がひどく険《けわ》しい表情をしているのに気付き、両手で顔を拭《ぬぐ》った。肩の力を抜け、と心の中でつぶやいた。

不正があるから、どうだというのだ。そもそもカジノ自体が違法だ。奴らの内輪での詐欺行為など、勝手にさせておけばいい。イルマはディーラーを睨み据えて動揺を誘い、絡繰りの綻《ほころ》びを見付けるつもりだろうが、それも経験不足による勇み足でしかない。後でイルマには、小言の一つでも伝えておくべきだろう。奴は細事にこだわる余り、潜入捜査の目的を忘れてしまっている。

そして、イルマが十六枚全てのチップをテーブルに置いた。バンカーに賭ける最大賭け金となり、二枚のカードが寄越された。イルマが初めて大きな動作をみせる。カードを避けるように、上半身をテーブルから離したのだ。ねえ、とディーラーへ声をかけ、

「代わりに、めくってくれる？」

はい、と答えて相手が手を伸ばしカードを引き寄せるが、

「だめ。そうじゃない。こちら側からめくって」

動揺がディーラーの顔に表れたのを、小路は見た。わずかな瞬間、宮村と目を合わせたのも見逃さなかった。

イルマは不正の絡繰りを見破っている。

小路は驚きのせいで、手首のスマートウォッチの振動に気付くのが遅れてしまう。

「やっぱり、そういうことでしょ？」

イルマがディーラーへ、犬歯を剝《む》き出しにするような笑みを送り、

「あなたたちさ……結構やばいこと、考えているよね」

「イルマ、そっちはいい」

我に返った小路が、肩で客を押し退けて走り寄り、

「始まった。まずは入口を確保する。危険を感じたら、奥へ下がっていろ」

「あなたは勝手に摘発を進めて。私には私の用事がある」

イルマが立ち上がり、ライダースジャケットのファスナーを下げた。内側に吊られた自動拳銃を周囲へ見せつけ、

「このゲームに参加した者は全員、カードに触れるなっ」

＋

道路まで下りた小路は、大きく息を吐き出した。緊張を解くためではなく、怒りを体内から放出したのだ。

雑居ビルのエントランスを塞《ふさ》ぐように停まった、二台の中型護送車の間を通って道路の反対側に渡る。自動販売機でミネラルウォーターのペットボトルを購入し、一気にその半

分を飲み込んだ。口元を拭うと、再び怒りが込み上げてきた。

——あの女《アマ》、ふざけやがって。

摘発は混乱の中、強行された。鉄扉の外側に捜査員の到着する気配を察した小路は警察手帳を掲げ、室内の客へ、動くな、と警告を発し、従業員には扉を素直に開けるよう要求し、事務室へ駆け込もうとする者や札束を片付け始める人間を制して、大声で抗議する黒服へ怒鳴り返し、ノートPCに触れるな、と命じた。一人でカジノ内をコントロールしなければならなかった。

従業員との睨み合いは、ようやく黒服が諦《あきら》めて扉を開けるまでの間、小路が拳銃を手にする寸前になるほど緊迫したものになった。扉が開いて捜索差押許可状を手にした捜査員たちが入ってからは、泣き出した女性の宥《なだ》め役を引き受けたり、現場写真を撮る段取りを手伝ったりもした。

その間ずっと、イルマは一台のバカラ・テーブルから動かなかったのだ。店内の不正にこだわり、ディーラーと宮村へその場で勝手に聴取さえ始め、カジノの喧騒《けんそう》にも賭博という違法行為そのものにも目をくれようとしなかった。小路の手の中で、ペットボトルが大きく歪む。臨機応変に動いたつもりだろうが、それ以前にお前は、俺の傍について指示に従え、と命じられていたはずだ。

手錠と腰縄を嵌められた従業員と客が数珠《じゅず》繋ぎになって雑居ビルから現れ、護送車二台に分乗させられる。客側は初犯であれば罰金刑で済む、という話を聞かせてやった中年の女性客は大人しく窓際に座り、一応落ち着きを取り戻したようだ。

小路は被疑者と入れ替わりに、カジノへ戻ることに決める。いったん自分を落ち着かせるために係長に断って外に出たのだったが、このままイルマの身勝手を許す気にはなれなかった。年下で同階級、警視庁所属の小娘。たとえ実質的には格上であっても、このままでは済まさない。残りの水を飲み干し、ペットボトルをごみ箱へ叩《たた》き込む。

雑居ビルへ近付こうとした小路の足が止まった。建物の方向からイルマの声が聞こえる。大声で誰かと罵《のの》り合っていた。護送車の間から覗き見ると、エントランスにイルマと金森が現れた。建物から出たところで同時に立ち止まり、金森が少し背の高いイルマを見上げる格好で、

「どれだけ、てめえの手柄が欲しいんだ。ずっと店の真ん中に陣取りやがって」

人差し指を相手の目前に突きつけ、

「警視庁本部の人間は摘発の最中、何もせず現場でふんぞり返ってやがる。そういう悪評を流したいのか」

「もう暴対の係長には説明した、っていってるじゃん。なんで一々、あんたにまで解説しなきゃいけないんだよ」

「てめえに都合のいい報告をさせないように、な。いいたいことがあるなら、いってみ

ろ。独断専行を、俺が上へ正確に伝えてやる」

「じゃあ、よく聞きなよ」

イルマは金森の人差し指を払いのけ、

「ディーラーと、あの宮村って奴は最初からぐるだったんだ。二人で不正に儲けようとして、私がそれを阻止したんだよ。摘発の直前、って分かっている宮村が本気でバカラ・テーブルに向かっていたのは妙だし、カードを裏返すのが醍醐味のはずなのに、その様子も変だった。それに、儲けを相当増やしていたんだって」

「それこそ独断専行じゃねえか。無意味な捜査を始めやがって。賭博そのものが不正だぜ。それを……」

「馬鹿。最後まで聞きなよ。問題は奴らの手口。不正を仮定してみても、宮村自身がカードを読み取っている様子はない。カードは機械でシャッフルされてしまうから事前に知ることはできないし、奴はチップ以外何も手にしていなかった。だとしたら、読み取っているのはディーラーの方でしょ？　手品師的にカードを手元に隠しているのかと思ったけど、動きはぎこちなくて、それに長いゲームの全てをコントロールするために大量のカードを隠し持っているのは、現実的じゃない」

金森が黙り込んだ。小路自身も気になっていたことだった。その場で腕組みし、イルマの話に集中する。

「つまりカードをテーブルに配置した後に、ディーラーがその内容を読み取らなくてはいけない、ってこと。急遽《きゅうきょ》、携帯端末《スマホ》でバカラ賭博を調べたんだけど、そうしているうちに、海外のカジノに関するニュースを思い出したんだ」

その時になって小路は、関係者のうち宮村とホスト風のディーラーだけがカジノから下りて来ていないことに気がついた。

「ドイツで摘発された闇カジノの不正を。改めて調べてみたら、確かにこの方法ならうまく中味を知ることができる。二人のカードの扱いがぎこちなかったのも、それが理由だと……」

「俺の話を聞いてないのか」

金森が話を遮《さえぎ》り、

「闇カジノでのイカサマなんぞほっとけ、っていってんだよ。てめえはな、摘発チームの一員だろうが。あの騒ぎの中で我を通すなんて、どうかしてるぜ」

イルマが建物の上階を指差した。

「宮村が医師だって話、覚えてる？　泌尿器科では、悪性腫瘍《しゅよう》の治療に放射性物質のヨウ素を用いる。ドイツでの不正も、放射性ヨウ素が使われたんだよ。この意味が分かる？　この事案は単純賭博罪や賭博開帳図利《とり》罪だけの容疑じゃなくなった、ってこと。放射線障害防止法や医療法にも違反している」

小路は驚き、息を呑んだ。

「あのカードの一群には目印として、放射性物質が塗られていたんだ。作業したのは宮村。塗布の仕方で濃度を変えて、数字の大きさにより三種類のグループに分けた、って。零《ゼロ》として扱うカードに何も塗らなければ、合わせると全部で四種類を識別できる。その情報を、でかい指輪に仕込んだ放射線測定機で読み取っていたのがディーラー。放射性物質を検知すると、指輪からブルートゥースで宮村の懐《ふところ》の端末へ無反応と振動の長さで数字の大きさを伝える、って仕組み。宮村は、まずカードが配られる前に勘でチップを置く。で、その後にカード情報を受け取り、自分の賭け方が正しいと判断した時にだけ、賭け金を上乗せしていた。これなら不自然さをごまかせるし、負けた場合でも損失を最小限に抑えることができる」

「放射性物質を……どうやって扱うんだ」

「治療で使う数ミリのカプセルがあるんだよ。一回の治療で五十から百個、患者の体内に残すんだけどさ、それを数個ずつくすねて、集めた分のカプセルをこじ開けて利用したんだって。最初は個人輸入しようとしたんだけど、どうしても外為法に引っ掛かるから諦めた、ってさ」

「健康被害はどうなんだい……」

「ごく微量で触れても問題はない、って宮村はいってたけど。私もちょっと調べてみたけど、カプセル二つに十センチの距離で五分間近付いた時の影響が、三十分飛行機に乗るくらい。でもやっぱり素手で触るのは二人とも怖かったみたいで、カードの一端には塗布しない決まりを作って恐る恐る取り扱ってしまった、って。念のため同じテーブルの客は全員、放射線を量ってもいいかも。私はカードに一切触れなかったけどね」

小路は呆然《ぼうぜん》とする。不正の絡繰りに驚き、イルマの行動の全てに意味があった、という事実にも愕然《がくぜん》としていた。あの女はいち早くディーラーと宮村の不自然さに目を留め、携帯端末で情報を調べ、テーブルに座って二人に圧力を掛け、その反応で犯行を断定したのだ。全てにおいて、俺は先んじられていた――

イルマは、何かいいたそうに口を開けては閉じる金森へ、

「このイカサマは最新の技法みたいだからさ……新聞くらい読んでおきなよ」

捨て台詞《ぜりふ》を吐いて歩き出し、護送車の間を通ろうとする。小路は思わず後退《あとずさ》り、道を空けた。

擦《す》れ違う時にはこちらと目が合ったがイルマは気にも留めず、そのまま繁華街の外へ向かい、ブーツの踵《かかと》を鳴らし歩き去っていった。

i

　すでに遺体の検視も鑑識作業も終了していた。イルマは脇へ除け、遺体収納袋を担架に乗せて搬送する捜査員たちを見送った。遺体はそのまま法医学教室へと運び込まれ、司法解剖を受けることになるだろう。

　庭に敷設《ふせつ》された飛び石を踏み、担架を持った捜査員たちが木製の門をくぐり、敷地内から出ていった。飛び石の両側には、花を咲かせた椿《つばき》の低木が並んでいる。丸みを帯びた剪《せん》定《てい》を見ただけで、庭全体が丁寧に手入れされているのが分かる。

　昼間に観賞したら、もっと違う風景として目に入ったのに、とイルマは考える。今は樹木も石灯籠《いしどうろう》も鑑識課の強い照明を浴び、広い庭の全てが無機質なプラスチックのようにしか見えない。

　陽が暮れてからの慌ただしさを思い起こす。闇カジノの現場捜査をいち早く抜け出し、警視庁捜査一課の大部屋に戻ったのは報告書を書き上げるためだったが、いざ自分の席に腰を落ち着けるとその途端に、新たな殺人事件の知らせが室内のスピーカーから流れ、二係出動の要請を受けてこの場に臨場することになったのだ。

　でも、それは別に構わない。イルマにしてみれば、本当に不快なのは事案に謎が残ってしまうことだ。今回の件に関しても、犯人はまだ見付かっていない。

被害者は遺留品と、在宅中だった夫人の証言ですぐに判明した。門田博紀《カドタヒロノリ》。七十歳、男性。元は都議会議員で、現在は幾つかの会社の顧問をしている。経歴からも裕福な暮らしからも、誰かに恨まれることが絶対にない、とはいいきれない立場だった。というよりも……事件の様態からすれば、強い怨恨《えんこん》に基づいての犯行としか思えない。

門田の片目には、小型の黒いナイフが突き刺さっていた。

イルマは遺体収納袋に被害者が収められる前に、その異様な姿を遠目に観察することができた。門田は夕刻から会社役員たちと会合し、食事を済ませ帰宅した際に自宅の庭で何者かに襲われ殺害された。夫人が二十二時に郵便箱を確かめに屋敷から出たのは習慣によるものだったが、その時になって初めて庭で倒れる夫に気付いたという。タクシーが門前に着いたのは二十一時半、とすでに初動捜査により判明している。帰宅のタイミングが、そのまま犯行時刻となるはず。

夫人は自宅の居間で臥《ふ》せっているらしい。女性警察官としてケアをするべきか、とも思ったが、今は事件を聞いて引き返して来た家政婦が寄り添っており、所轄の刑事課員と夫人の間に入って聴取の手伝いをしているというから、下手をするとその邪魔になってしまうだろう。

直接の上司にあたる殺人犯捜査第二係長の東《アズマ》が目の前を通り過ぎる。歩きながらも慌ただしく部下たちへ指示を送っていたが、こちらには役目を割り振ろうとしなかった。係長には、実績を挙げ続ける限りお前のやり方に口を挟まない、と告げられている。その代わりに助けもしない、何か不祥事を起こせばすぐに係から放り出す、とも。

イルマは深夜の寒さに、ライダースジャケットの上から両肩を抱いた。それでも、この場を動く気にはなれない。犯行のあった庭の小道を見詰め、当時の状況を何度も想像していた。そう簡単じゃない、と考える。ナイフで眼球を貫くのは。相手が幾ら酔っていたとしても、抵抗はあったはず。何かが腑《ふ》に落ちない……強い殺意……本当にそうだろうか？

おい、と嗄《かす》れた声が背中に届いた。振り返ると古株の鑑識員、渕《フチ》の姿が。苦い顔で、

「お前も身辺には気をつけろよ」

「どうして……」

「刺青野郎の話さ。あの脱獄騒ぎの中、野郎も拘置所から逃げたって聞いてるぜ。奴は毒物専門の始末屋だろう。人気《ひとけ》の途切れた瞬間に襲われたら、どうしようもねぇ。お前さんは、奴のお気に入りだったはずだ」

今度はイルマが唇を歪める。その男とは確かに因縁がある。二人の毒殺を認め、けれど実際はもっと多くの人間を殺害しただろう、裏社会の暗殺者。渕にいわれるまでもなく、《蜘蛛》の脱獄は胸の中に鋭い刺《とげ》として突き立っていた。以前にはイルマ自身、殺されかけたこともある。

捜査一課は過去に二度、蜘蛛の確保に成功している。両方の確保を主導したのが、イルマだった。そのために、蜘蛛の興味を強く引くことになったらしい。殺害対象だった人間に追い詰められた蜘蛛は私を認めると同時に、自らの同類のように捉《とら》え始め――

――この世界には、俺とお前がいればいい。それで、完璧になる。

――俺が世界を創ってやる……

イルマはもう一度肩を抱き、身震いする。寒さのため、と考えようとするが、そうではないのも分かっている。奴の虚飾を剝《は》いだ時に現れたのは、頭蓋骨《ずがいこつ》を模した刺青で覆われた、悪夢のような顔面だった。化粧の下の素顔こそ、異常な精神を宿す異形の姿だった。

現在の蜘蛛が私を忘れているなら、それはそれで構わない。けれど今も同類として考えているとすれば、私とどう関わるつもりか想像ができず、想像したいとも思えなかった。

単純に恨みを募らせ続け、殺害を目論《もくろ》んでいるのだろうか。渕の忠告通りに。イルマは古兵《ふるつわもの》の鑑識員へ首を竦《すく》め、

「……夜道には気をつけるよ」

「警護をつけてもらえ、当事者なんだから。若い部下がいただろ。宇野《ウノ》が。お前さんが事故って昏睡《こんすい》状態だった間、ずっと付き添ってたんじゃなかったか?」

「……ウノは脱獄者追跡担当の、第一班の手伝いをしてるよ。蜘蛛について、多少は知っているから」

「お前さんは、一班に加わらないのか」

「私もそうしたかったんだけど……当事者すぎるんだって。蜘蛛の餌《えさ》になりたいのか、って断られた」

蜘蛛が拘置所の外にいる、という落ち着かない状況をどうせなら自分の力で変えたかった、と思う。別にウノの傍にいたい、とかいう話ではなくて。あいつが余所《よそ》の捜査に参加することになってからは会う機会も、話をする時間もなくなってしまった。

ウノは時々謎掛けのように、特別な感情をこちらに伝える瞬間がある。一生面倒をみる覚悟はある、とか。警視庁を辞める気は……とか。まともに捉えていい話かどうかも、よく分からない。ただ、そんな言葉を別にしてもウノが私の理解者──捜査一課内で、ほとんど唯一の──であるのは確かだ。今度会った時は……イルマは小さく頭を振った。あいつのコミュニケーション力が拙《つたな》いせいで、こっちまで接し方がぎこちなくなってしまいそう。吐息が、鑑識課の照明で白く光った。

「そんな話より……犯人の足跡は見付けた？　帯電シートは？」

イルマの質問に渕は渋面で答え、

「家政婦と夫人が一日に何度も小道を掃《は》いていて、そもそも砂埃《すなぼこり》がほとんど積もってねえんだ。薄《うつす》らとは痕跡《こんせき》があるんだが、その上を一一〇番で現着した地域課の若いのが歩き回りやがって、どれが犯人の靴跡か分からねえ。被害者が強く抵抗した様子もなくてな……」

渕が考え込む素振りをみせたから、

「何？」

「いや……遺体は見たか？」

「ちょっとだけ。片目に小さなナイフが刺さってた。でしょ？」

「そうなんだが……刃物が致命傷となったのではないらしい」

興味深い話。イルマが鑑識員へ、詳しく、と詰め寄ると、

「そう嚙《か》みつくなって……正確な判断は、司法解剖の結果待ちだ」

「検視の様子を見ていたんでしょ。どんな雰囲気だった？」

「検視官は首を傾げていたよ。ナイフの刃には脳に達するほどの長さがない、と」

「内部で折れたのかも」

「そうは見えなかったがね……それも、司法解剖で判明するだろうよ。問題は、もう一つの方だ。傷口からはな、ほとんど血液が流れ出てないんだよ」

「目、だから？」

「違う。眼球の表面近くには細かな血管が張り巡らされていてな、視神経内の動脈、静脈と繫がっているんだ」

　ということは、つまり。

「……死後に、ナイフで刺された」

「そういうことになる。だが、他に大きな外傷もない。要するに今のところ、本当の死因は判《わか》っていないって話だよ」

「でも、目を刺すっていうのは相当な殺意があった証拠じゃない?」

「犯人は後をつけていて、心臓麻痺《まひ》でも起こした相手に追い討《う》ちを加えたのかもな」

「そんな偶然、あるとは思えないって。それなら薬物か何かで昏倒《こんとう》させて……」

イルマは思わず黙り込んでしまう。さっきまで話題にしてた脱獄犯を思い起こしていた。きっと渕も同じ人物を想像したのだろう、口元を引き締め、

「司法解剖の結果を待ちな」

そういうと、通りかかった若手の鑑識員へ照明を片付けるよう指示を出し、立ち去り際にはまた、警護をつけるべきだな、といった。煌々《こうこう》と灯《とも》っていたスタンド式の照明が消え、陥穽《かんせい》に落ち込んだように、急にイルマの周囲が暗くなる。

S

署内が慌ただしかった。見覚えのない背広姿の集団と自動扉の前で擦れ違った。七階の講堂に特別捜査本部が設置されたのは、小路も知っている。

彼らも捜査一課の人間だろう。管理官、と年嵩の男が呼ばれているのも耳に入った。つ

まり、あの色白の背の高い人間が特捜本部の指揮官、ということになる。俺も、刺殺事件の捜査に組み込まれるのだろうか。

　五階に足を踏み入れると、暴力団対策係長が自分の席から手招きした。やはりな、と考える。闇カジノ摘発の余韻もまだ小路の体内に残っていたが、それを反芻《はんすう》する暇もない。かといって、文句があるわけでもない……特捜本部に参加となると帰宅できない日々が続くことになるが、道場での雑魚寝《ざこね》も苦ではなかったし、洗濯も代行サービスを利用すれば済む話だ。近付くと係長は、七階へいってくれ、と告げた。小路は頷き、

「設置された特捜本部で、刑事課の手伝いをしろ、と」

「少し違う。特捜本部には参加してもらうが、お前の役割は身辺警護だ」

「警護……誰を。政府関係者でも捜査に参加するんですか」

「違う」

「民間人なら、身辺警戒員《PO》の役目でしょう。そもそも、何者から護《まも》るんです？」

「《クモ》を名乗る毒殺犯、らしい。二ヶ月ほど前、東京拘置所で脱獄騒動があったろう。逃げたうちの一人が、そいつだ」

「クモを名乗る、ってどういう意味です……昆虫の蜘蛛ですかね。実際の素性は？」

「自らの出自については、完全黙秘を貫いているそうだ。氏名不詳のまま起訴された、という」

係長が書類に挟まれていた写真を引き抜き、机上でこちらへ向け回転させる。小路は一瞬、絶句する。拘置所で撮られた男の上半身の写真だったが、皮膚の全てが生々しい刺青で覆われている。髑髏《どくろ》と内臓。惨殺《ざんさつ》された屍《しかばね》が、両目を見開いているようだ。

「……どこかで身を潜めているんじゃないですか。外をうろついていれば、人の目に留まるでしょう」

「まだまだ厚着の季節だ。どうにでも変装はできるだろう」

「面倒な奴が逃げ出したものですな……」

この男をどう評価するべきなのか、小路にはよく分からない。

「こいつに誰かが狙われている、と。しかし、どうして俺が」

「狙われているのは警察官だ。この特捜本部に参加している。いや、狙われる可能性がある、という話らしい。可能性を見逃して警察官が襲われた、となれば、それはそれで警視庁の恥になる。内々で備えておきたいんだろう。特別に身辺警戒員を設けるのではなく、周囲の警察官が持ち回りで護る、という形だ。だったら、今はお前が適任だろう」

「……俺ももう、体のあちこちにがたがきている年齢ですがね」

「お互いにな」

係長が無言になり、小路を見上げる。こちらの承諾を待つ姿勢だったが、あるいは他に、何かいいたいことでもあるのかもしれない。こちらがどう不平を漏らそうと、結局命令に従うのは係長も知っているはずだ。警視庁本部から飛ばされた同階級、という煩わしい立場の男を十年の間世話してくれた係長と署に対して、小路もそれなりに恩義を感じている。案の定、相手の方から口を開き、

「課長が耳にした噂《うわさ》だが……話半分に聞いてくれ。お前を警視庁本部へ戻す、という話があるらしい」

小路は返答することができない。思ってもいなかった話題だった。

「十年前の出来事など、もうほとんどの人間が忘れている。本部に異動させて、後は定年までどこかの部署で主任を務めさせてもいい、と考える者もいる、と」

奇妙だ、とも思う。

「……上の得になるとも思えませんが」

「特捜本部を今指揮しているのは、捜査一課の曽我《ソガ》管理官だ」

先程擦れ違った、あの色の白い初老の男。

「人に恩を売って、自分の立場を踏み固めるのが性分……と聞いたことがある。お前を戻す話も、管理官から出たらしい」

係長の目付きが険しくなり、

「今回の警護に、管理官の意向が働いたのかどうかは分からん。働いたなら、お前に何かを期待している、ということになる……が、俺なら余計な詮索はしない。利用できるもの

は、利用すればいい。この件で損をする者はいない。遠慮する必要もないだろう」

小路は頷いた。混乱はしていたが、悪い申し出ではない、ということくらいは分かる。

「適任かどうかは分かりませんが」

本来の立場を取り戻せるものなら、取り戻しておきたい。退職までに。人から見て、どれほどちっぽけな立場だとしても。

「まずは身辺警護に精を出せばいいんでしょう……管理官の目にも入ることでしょうし、真面目に務めますよ」

「適任だよ。警護対象は、すでにお前と面識があるそうだ。拳銃も携行していけ」

係長が引き出しから、一枚の名刺を取り出し机に置く。

紙面には、警視庁刑事部捜査第一課警部補入間祐希《イルマユウキ》、と印刷されている。

i

イルマは講堂の後方の席で腕と脚を組み、顎を上げて曽我管理官を睨みつけた。所轄署の署長ら幹部を引き連れて講堂に入り、前方の雛壇《ひなだん》に腰掛けた管理官がこちらの姿に目を留めた途端、薄く笑ったのが分かった。捜査会議中、何度も意味ありげに視線を送っては鼻で笑う色白の顔を、気付く度にイルマは睨み返してやる。

最悪の管理官の下で働くことになった、と思う。このところ爆破事件の裏付け捜査や脱獄犯の捜索など、多くの事案を警視庁が抱え込んでいるために捜査本部が林立して指揮官が足りず、一課の中でも捜査資料を扱う部署にいた曽我管理官までが過去の経験を上層部に買われて引っ張り出され、再び現場に立つことになった、という話らしい。

それにしても……よりによって、あの阿呆《あほ》ともう一度絡むことになるとは。

イルマが交通機動隊から捜査一課に移った際の、直属の管理官が曽我だった。初めて参加した特捜本部の指揮官でもあり、その時は全く捜査方針の意見が合わず、完全に上司を無視する形で動き回り、結局、成果を挙げたのはイルマの方だった。特捜本部の内通者の存在を指摘すると管理官の評価は零からさらに下がり、他部署へ異動する事態となってしまったのだ。

——あの嬉しそうな顔。

あいつは間違いなく、私のことを恨んでいる。自分の指揮の不味さを棚に上げて、反抗的な警察官に嵌められた、とでも思い込んでいるのだろう。

イルマは人差し指の関節を強く噛んでいる自分に気がついた。前歯の形が皮膚に残っている。苛立ちを抑えることができない。理由は管理官だけではなかった。

自宅の庭で殺害された門田博紀の本当の死因が鑑識課から発表されたのだ。遺体の血液からペントバルビタール——主に麻酔薬として用いられる——が検出されていた。さらに司法解剖では肩口に小さな刺創《しそう》が認められ、よく似た傷は外套《がいとう》やシャツの同じ位置にも存在することが判明した。

つまり被害者は衣服の上から肩に致死量のペントバルビタールを皮下注射され、一気に昏睡状態から多臓器不全へ陥った、ということだ。

犯人が被害者の右の眼球に刃物を刺したのは、その後となる。両者が争った痕跡は、周囲から全く発見されなかった。ナイフはアウトドアのリュックにお守り代わりに下げられるような軽量の炭素鋼製で、広く流通した市販品。薬殺後の一撃の理由は正確には不明だったが、特捜本部では恨みの強さを表すもの、と解釈していた。

薬物を使っての殺人。それも、信じられないほどの手際のよさ――でも。

でも偶然に違いない、とイルマは考えようとする。偶然のはず。蜘蛛に元都議会議員を殺害する理由があるとも思えない。それとも二人の間に、何か因果関係が存在するのだろうか。もしそうなら、眼球を刺した行為にも特別な意味があることになる。

推測というよりも空想だ、と思う。

捜査会議が終わり、庶務班から捜査員全員へそれぞれの役割がいい渡される。予想できた話ではあったが、イルマには人間関係《ジドリ》捜査も生活圏《カンドリ》捜査も割り振られることはなかった。立ち上がって、講堂前方に机を寄せて集まる庶務班の方を見据えると、こちらの視線に気付いた何人かが目を伏せた。雛壇では管理官が薄らと笑みを浮かべている。

……ガキの嫌がらせかよ。

管理官の目論見は分かっている。前回の意趣返しとして、私にあえて独自の捜査をけしかけ、どこかで問題が発生するのを待つつもりなのだ。

いいよ。やってやる。イルマは、あえて管理官の挑発に乗る、と決めた。私だけ自由行動ってことでしょ？　好都合だよ。

捜査の打ち合わせが方々で始まり、講堂が騒がしくなる。早く外へ出てしまおうと席を離れかけた時、誰かが目の前に立ち塞がった。

「上から身辺警護を命じられた」

不機嫌な顔でイルマの前に立ったのは、闇カジノの摘発で行動を共にした、いかにも暴対という雰囲気を身にまとう中年の男性警察官。

「うちの署に特捜本部が立つ間、面倒をみてやる」

乱暴な仕草で名刺を差し出される。小路《ショウジ》明雄《アキオ》、の氏名が読み取れた。

イルマは名刺を受け取らなかった。すでに腹を立てていたこともあり、

「必要ないね」

とい放つ。小路の居丈高《いたけだか》な態度にも憤りを感じ、それに、と言葉を加え、

「私の動きについて来れる？　無理だね」

暴対の大男の脇を、強引に擦り抜ける。

k

警視庁を出入りする者の見張りができるような場所は、辺りに存在しなかった。そのためまず蜘蛛は、周辺の飲食店を調べることにした。建物の内部にも食堂は存在したが、警視庁に勤める者たちが毎日そこを利用するとも思えない。周囲の、行政機関の合同庁舎にはファストフード店等を内包する建物も多かったが、部外者の自由な出入りはできないようになっていた。

地理的に、皇居や庁舎に囲まれる警視庁の勤め人が食事に変化を求めるなら、南方向に位置する再開発地区、その商業施設へ向かう他ないと蜘蛛は見当をつけた。

昼時には毎日商業施設二階のカフェを訪れ、テーブルにノートPCを広げて仕事をする振りをして外の道路を渡って来る通行人を観察した。振り返れば、店の窓硝子越しに施設を訪れる人間を確かめることもできた。

そして約ひと月後、蜘蛛はイルマと再会した。捜査一課の女性刑事は商業施設に足を踏み入れるとカフェの前を過ぎ、ファストフードのサンドイッチ・ショップへと入っていった。小さな紙袋を持ったイルマが店を出て来るまで、蜘蛛はカフェの奥で興奮を鎮《しず》めるために何度も深呼吸しなければならなかった。黒色のライダースジャケットに、青色のデニム。店内では、ジャケットの前を少し開けた。大股で歩くその姿の一挙手一投足に、迷いのない俊敏《しゅんびん》さが込められている。イルマの日常らしい日常を見るのは初めてであり、蜘蛛を感激させた。

イルマは捜査一課員としてどこかの所轄署に編入されることも多いはずで、警視庁本部に在庁しているとは限らず、商業施設に姿を現す日の方が稀《まれ》だった。姿が見えた時には一課で書類仕事でもしているのだろう、コンビニエンスストアで軽食を購入するかサンドイッチを持ち帰るのが常だった。レストランやカフェで昼食に時間をかけるようなこともない。一人だけで行動し、何か気に入った商品でもあったのか、連日同じ店を利用することも多かった。

蜘蛛は夜間、コンビニエンスストアのエントランス・マットの下に、密かに感圧センサーを隠した。センサーには小型の基盤と薄型のポリマー電池を接続し、その上を通った人間の体重が次々と記録される仕組みだった。イルマがセンサーに乗ったのをカフェから視認し、客足の少なくなった時間帯にうまく回収することもできた。

イルマの情報をまとめ、数値の集合体として再現する仕事は蜘蛛を恍惚《こうこつ》とさせた。

――俺には、あの女の身体を感じることができる。俺と同じ魂を宿す、イルマの肉体を感じることが。

それでも、満足するには足りない。蜘蛛ははっきりと理解していた。この飢《う》えが、肉欲と呼ばれるような低い次元の感覚ではないことを。体内を焦《こ》がすこの渇《かわ》きが、新たな道徳を創り出すための純粋な衝動であることを。

創造する者はともに創造する者を求める。新たな価値を新たな石板に刻む者——

容易な道ではないのも分かっている。蜘蛛は曇り空の下、灰色がかって見える窓外の光景を眺めつつ、計画を阻《はば》む要素について考える。商業施設の一角で客に交じり誰かの様子を窺うのは、難しい話ではなかった。大きめのサージカルマスクを装着していようと、ニット帽を深く被っていようと、わずかに露出した肌の刺青をファンデーションで隠していようと怪しまれはしない。窓から漏れる寒気に身を晒《さら》し続けるのも、苦痛とは感じなかった。だが……標的が視界に入っても、それ以上近付くことの許されない状況はひどい焦燥《しょうそう》を生み、実際に痛みを伴って体を内側から苛《さいな》んだ。

蜘蛛はマスクの中で上下の歯を小刻みに打ち合わせた。頭蓋骨に響く小さな音が、思考のリズムを作るように感じる。知りたいのは、イルマの住《す》み処《か》だ。計画を次の段階へ進めるには彼女の生活範囲、その内側の暗闇で待ち伏せなくてはならない。問題となるのは住み処を知るための、方法だ。

尾行が困難なのは承知している。イルマは捕食者であり、彼女の嗅覚《きゅうかく》を侮《あなど》ることはできない。あの老いた元都議会議員と同様に捉えるべきではなかった。人を使って後をつけることも考えたが、失敗した時にはこちらの意図を知られ、自分自身を追い込む状況となるだろう。

蜘蛛はノートPCを閉じ、席を立とうとする。今日、イルマは姿を現さなかった。何か新たな手を考えなくては……彼女の情報がどうしても必要だ。正確な情報が。

蜘蛛は、杖《つえ》を突いて横断歩道を渡る一人の男に目を留めた。高級そうな外套を着た、長髪の三十歳前後の男。初めて見る人物ではなかった。昼時の終わり頃によく現れて商業施設のレストランに入ることも、外套から覗く背広の襟《えり》に捜査一課の赤いバッジがついているのも知っていた。

今、男は学生の集団とぶつかり、歩く姿勢を崩した。謝罪する一人へ憎悪に燃える視線を向けたのを、蜘蛛は見逃さなかった。

何か、あの男は重要な要素を握っているように思える。蜘蛛は席を立ち、急ぎ支払いを済ませて施設内のレストランへ向かった。店内の客はまだ多かったが、男の真横に位置する、やや離れた席を確保することができた。席に着いた男はゆっくりと金属製の杖を脇に立て掛け、携帯端末を取り出してテーブルに置いた。

レストランの中でも、男は片方の手袋を外さなかった。その手で食器を軽く抑え、もう一方の手でフォークやスプーンを持った。その姿から、男の片腕が義手であるのを蜘蛛は知る。男は慎重に食事を続け、様々な姿勢を自分の体に教え込んでいるようにも見えた。

蜘蛛は拘置所の中で読んだ、ある報道を思い出した。連続爆破事件に巻き込まれ、重傷を負った警察官。

既視感は、それだけではない。もっと以前にもどこかで見たことがある。端末で男の顔を撮影し、画像一致検索を試みた。それらしき結果があり、リンクを辿《たど》ると警視庁採用サイトに繋がった。

組織犯罪対策課巡査部長、見上真介《ミカミシンスケ》。

まるで芸能人のグラビアのように写真が並び、一人の警察官とその任務を紹介している。仕事のやりがい。これからの目標。一日のスケジュール。以前にも目を通した覚えがある。警視庁を調べていた際、視界に入ったウェブページ。写真の髪形は今より短く、陽に焼けており、そしてその両目からは若々しい野心の光がこぼれていた。

現在の見上の目付き。自制心と苛立ちが瞳の中でせめぎ合っているのは、離れた位置からでも分かる。観察されているのに気付く余裕もない。蜘蛛はほくそ笑みつつ爆破事件に関する検索を続け、結果を片っ端から確かめた。放送局のニュース動画の現場風景の中に一瞬、憔悴《しょうすい》した顔のイルマが小さく映り込んでいるのを発見する。イルマもあの現場にいたのだ。煤《すす》と血液で汚れたその様子からすると、最前線にいたことになる。

見上のテーブルで、硬い音がした。調味料の小さなボトルを倒したのだ。ボトルを起こす見上の横顔に、怒りが滲む。

——男は余りにも無邪気に、その未熟な魂を曝《さら》け出している。奴の魂には、つけ入るだけの空隙《くうげき》がある。

蜘蛛は携帯端末に短いメッセージを打ち込んだ。会計に向かい、外へ出た。その場で端末の共有機能を利用し、テキスト・ファイルを送る。見上が携帯端末を手にしたのが、硝子越しに見えた。

i

久し振りにタトゥー・ショップを訪れたというのに、店主の彫物師である岩居武《イワイタケシ》はなかなか口を開こうとしなかった。

黒色の壁紙で覆われたマンションの一室。色々な意匠——髑髏や薔薇《ばら》や神仏や刀剣、あるいはそれらを組み合わせた——が額《がく》に入り、周囲のあちこちに飾られている。岩居は受付カウンターの中で大柄な体を猫背にし、剃《そ》り上げた頭頂部をこちらへみせて、顔を向ける気配もない。壁際にあるソファーには来客なのか知り合いなのか、パーカーとショートデニムを身に着けた二十歳そこその娘が座り、携帯端末を両手で顔の高さまで持ち上げて、画面から目を離そうとしない。娘が姿勢を変えると鎖骨《さこつ》の辺りが露《あらわ》になり、そこには猫のシルエットが彫られていた。

イルマが岩居の元を訪れたのは、どうしても元都議会議員の死と蜘蛛を切り離して考えることができず、この彫物師が現在も裏社会と繋がりがあり、蜘蛛に関する知識も持っていたのを思い出したからだ。

けれど岩居は「蜘蛛」の名前を持ち出した途端、口を閉ざしてしまった。

「あのさあ」

イルマは黙り込んだままでいる中年の彫物師へ、

「もう少し、仲良くしてくれてもいいんじゃないの……近頃はさ、タトゥー入れるのが医師法違反だって摘発されることも増えてるじゃん。医師免許、持ってないでしょ？　私と仲良くした方がいいと思わない？」

「……姐《ねえ》さんがショップのために何かしてくれるんですか」

「一課の空気を教えてあげるよ。こっちからは連絡しないけど。で、蜘蛛の話だけどさ」

「さあ……何も」

イルマは腕を組み、近くの壁に体重を預ける。脱臼《だつきゅう》が治ったはずの肩に、鈍い痛みが生じた。ようやく固定ベルトを外すのを、医者から許されたばかりだった。

岩居の口が重い。時には積極的にイルマへ情報を売ろうとするような男だったが、蜘蛛に関する話となると、いつも途端に口数を減らしてしまう。全身を刺青で覆う裏社会の始末屋。岩居が噂の一つも知らない、とは信じられない。イルマが苛々していると、

「それって刑務所から逃げ出した奴……」

口を挟んできたのはソファーで携帯端末をいじっていた娘だった。

「刑務所じゃなくて拘置所」

とイルマは訂正して、

「知ってるの」

「週刊誌で読んだよ。やばい奴が刑務官とぐるになって消毒液か何かを食事に混ぜて逃げ出した、って。で、刑務官はその後自殺したけどさ、本当はやばい奴に殺されたんじゃないか、って。書き置きがあったけど、偽物じゃないかって」

「……さあね」

その週刊誌の記事には間違いが幾つもある。未決囚たちの食事に混入されたのは消毒液ではなくソラニンという毒物だったし、自殺した刑務官の遺書は自宅の机の上ではなく、PCの中に残されていた。それでも他殺が疑われるのは確かであり、その線で捜査も開始されている。ただし当人はすでに荼毘《だび》に付されているから、毒物を投与されたかどうかはもう調べようがなかった。それよりも問題なのは。

イルマは不快な気分を体の奥に押し込んだ。問題なのは、警察内の情報を外部へ簡単に漏らす者がいる、という事実だ。そういう輩《やから》は警察内のどこかに、常に存在する。

野良猫を殺して回っているんだって、と刺青の娘に話しかけられ、

「何？」

「そのやばい奴が、さ。自分を抑えきれなくて、人間の代わりに。身を隠しているから、野良猫で我慢しているの」

「誰の情報？」

「週刊誌の。そういう可能性もあるかも、って」

「それ、記者の推測でしょ……」

蜘蛛は潜伏先やその周囲に、何か独特な印を無自覚に置くことがあるだろうか。奴の犯行がなかなか発覚しない事実を顧《かえり》みると、たとえ印が存在したとしても、それを見付け出すのは難しいだろう……でも、逆にいえば、痕跡を全く残さずに生活するのも不可能なはず。何が印となるだろう？　毒物以外の趣味？　食べものの好み？

厄介《やっかい》なのは、蜘蛛の素性を警察側が少しも把握していないことだ。捜査一課は奴の経歴どころか、氏名さえ明らかにできなかった。

あんたの顔きれいだね、と娘がいう。

「その肌に、針《ニードル》が入るところを想像しちゃう」

イルマは顔をしかめ、岩居へ、

「この娘《こ》、何なの……」

「見習いだよ。あたし、ケイ」

「アルバイトですよ。単なる」

歯切れの悪い調子でいう岩居へ、

「十八歳未満にタトゥーを入れたら条例違反だからね」

「それくらいは、誰でも知ってます」

「でも蜘蛛のことは一切知らない、っていうわけ……」

イルマは壁から身を離した。これ以上粘っても、有益な話は得られそうにない。

「常時、情報は受けつけるよ」

そういって踵《きびす》を返そうとした時、受付で俯《うつむ》く中年の彫物師の顔色が青いのを、イルマは知った。数秒間、彫物師はまともにこちらを見詰め返すと、

「……本当に怖いんですよ。すみません」

語尾が擦《かす》れ、再び目を伏せた。かける言葉も見当たらず、黙って扉のノブに触れるイルマへ、お気をつけて、と小さな声で岩居がいった。

S

小路は警察署の裏に回り込み、シャッター傍の人目に触れない場所で電子煙草《たばこ》のケースを取り出した。スティックの先にカプセルを差し込んで口にくわえ、深く吸い込む。景色を暗く感じ、灰色の雲で覆われた空を見上げた。

――全く、何て奴だ。

憤るよりも呆《あき》れていた。イルマが礼儀知らずなのは分かっていたが、あれほどまで協調性がないとは考えていなかった。身辺警護を担当することを伝えて名刺を差し出した途端、相手は小路を押し退けるように講堂を出ると、そのまま階段でエントランスまで駆け降り、慌てて追いかけるこちらには目もくれず、駐輪場に置いた大型バイクであっという間に走り去ってしまった。

――あの女相手に打ち解けた話ができるとは思わなかったが、まさかいきなり逃走されるとは。

吐息と混ざって薄く立ち昇る水蒸気を、小路はぼんやりと見詰める。俺の接触の仕方が悪かったのか。今さら、親子ほども年齢の離れた小娘に気を遣って猫撫《ねこな》で声を出すのか。

警視庁本部に復帰するために。

講堂を出る直前、雛壇の曽我管理官がこちらの様子を眺めていたのを小路は思い起こす。無表情だったが、小さく頷いたようにも見えた。あれは、しっかり張りついておけ、という指示だったのでは。イルマの警護には管理官の意向が強く働いている、という可能性。俺はもう、役立たずな姿を管理官の前で晒してしまったことになるのか。

青色の制服が近付いて来る。よく見ると本部鑑識課の渕だった。よお、と軽く挨拶して小路の傍まで寄り、紙巻き煙草に火を点《つ》けた。久し振りに面と向かう古株の鑑識員へ、

「中のガレージにも灰皿、ありますよ」

「じゃあ何で、お前さんはここにいるんだい」

「……どうも、居場所がないもので」

「考えすぎるのは、お前さんの悪いところだな」

渕は濃い紫煙《しえん》を吐き出して、ビニール製の携帯灰皿へ煙草の灰を落とし、

「講堂から、慌てて出ていくところを見たもんでな」

「ある警察官の身辺警護を命じられたんですが……相手が飛び出していってしまって。置き去りですよ」

「知り合いですか。ああ……奴も刑事部でしたね」

「相手が相手だからな」

「イルマだ。お前とは入れ違いで警視庁本部に入った。組対《ソタイ》二課に、基《モトイ》って娘がいたろう。そいつと親しかったはずだ」

変わり者同士は自然と接近するのか、とそんなことを考える。基は基で容易に人を近付けない独特の雰囲気を持っていたのを、小路は覚えている。

「……次に会ったら、ひと言叱《しか》っておいてくださいよ。こっちの身にもなれって。スケジュールを伝えてから行動しろ、と」

「無理いうな」

渕が煙草を持つ手の親指で額を掻き、

「あいつの首に縄をつける、って発想は捨てることだ。一課長だって無理な話だからな。縄を食い千切って逃げちまうだろうよ」

「……それじゃあ、警護のしようがないんですがね」

「一度へそを曲げると面倒だがな、話の分からん人間でもない。嘘《うそ》をつくと、すぐにばれるからな。警護任務がお互いのどんなメリットになるものか、正直に説明して協力を頼み込めば、少しは耳を傾けてくれるかもしれん」

「頼み込む、ね」

小路は初老の鑑識員を改めて見やり、

「随分《ずいぶん》と奴の肩を持ちますね……」

「課長へイルマの身辺警護を進言したのは、俺なんだよ。お前さんが貧乏くじを引くとは思わなかったがね」

「曽我管理官のアイデアかと」

「課長から管理官へ話が回ったんだろうよ」

渕の眉間《みけん》の皺《しわ》が深まるのが分かった。色白の管理官へ、いい印象を持っていないらしい。渕らしい厳格さでもあった。

渕が他部署に移ることもなく鑑識員を三十年以上も続けているのは、現場作業の腕を買われて最前線で働き続けた結果であり、若手の教育係も引き受け、定年に近い現在になるまで出世する暇がなかったのは周囲の誰もが知っている。今では渕の方が低い階級となってしまったが、それを理由に侮《あなど》る者は小路を含め、警視庁の中にいるはずもない。

渕とは組織犯罪対策課に所属した時からの知り合いであり、時に雑談を交わす程度の間柄だったが、小路が所轄署に飛ばされて以降も擦れ違う度に立ち話に誘おうとするのは、こちらを気にかけてくれているからだろう。だが、渕は安易に慰《なぐさ》めたり、曖昧《あいまい》な助言を与えたりはしなかった。古株の鑑識員を構成する主成分は、あくまでも「厳しさ」なのだ。

それだけに意外でもあった。渕は、若い警察官に対しては特に時代錯誤と思えるほど厳格で口煩《うるさ》く、イルマを身びいきする姿は想像できなかった。小路の困惑が伝わったらしく、渕は自分でも困ったようにまた額を掻き、

「あいつはな、捜査専用の嗅覚《きゆうかく》を持っているんだ」

短くなった煙草を携帯灰皿に捨て、新たな一本をすぐに咥《くわ》え、

「で、まっしぐらに獲物に噛みつこうとするせいで、足元を見ていねえ。無茶をする分、怪我も多い。あのままじゃあ、いずれ取り返しのつかないことになりそうだ。いや……あいつは見ていないんじゃなくて、見ようとしねえんだ。自暴自棄に思えるほど、常に自分を駆り立てている。あいつには何かが欠けてんだろうよ。それが何かは知らねえが……」

「そこまで奴を買っているとは、思いませんでしたよ」

小路は、電子煙草を手に持ったまま弄《もてあそ》んでいたことに気付く。

「話を聞いて、少しは親近感が湧いた気もしますよ……今度は愛想笑いでも浮かべて、近寄ることにします」

「分かってねえな」

渕が嗄《しわが》れ声でいう。

「愛想笑いが効くような相手じゃねえよ。あいつは、人に懐かない野生動物みたいなもんだからな」

「じゃあ、どうすればいいんです……」

「いったろ、嘘はだめだ。むしろ認められることだ、あいつから。そうすりゃあ、そこそこ近くまでなら、寄って来てくれるはずさ。いや、真面目にいっているんだぜ。お前さんも警察官としての質《たち》は悪くねえんだ。同じ事案を追うことにでもなれば、案外気が合うかもしれねえぞ」

「……どうですかね」

闇カジノの摘発で、イルマの捜査官としての実力と独断的なやり方は、すでに目の当《ま》たりにしている。共同で同じ事案を追うなど、できるはずがない。人種が違い、言語が違うのも同然だ。

イルマのことを少し羨《うらや》ましくも思う。渕がこれだけ誰かを買うのは、覚えのない話だっ

た。小路が電子煙草をケースに仕舞っていると、

「娘さんとは会っているのか」

　突然の質問に、言葉を失いそうになる。

「……もう会わないことにしているんです。向こうには向こうの家庭がありますから」

　そうか、と苦々しい顔で応えた渕が携帯端末を取り出して、耳に当てた。そのまま立ち去ろうとした小路は鑑識員の反応から新たな事件が発生したのを察し、足を止めた。渕は通話相手へ短い返事をしたのち、こちらを見た。接続を切ると、

「鑑識に出動要請があった。殺しだ」

　一度、煙草を大きく吸って灰皿に入れ、

「すぐに、表に鑑識車が回って来る。お前さんも乗せてやる」

「いや、俺は身辺警護の相手を探しに……」

「今回の被害者もな、体に小型の刃物が刺さっていたそうだ。つまり、この特捜本部が扱う事案に違いない。連続殺人だよ」

　小路を手招きしつつ、警察署の正面へと歩き出し、

「お前さんがお護りするお姫様も、すぐに嗅ぎつけるだろうよ」

k

外壁のほとんどは、深緑色の蔦《つた》に覆われている。紙袋を抱えたまま葉を押し退けて扉を薄く開け、蜘蛛は滑り込むように自宅に入った。細かな雨が降り始めていた。

弱々しい光が、遮光カーテンの隙間からリビングへと漏《も》れている。夜が満ち始めた薄暗がりの中、蜘蛛はソファーに衣料品の詰まった紙袋を載せ、ハンガーラックにウィッグ付きのニット帽と外套を丁寧に吊るしてゆく。サージカル・マスクは部屋の隅で口を開けたままのポリ袋へ投げ捨てた。

洗面所に入り、ぬるま湯を溜《た》め、石鹸《せっけん》とネットで泡を作り、顔に押し当てた。ゆっくりと洗顔し、ファンデーションを落としてゆく。洗面台の鏡に、髑髏と筋肉繊維が絡み合い、大脳の剝き出しになった色鮮やかな禿頭《とくとう》の顔面が現れる。死の直前の、もっとも生命が輝く瞬間を図案化した刺青であり、それは蜘蛛の主張そのものでもある。

リビングに戻り、着ていたものを床へ全て脱ぎ捨てた。クローゼットの折り戸に設えられた姿見で、全身を映す。筋肉を切り開き、骨格と内臓をさらけ出したデザインが胴体と四肢《しし》を覆っている。力を込めると、体中の赤い筋繊維がうねった。

ダイニングキッチンの戸棚から二十種類のプラスチック・ボトルを取り出し、それぞれのサプリメントのカプセルをカウンターの木目に沿って並べた。冷蔵庫から出したミネラルウォーターで、一粒ずつ胃袋へと流し込む。最後に口に入れた葡萄糖《ぶどうとう》のタブレットを舌の上で溶かしつつ、キッチンを片付けた。

広いリビングで一人、蜘蛛は両腕を広げた。首をゆっくり回し、緊張をほぐそうとする。準備は完了した。必要な栄養も全て摂取した。紙袋を抱え上げる。痛みを覚えるほど、肋骨《ろっこつ》の中で心臓が高鳴っていた。

折り戸を開け、クローゼットルームの照明を点ける。窓のないがらんとした部屋の壁に沿って、ハンガーを掛けるためのポールが渡されている。すでに蜘蛛は白い樹脂で作られた、女性の胴体を模したトルソーを一番奥に吊り下げてあった。女性用の下着——平均的、と思われるものをコンビニエンスストアで購入した——の上に、保温性カットソーシャツも着せていた。

紙袋を開け、今日買い求めた青色のデニムパンツをトルソーに穿かせた。防寒仕様のライダースジャケットも羽織《はお》らせる。箱から出したミドル丈のエンジニアブーツをデニムの下に置き、厚手の靴下をそれぞれの中に突っ込んだ。

蜘蛛はクローゼットルームの入口まで戻って振り返り、服を重ねた女性型のトルソーをじっくりと眺める。笑みで頬《ほお》が広がる。肚《はら》の底から笑い声が漏れ出し、止めることができない。

そこには確かに、イルマの姿がある。彼女を覆う、イルマの表現が。推測も混ざっていたが、誤差はせいぜい十数グラムだ。

これで情報が揃《そろ》ったことになる。感圧センサーで予め計測した重量からこの抜け殻の重さを全て差し引けば、イルマの生身の体重を求めることができる。

それは、彼女の体に薬物を摂取させるために必要な情報だった。

生物に薬物を与えるには、用量反応関係を調べなくてはならない。的確な量以上の薬物を与えればイルマは即死するかもしれず、足りなければ弱らせるだけで終わってしまう。それを避けるためには、重量一キログラムに対して薬物が有効に作用する量を計測し、イルマの体重に正確に応用する必要がある。半数効果用量や半数致死量を、試験を重ねて統計的に算出するのだ。イルマの情報が手に入った以上、後はただ試験を繰り返すだけだ。できるだけ多くの試験を行なうべきだった。

高揚感で溺《おぼ》れてしまいそうだ。蜘蛛は自らを戒《いまし》める。計画を完遂させるためには、さらに必要な要素がある。浮かれるのは早すぎる。

蜘蛛の背後、ハンガーラックに掛けた外套の中で携帯端末が鳴っていた。手にすると、画面には電話番号だけが表示されている。蜘蛛は再び、笑みで頰を押し広げた。連絡を寄越した者の正体は、察しがつく。想像通りなら……聖杯にも等しい収穫を手に入れることになるのだが。通話アイコンを押すと数秒の沈黙ののち、緊張の含まれた訝《いぶか》しげな声が端末のスピーカーから流れ出した。

『……お前は誰だ』

蜘蛛が笑いを押し殺し黙っていると、

『どういうつもりだ……何を企んでいる』

「企む？」

我慢できず、返事をしてしまう。

「連絡をしてきたのは、あなたの方なのに？　こっちはただ、連絡に必要なものを知らせただけだ」

『とぼけるな』

声に怒りが込められる。

『お前は昼間、レストランで俺の携帯端末《スマホ》にメッセージを送った。問題は、その最後の一文だ』

「何と書いてありましたか」

『イルマについて取引したい、とあった。お前は……何者だ』

「取引するつもりがあるから、こうして通話をしているのでしょう？」

『お前と取引を交わすつもりはない。俺の質問に答えろ。第一、イルマが俺と関係する、となぜ決めつける』

「調べたからですよ。まず、あなたの名前は見上真介。以前は組織犯罪対策課に所属し、のちに捜査一課に異動した。階級は警部補」

通話相手が黙り込んだ。蜘蛛の持つ情報の正しさが証明されたようなものだった。

蜘蛛はあれから、爆破事件についてできる限り調べ上げていた。潜伏中の身でもあり、公開情報以外触れるのは不可能だったが、それらを総合することで、幾つかの有益な知識を手に入れることができた。

拘置所で蜘蛛が騒ぎを起こした際に連続爆破に関わる殺人犯も脱走していたこと。逆算して考えれば、蜘蛛へ食中毒騒動を依頼したのは、その関係者ということになる。二人の共犯者は《ｅｘ》《エクスプロード》&《／》《スラッシュ》と、まるでかのボニー&クライドのように週刊誌やネットで派手に書き立てられていた。

そして、《ｅｘ》&《／》の仕掛けた爆発に、イルマと見上は巻き込まれたのだ。

「こちらも自己紹介しましょう」

無言のままでいる相手へ、

「私の名は《蜘蛛》です。では、取引を始めましょうか」

『……馬鹿な』

見上の声が震えている。怒りと混乱によるもの、と蜘蛛は想像する。

『お前があの毒殺犯だと？　本物だという証拠はあるか』

「これ以上必要ありますか？　蜘蛛、の名前は警察の外に漏れてはいないはずですが」

『もし本物だとしても……警察官である俺が、犯罪者と取引すると本気で考えているのか。馬鹿馬鹿しい』

嘲《あざけ》りの笑い声が聞こえ、

『この通話記録を逆探知すれば、それでお前はお終《しま》いだよ。俺と対等な口をきこうとするな。利用する相手を間違えるなよ』

「こちらが、あなたへのメッセージとして送ったのは」

自然と声色が低くなる。

「ネット通話に必要なアプリとこちらの専用アドレスです。電話回線は使用していない」

『プロバイダに協力を仰《あお》げば、パケットの向かう先を特定することができる。捜索差押許可状が発布された際は、協力しないという行為自体が公務執行妨害となる。警察を侮ってもらいたくないな』

「このネット通話は海外製のサービスで、必ず海外サーバを経由する。その際に一々、発信元のＩＰアドレスを書き換えるのですよ。捜査に相当な労力が必要となりますが……本当にできますか？　どれくらいの時間がかかるのです？」

口を噤《つぐ》み、反論の言葉をなくした見上へ、

「あなたが大怪我をしたあの現場には」

声を落として囁《ささや》きかけ、

「女刑事もいたのでしょう？　あなたが負傷する瞬間を恐らく……黙って見過ごしていた」

無音のスピーカーから、見上の体内に蓄積する憤怒《ふんぬ》が熱となって伝わるようだ。蜘蛛は自らの読みが正しかったのを確信する。見上の内部に蓄えられた世間に対する強い敵意は、時間の経過とともに腐敗して体積を増し、その矛先《ほこさき》はイルマへも向けられている。

「取引の話をしましょう」

内に溜め込んだ憎しみを餌として、腐敗を促進させるためには――

「もちろん応じるかどうかは、あなたが決めること……決してそちらの損にはならないはずですが」

『……いってみろ』

「イルマが欲しいのです」

――直接、奴の腐りかけた心に届く言葉を。

「あの女の魂を、俺と同じ岸辺に立たせたい。本来のイルマに、相応《ふさわ》しい場所に」

『お前と同じ岸辺、だと？』

見上の内面が、蜘蛛の言葉に共鳴し始める。突然笑い出し、

『確かに相応しいだろうさ。お前と同類だからな。イルマなんぞ、一人で手柄を立てることだけに執念を燃やす、いかれた俗物だよ。二人で手を繋いで、どこへでもいくがいい。

『もし俺の腕や脚があの爆発で吹き飛んでいなければ、今頃……』

語尾が擦れ、怒りが膨れ上がる。

「イルマの情報が欲しいのです」

蜘蛛はすかさず、言葉を見上の内面へ差し込もうとする。

「あの女が、合法と違法の境界を渡ってこちら側に着くことが、あなたにとっての報酬となる。これが、取引の内容です」

低い呻《うめ》き声が聞こえたのち、

『……どんな情報が欲しい』

「イルマの住み処。その場所。同じ一課なら、簡単に手に入るでしょう」

沈黙があり、そして見上の声には、笑みが含まれる。

『……いいだろう。イルマをお前に売ってやる』

i

屋根付きの二輪駐輪場にデュアルパーパス・バイクを停め、支柱と前輪をチェーンロックで固定する。考えごとのせいでしばらくの間、部屋の鍵をロックへ差し込もうと苦心していた。街灯で鍵が光り、形の違いにようやく気がついた。

イルマは午後の捜査会議の内容について、考え続けている。バイクで帰宅する間も、途中で寄った商業ビル地下のカフェでトルティーヤのラップサンドを食べている間も。八穀《はっこく》米《まい》の入ったサルサ風味を注文したはずだが、味は全然覚えていなかった。

夕方に開かれた捜査会議で明らかになったのは、第二の被害者の詳細だった。

間違いなく、第一被害者である門田博紀を殺害した者による犯行。その点についてだけなら、法医学者へ遺体の司法解剖を依頼する必要もない。被害者は前回同様、小型のナイフで刺されており、その傷はやはり致命傷ではなく、それ以前にペントバルビタールの過剰注射により殺害されていた。

特捜本部を困惑させているのは、明らかな連続殺人でありながら、第一、第二被害者の間に共通点が見受けられないことだ。

第二の被害者。小松功《コマツイサオ》。三十七歳。大手ソフトウェア開発会社勤務。勤務地も自宅マンションも都内にあり、独身。

深夜の帰宅途中、自宅から少し離れた月極めの二階建て駐車場の定位置、一階奥で小松は殺害された。車を降りた瞬間を狙われたらしく、翌朝の発見時にも扉の錠は開いたままだったという。駐車場入口にのみ監視カメラがあり、事件現場が記録されることはなかったが、殺人のあった直後とその二時間前に、徒歩で出入りする同一人物が撮影されていた。Ａ４用紙に印刷され捜査員に配られた記録映像には、特徴のない黒いダウンコートを着た、フードで顔を隠す男性らしき人物が遠目に映し出されていた。イルマはマンション入口の短い階段を上り、ジャケットについた細かな雨滴を払い落とす。鑑識課の報告を思い出した。

小型のナイフは前回の犯行に使われたものと同じだったが、柄の途中まで押し込まれた分、遺体に深く刺さり、刃先は肋骨の隙間を貫き心臓まで正確に達していたという。司法解剖でもう一つ明らかになったのは、小松は四年前に心臓弁の手術を受けており、そのために胸部と心臓には大掛かりな縫合痕《ほうごうこん》が存在する、ということだった。犯人はその事実を示すために、あえて遺体を傷付けたようにも思える。

けれど、最も肝心な「動機」が今回も見出せずにいた。捜査員の誰もが、被害者が襲われた、その理由を説明できなかった。特捜本部では、小松の心臓手術をした林教《りんきょう》大学病院にも話を聞くことにしていたが、犯人像を想定しての聴取ではなく、あくまで人間関係捜査の一環でしかない。

イルマはエントランスを抜け、エレベータに乗る。

特捜本部は捜査方針を絞りきれずにいた。それを曽我管理官の無能のせいばかりにできないのも、イルマは理解しているつもりだった。第一、第二被害者の印象が重ならないせいだ。年齢も職業も、生活範囲も違う。互いに面識があるとも思えない。連続無差別殺人と特捜本部が見立てようにも、犯人が寒気の中、二時間も駐車場の暗がりで被害者を待ち伏せた事実は計画性を窺わせ、断定できずにいた。

エレベータから降りた。外廊下の手摺《てす》り壁を越えて都心の高層建築が覗いており、その窓の半数はまだ明かりを点している。

犯人は……単に正気を失った人物だろうか。

二人の被害者への凶行。薬殺から死体損壊までの手際のよさは、とても正気を失った者の手腕とも思えない。迷いのない殺人と遺体への冒瀆《ぼうとく》は、明確な悪意に基づいて行なわれている、と考えるべきでは。

霧がかかったように、捜査方針を向ける先を見通すことができない。こっちは、駆け出したくてうずうずしているというのに。明日は、朝の捜査会議までに出勤すればいいのだろうか？　被害者それぞれの周辺捜査は他の捜査員が大勢担当しているし、今さら特捜本部のやり方に従う気もなかったが、最初に情報の集まる会議には出席しておきたい。独自性を特捜本部に持ち込みたいのか、あの阿呆管理官がやたらと物事を変則的に進めようとするせいで――

イルマは自室の扉の前で、大袈裟《おおげさ》に肩を落とした。勘がうまく働かないのは、管理官のせいじゃない。思考にどうしてもノイズが混じり、集中力が削《そ》がれているのだ。私は一つの不確定な推測に、ほとんど無意識にこだわってしまっている。

《蜘蛛》という脱獄囚の存在。

二件の殺人の加害者は奴なのでは、という疑念を捨て去ることができない。ただ薬物を使った殺人、というだけで、何一つその証拠は存在しないのに。

鍵穴にキーを差し込み、解錠する。玄関に並んだスニーカーや革靴を爪先で左右に寄せてブーツを脱ぎ、グローブを詰めたヘルメットをシューズボックスの上に置いた。

でも、と考える。逆にいえば、蜘蛛ではない、という証明もされていないことになる……本当に、全くあり得ない線なのだろうか。見付かっていない関係性が蜘蛛と被害者たちの間にあるとしたら。その関係性が単純な怨恨《えんこん》などではなく、もっと複雑なリンクの一部だとしたら。

天井の照明を点けると、白い壁紙に囲まれたワンルームが現れる。安物の絨毯《じゅうたん》の上に置いた、パイプベッドと液晶TV。TVに繋いだ、ほとんど触ったことのない高解像度ゲームマシン。折り畳み式のテーブルに載ったノートPC。小物の入ったカラーボックス。ハンガーラック。残りは衣類も含め、クローゼットに押し込んである。部屋の隅のところどころには、埃の塊が灰色の滲みのように。衣類やバイク雑誌を床に放り出してあったが、部屋全体にものが散乱している、というほどでもない。ワンルームの一角の小さなキッチンの上に、朝方雑に使ったファンデーションの蓋《ふた》が開いたまま放置してあり、その匂いがわずかに漂ってくる。

無愛想な、いつもの光景。シャワーと睡眠のために帰るようなもので、食事もほとんど作ったことがない。同期の女性警察官が大勢いた、警視庁の独身寮よりも愛着のない空間だった。気分のせいか、今日はいつも以上によそよそしく感じられる。

前に出ようとしたイルマの足が止まる。

急に、感覚が研ぎ澄まされたように思えた。本当に普段とは、何かが違っているように感じる。この部屋には、どこか不自然な個所がある……本当に？　でも胸の奥が騒《ざわ》めき、警報を私自身へ発している。生存本能が意識へと、確かに訴えている。

イルマは静かに絨毯を踏み、視線を彷徨わせ、違和感の原因を探ろうとする。

朝に脱ぎ捨てた寝間着のスウェットの上下は、ベッドの上で厚手の毛布と絡み合っている。ベッドの枕元に、ブルートゥース・スピーカーが転がり落ちていた。飲みかけのペットボトルがノートPCの脇に。PCはわずかに開いていたが、日頃からそれほど几帳面《きちょうめん》に扱ってはいなかったし、もし誰かが触れようとしても、警察官の心得として掛けているパスワード・ロックが起動を阻むはず。

イルマは小さく頭を振った。私は混乱しているのかもしれない。室内に異変は見当たらなかった。部屋全体のよそよそしさも、いつも通りだろう。そもそも、玄関の扉は間違いなく施錠されていたのだから。この女性専用マンションの全ての部屋の扉には、ピッキング対策が施されていたはずだ。

息をつき、鼻腔《びこう》に新しい空気が流れ込み、そしてイルマはもう一度「異変」を感じ取る。部屋の生活臭とは違う、別の臭いが微《かす》かに……

その場で慎重に呼吸し、「異変」を嗅《か》ぎ分けようとする。これは……他人の臭い？　でも、どこから。いや、それよりも私は、何を「他人」として嗅ぎ取ったのだろう。

――これは、ファンデーションの臭い。私が使っているものとは、別のブランド……

突然背後で激しい物音が鳴った。ユニットバスの扉が開いた、ということはすぐに分かったが、振り向くよりも早く、誰かが後ろからイルマの首に腕を回して締め上げ、肩甲骨《けんこうこつ》の間に硬い塊を強く押しつけた。

動くなよ、とかさついた声がした。聞き覚えのある声に、イルマの首筋が粟立《あわだ》った。

「結局……俺たちは、互いに共鳴している」

喜色が声に込められており、

「再会するのは必然だ。だろう？　俺が誰か分かるか？」

「……蜘蛛」

恐怖と同時に、安易に脱獄囚の接近を許した自分への憤りが湧き上がり、イルマは奥歯を強く嚙み締める。

「……どうやって部屋に入った」

「どうやって？　玄関扉のことをいっているのか？　この部屋の錠は確かにピッキングの対策はされているがね、また別の開け方があるのさ。難しいやり方じゃないんだ。加工した鍵を鍵穴に差し込んで衝撃を加えれば、錠内部のピンを全部外側へ弾《はじ》き飛ばすことができる。捜査三課に詳細を聞いてみるといい。機会があるなら、な」

罵りの言葉以外、脳裏に浮かばない。けれど悪態をついて、蜘蛛を挑発していい状況ではないのも分かっていた。それに少なくとも今の蜘蛛からは、即座にこちらを殺そうとする意思は感じられない。静かに機会を窺うべきだった。反撃の機会を。

「これから俺は、お前にある提案をする」

蜘蛛の声が耳元に近付く。蜘蛛の顔面の、ファンデーションに含まれる香料の臭いが強くなる。

「提案を受け入れるかどうかは自由だが、その選択には、お前自身の命も賭けられる」

ひやりとする感覚が起こった。自覚しなくては、と思う。すでに私は、生と死の境界線上に立っている――

「この提案はもちろん、俺とお前の魂に関わる話だ」

イルマは静かに深く息を吸い、一瞬で吐き出して体の強張りを解いた。重力に任せて真下へ全身を落とし、同時に首を捻《ひね》って蜘蛛の腕から抜け出した。背中に当てられた塊が脊《せき》椎《つい》を強く擦《こす》り、息が詰まる。背後を思い切り蹴飛ばしてパイプベッドへ飛び込むと床板の割れる感触があり、イルマはジャケットのファスナーを下ろしつつ絨毯へ転がり落ち、片膝立ちで素早く起き上がった。

不快げに鳩尾《みぞおち》の辺りを押さえる蜘蛛は、奇妙な形の、黒色の小型銃《デリンジャー》を携えている。

「蜘蛛っ」

イルマが大声で呼びかけ、脇に吊ったホルスターから抜いた自動拳銃の遊底《スライド》を引いて初弾を薬室《チャンバー》に送り込み両手で構えるのと、蜘蛛が小型銃の、縦に並んだ二つの銃口を向けるのは同時だった。蜘蛛へ、

「お前の提案には乗れないね」

立場が逆転したことを、イルマは冷静に把握する。

「最初から、聞く気もないけど」

蜘蛛の手にする小型銃の銃口の中には真鍮《しんちゅう》製のインナーバレルが見えている。それは単なる玩具《おもちゃ》のガス・ガンにすぎない。どんな弾が込められていても、実弾には敵わない。蜘蛛もイルマの持つ自動拳銃を見詰めていた。ファンデーションで刺青を塗り潰した蜘蛛の姿は、水道局検針員の青色の制服を着た痩せぎすな男性、というだけでしかなかった。

その身に不吉な空気をまとわせているように思えるのは、私が男の凶暴な正体を知っているからだ。冷静さを保て、とイルマは自分にいい聞かせる。相手は危険だが、実像以上に恐れてはだめだ。蜘蛛が自動拳銃を凝視したまま口を開き、

「それは間違いなく本物か？　自宅にまで持ち帰っているのか」

「……私には身辺警護が必要、って誰かがいい出してからはね。特捜本部に所属して、二

十四時間態勢で勤務中っていう形なの。ほとんど書類上の話だけどさ、銃刀法違反にならないように。で、お前はこれから、大人しく確保されるわけだけど……その前に、一つだけ聞かせてもらえる？」

片手で蜘蛛の胸の中央へ狙いをつけ、もう一方の手をジャケットの外ポケットに差し入れる。手探りで携帯端末を見付け、

「脱獄後、お前は薬物を使って二人の男性を殺《あや》めている。違う？」

「どうかね……」

「今さら悪足掻《わるあが》き？　下手ないいわけよりも、逃亡中の苦労話でも考えておきなよ。裁判員へ訴えるための」

蜘蛛が構えていたガス・ガンの銃口を下げた。

「お前の方がいい道具を持っている。それは、見せびらかしたくなるだろうな」

奇妙に深刻な目付きで、

「だが、見せただけではだめだ。お前なら、そんなことはよく理解していると思っていたが」

イルマは、空気の噴射する音を聞いた。見下ろすと、デニムの太股に小さな注射器らしきものが突き立っている。愕然《がくぜん》として、蜘蛛を見た。

「重要なのは、使い手の覚悟の方だ。お前に、俺の心臓を撃ち抜く気は最初から、ない」

改めて蜘蛛の肩口へ照準を定めようとするが、自動拳銃の重みをイルマの腕が支えきれ

なくなっている。もう片方の手にあった携帯端末も絨毯へ落ちた。

「俺の持つ銃は玩具だが、弾は手製の薬物弾だ」

腕にも脚にも力が入らない。膝が崩れ、全身が溶けていくように、前屈《かが》みの体勢から徐々に床に伏せてゆく。

「小型の注射器を切り詰め、密封している。針穴を塞ぐゴムの覆いが着弾の衝撃で外れ、シリンダー内の圧縮空気が薬液を体内へ押し流す。効き目は……説明するまでもないな」

今はもう灰色の恐怖以外、何も感じない。

「二人を殺めたか、と聞いたな。もちろん、それらは俺の仕事だ。そして」

実験結果を第三者へ知らせるような蜘蛛の乾いた声が、黒く潰れかける意識に届いた。

「お前ももう、俺のものだ。イルマ」

二　オーバードライヴ

i

イルマは漆黒《しっこく》の水面《みなも》から浮かび上がるように、自分の身に起きたことを思い出す。そして、まだ私は生きている、と知った。辛《かろ》うじて……という状況なのもすぐに分かった。

横倒しになった体を意識する。手と脚の自由が利かなかった。背中で両手首が縛られており、足首と膝も固定されている。口にきつく嵌《は》められた猿轡《さるぐつわ》の感触は、タオルのものだった。少し身動きをしただけで、イルマの体重を支える場所が大きく軋《きし》んだ。割れた床板。ベッドの上にいる、と理解する。頭上のやや離れた場所から、物音がした。

目を開けるのが怖かった。けれど、状況を見極める必要がある。そっと瞼を開け、キッチンの方角へ首を巡らせた。

蜘蛛がシンクにもたれ、立っていた。記憶通りの制服と、ファンデーションを塗った顔。何の変化もない。時間がさほど経っていない、と考えていいのだろうか。室内に時計はなく、時刻を確かめることができない。少し、視界がぼやけている。麻酔薬以外にも、何かされたのだろうか。

うまく目の焦点は合わなかったが、蜘蛛が何をしているかは見て取れた。こちらの様子を観察しながら、茶色の小瓶を振っている。

焦るな、と心の中でいう。顎を引き、自分の状態を改めて確認する。膝を固定しているのは梱包用のビニール紐で、おそらく手首も足首も同じもので縛られているのだろう。硬く結ばれていたが、突起物を探して擦りつければ、裂くことはできるはず。猿轡も顎を動かし続ければいずれは緩《ゆる》み、外れるのでは。

安心しろ、とイルマの心中を見透かしたように蜘蛛がいった。

「俺はまだ、何もしていない。少量のバルビタールを与えたのと、体を縛った以外はな。本当は、どちらも必要じゃないんだ。お前さえ、大人しくしていてくれたら」

閉じた口の中で、上下の歯を小刻みに噛み合わせ、

「だがお前は、大人しくしているはずがないからな。野生の……狼のようなイルマ」

イルマは蜘蛛を睨みつける。少しずつ視力も戻ってきた。太股に装着したホルスターバッグの内ポケットに仕舞った、化粧道具としても文房具としても使う、小さな鋏《はさみ》を意識する。手にすることはできるか。体を思い切り捻れば、指先がバッグのバックルに届くかもしれない。後は、どうこの男の注意を逸《そ》らすか、ということだけだ。

蜘蛛も視線を外さなかった。残念だが、といった。

「残念だが、今お前が噛み締めて味わっているのは、希望ではないんだ。これから先、お前の思うようには絶対にならない。予《あらかじ》めいっておくが、お前のその小さな希望は完全な絶望へ変化するだろう。最初に理解して欲しいのは、俺はお前という人間を絶望に追い込みたいと思ってはいない、という点だ。その先の話をしたい」

瓶を持たない方の手が、シンクの脇に置いたプラスチックケースを開いた。

「俺は今、ある舞台を作り上げようとしている。そして正式に、お前の参加も決まった。俺からの提案とは、お前の役柄についての話、俺たちの未来についての話だ。とても大切な提案となる。よく聞いてもらいたい。肉体的な話じゃない。俺もお前も、互いに皮膚や服装は見ていない。外側は問題じゃない。だろ?」

蜘蛛はケースの中へと目を逸らしている。動き出すべきか、イルマは迷った。

「この部屋は何もない。まるで、お前そのもののようだ。魂は輝いているが、それに相応しい環境を持ってはいない。自分自身で気付いていないからだ。お前に相応しい立ち位置はここではない、ということを」

イルマは静かに姿勢を変え、体をよじる。唸り声を上げないよう、自分を抑えた。

「お前は俺の側に来るべきだ。難しい話じゃない。俺とお前の魂は、とても近い位置にあるのだから。必要なのは、ほんの少しの覚悟だ。お前は、舞台上の役柄を最後まで演じきることで、俺と同じ高さに立つ資格を得るだろう」

中指の先が、バッグに触れた。左肩の古傷が痛み出す。

「これからお前に、二種類の薬物を注射する。一つはバルビタール。ついさっきも使用したな。お前にとって問題となるのは、もう一つの方だ」

蜘蛛の手が、ケースからビニールで包装された何かを取り出した。

「この薬の効能は特殊でね、時間差で現れるんだ。簡単にいえば、摂取して二十四時間経つと、お前の死が確約される。それ以降、回復の見込みはない」

片手で器用に袋を破り、細い注射器を露にする。

「当然、俺は解毒剤を用意するつもりだ。治療したければ俺の指示に従ってもらう。指示は一つじゃない。何段階かに分かれる。その途中は……長い旅に感じるかもしれないな」

注射器のキャップを外した。

「だが、一つ懸念がある」

瓶の蓋に注射器を刺す。

「お前は、指示された役柄を拒否するかもしれない。科捜研へ駆け込み、血液検査を依頼するかもしれない。二十四時間以内に解毒剤を作らせようと。同時に、指示に従う振りをして俺の逮捕を試みるかもしれない。だとすれば、保険が必要となる」

注射器が無色透明の液体を吸い上げる。

「お前が俺の指示通りに動かなかった場合、もう一人の人物を殺す……いや、少し違うな。俺が殺すのではなく、そいつは何もしなければ、勝手に死ぬんだ。はったりだと思うか？　なら、試せばいい。俺は黙秘はしても嘘をついたことはない。お前が目覚め、科捜研に血液検査を依頼すれば、実際に体内に薬物が入っている事実が確認できるだろう。同時にお前は、もう一人の人物を見殺しにすることになる」

イルマは注射器の操作に集中する蜘蛛から目を離さず懸命に身を捻り、ホルスターバッグのバックルを外すことにようやく成功するが、小さな音が鳴ってしまう。こめかみに冷や汗を感じる。蜘蛛に気付いた様子はなく、

「少しだけ、情報公開しておこうか。もう一人の人物は、お前とは縁もゆかりもない少年だ。九歳の」

愕然とし、思わずイルマの動きが止まった。九歳は、馨《カオル》が海で命を落とした時と一つ違いの年齢――

たった一人の、年の離れた弟。噛み締めたタオルが口の中で、甲高《かんだか》く鳴った。

「お前次第だ。その少年が助かるかどうかは」

蜘蛛はカオルのことを知った上で、その「提案」を示している。すぐさま飛びかかってやりたかったが、怒りに霞《かす》みそうになる理性が自由にならない腕と脚を思い出させた。

「俺のことを誰かに話したり、薬物について知らせた時点で、少年の死も確定する。警視庁内でのお前の動きは、俺へ筒抜けとなるからな」

激しい怒りが突然、絶望的な後悔へと変質する。

「少年を見殺しにすれば、代わりにお前だけは助かるかもしれない。そうしたければ、するがいい。お前が舞台から降りたからといって、筋書き自体が変わるわけじゃない。だが……少年は実に、素直ないい子でね。その命がこの世から消え去るのは赤の他人の俺でさえ、少し残念に思うよ。つまり、お前の魂が本当に高潔であるかどうか、少年の命によって量ることができるわけだ」

視界が曇った。両目に涙が溢《あふ》れている。カオルは、海水浴中に流されてしまった。私が目を離したばかりに。ぼやけた景色の中で、蜘蛛が動き出したのが分かる。

「今から二十四時間以内に、お前はある場面に到達しなければならない。到達すれば、お前も少年も救われるはずだ。が……制限時間を全て、お前にやるわけにはいかない。俺にはまだ準備が必要だし、お前に余計な時間を与えれば、また独自に動こうとするだろう？　目が覚めた時はすぐに、残り時間を確かめろ。リミットはおよそ明日の二十二時。体調等で一時間程度は前後するだろう。それでも、俺はこの時間指定には自信がある。実験を幾《いく》度《ど》も重ね、効果用量を慎重に測定したんだ」

動かなくては。状況を変化させなくては。再びバッグへ意識を戻し、指先を届かせようと試みる。

「お前は舞台の出演者だ。ということはつまり、俺の仕事を特等席で観賞できる、ということでもある。主題は悪意だ。役割を演じろ。そうすれば終幕で、お前に本物の悪意というものを見せてやる」

近付く蜘蛛の顔が、黒く陰った。

「俺とお前は二人で、この世の悪意と対峙《たいじ》しなくてはいけないんだ。古びた価値を刻んだ石板を打ち砕かなければ。俺たちの歩みが、腐り果てた奴らの没落となるだろう」

注射針が、イルマの肩の皮膚と皮下組織を貫いた。抵抗の叫びは、猿轡に遮られた。涙が目縁《まぶち》から零《こぼ》れ、意識は急速に──

S

運転手への支払いを済ませてタクシーを降りた小路は手にしたメモから空へ視線を移し、いつの間にか雨が止んでいるのを知った。地面はもうほとんど乾いていたが、雲の様子からすると、またいつ降り始めてもおかしくなさそうだ。

街灯の下に入り、マンションの入口のプレートに記された住所とメモを見比べ、間違いがないのを確かめる。幹線道路から少し逸れた場所に位置する小規模な、飾り気のない直方体の集合住宅だった。

狭いエントランスの空間には、管理人室もオートロック・システムも存在しないことが分かった。ダイヤル錠の設置された郵便受けの中から「入間」の名前を探す。そこには、一通の手紙も投函されていなかった。当人は在宅中と考えていいのだろうか。背後に足音が聞こえ、軽く振り向くと刺々《とげとげ》しい様子の若い女性が早歩きで通り過ぎるところだった。小路はこの建物が、女性専用の集合住宅であるのを思い出した。自分の場違いさに、いたたまれない気持ちになってくる。

わざわざマンションまで足を運んだのは、夜に再び開かれることになった捜査会議の前に、イルマの様子を窺うためだった。渕の忠告通りに――少なくとも冷静に――話す気にはなっていたが、第二の事件現場では擦れ違いになり、夕方の会議後は近付く前に相手がまた去っていってしまった。イルマの行方を探って庶務班の周りをうろうろしていると臨時の捜査会議の開催を班員に知らされ、その後、出席を確認する一斉メールの返事が開始三十分前になっても、彼女からは戻ってこないことも教えられた。電話にも出ないところをみると、たぶんイルマは今もメールに気付いていない。そのため直接訪れる気になったのだが、自宅にまで来たのはやりすぎだったのでは、と小路は思い始めていた。それでも、ここで引き返すのもうまいやり方とはいえない。特捜本部に対し、一応は身辺警護の職務に勤《いそ》しんでいる、という格好を見せておかなければ。自宅と特捜本部以外、イルマの現れそうな場所を知らない、ということもある。

エレベータに乗り込むと、部屋までいってどう様子を見るつもりなのか、自分自身に問いかけたくなった。後一時間ほどで始まる、深夜の捜査会議に一緒に参加しましょう、とでも誘うつもりなのか。

憂鬱《ゆううつ》な気分でイルマの部屋の前に立った。チャイムを二度押すが、室内からは何の応答もない。馬鹿馬鹿しさが込み上げ、大きな吐息となった。完全な無駄足だが、これで報告書を作成することはできる。だが……不在ならイルマは今、どこにいるのか。ノブを握って施錠を確認し、踵を返そうとした時、軽い感触で扉が開いたことに小路は気付く。

気怠《けだる》い気分が、弾け飛んだように感じる。急に不穏な空気に包まれたように思え、混乱した。鍵を掛け忘れたまま、どこかへ出かけたのか。単に、トイレか浴室に入っているだけかもしれない。小路は扉の上に設置された、銀色のベントキャップに覆われた換気口を見上げ、耳を澄ませる。室内の換気扇は動いていない。

——まさか。

本当に奴は脱獄囚に狙われていたのか。最悪の結果が部屋の中に存在する？　馬鹿な。

躊躇しつつも扉を開け、ワンルームを覗き込み、イルマ、と呼びかけた。真っ暗な室内に、外廊下の照明がわずかに入り込む。暗がりの奥にパイプベッドが存在し、その上に誰かが横たわっていた。イルマ、と小路が声を大きくして呼ぶが、ベッド上の人物は身じろぎ一つしなかった。寝ているだけか？　だがあの鋭敏な野生動物のような女が、呼びかけに反応しないのはなぜだ？

急ぎ革靴を蹴り放して脱ぎ、部屋に上がり込んだ。狭く短い通路を歩き、ワンルームに足を踏み入れたところで壁のスイッチを探し、押した。玄関の扉が鈍い音を立てて閉じ、天井の照明が点くまでの数秒の間、空間は本物の闇で満ちた。

子供のように背を丸め、膝を抱える姿勢でイルマがベッドに横たわっていた。身に着けた長袖のカットソーとデニムは恐らく前日からの服装で、しかも自動拳銃の入ったホルスターを装着した格好でいる。

肩を揺するが、唇を薄く開けた横顔に応えはなく、あるいは何か持病でも発症したのか、と小路が考え出した時、イルマの指先が一瞬、震えたのが見えた。

瞼が微かに開き、ゆっくりと夢遊病者のように上半身を起き上がらせる。呆気《あっけ》にとられてその様子を眺めていた小路へ、イルマの漠然とした視線が向いた。

「おい……大丈夫か」

イルマは明らかに、朦朧《もうろう》としていた。ふらつきつつ、立ち上がった。手を貸そうとした小路を無視して、相手は玄関へ向かおうとする。どこへいくんだ、と訊《たず》ねると、

「……トイレだよ」

掠《かす》れた小声が返って来た。気まずい時間が流れ、手持ち無沙汰にワンルームの中央に突っ立っていると、ユニットバスの扉を開けて、前髪から水滴を滴《したた》らせるイルマが現れた。洗顔をしたらしいが、その姿からは今も生気は感じられず、おぼつかない足取りで小路の

前を過ぎ、ベッドに腰掛けた。

急に思い出したように脇の下のホルスターから拳銃を出し、弾倉《マガジン》を抜いて遊底《スライド》を引いた。銃把《グリップ》の底から弾薬が落ちる。小路は眉をひそめる。

弾薬が拳銃内部の薬室《チャンバー》に送られていたということは、発射の直前だったことを意味する。この女は一体何を……

イルマは、もう一度遊底を引いて内部を覗き込み、鼻を近付けた。まるで、使用された痕跡を調べるように。ベッドに落ちた弾薬を弾倉に押し入れる。弾倉を銃把に差し込み、ホルスターへ戻す。心なしか、その表情がほっとしたようにも見えた。次に、太股に装着したホルスターバッグの中味を探り、今度はベッドのヘッドボードに置かれた、プラスチック札のついた鍵と外国製らしき小さな携帯端末《スマートフォン》を手に取った。不思議そうな顔付きで鍵を眺めてからバッグに仕舞い、眉間に皺を寄せて端末をいじり始めた。

こちらのことを全く意に介さず、いつまでも端末に触れているものだから、

「どうして、電話にもチャイムにも応じなかった？　応じてくれたら、勝手に部屋に入る必要も……」

質問にも、イルマは顔を上げようとしない。

「調子が悪そうだが、何か持病でも……」

「ないよ」

目も合わせず、

「それより……あれから、二つの殺人事件に何か進展はあった？」

「……それについて、知らせに来たんだ。これからもう一度、臨時の捜査会議を開くそうだ。夕方の会議に間に合わなかった報告を、そこで改めてまとめるらしい」

「へえ……」

興味のなさそうな返事をして、イルマが立ち上がる。ハンガーラックからライダースジャケットを外し、真剣な表情で内外のポケットを探り始める。やがて諦めたようにジャケットを身に着けた。おぼつかない足取りで玄関へ向かい、ブーツに足を通そうとする。

「警察署へいくのか？」

「違うよ」

返事に驚いた小路は、壁にもたれて片足立ちになるイルマに詰め寄り、

「行く先は。俺は一応、警護役として……」

「いらない」

ヘルメットをつかみ、本当にそのまま出ていってしまった。急ぎ靴を履いて追いかける。イルマの背中へ、

「鍵は。部屋の」

「……意味ないから」

「何だって？」

イルマは億劫《おっくう》そうに引き返し、扉を施錠した。その後に続いてエレベータに乗り、相手の横顔を小路は観察する。やはり変だ、と思う。気怠そうな様子はまるで、今も半分夢の中にいるようだ。アルコールに酔っているのか、とも考えるが臭いは漂ってこなかったし、その蒼白《そうはく》な顔色は酒気を帯びている風には全く見えない。

エントランスを抜け、真っ直ぐ駐輪場に向かうイルマへ、

「捜査会議は後十分ほどで始まる。参加しないつもりなら、庶務班へ報告を……」

「少し遅れていく」

そう応え、しゃがみ込むと大型自動二輪車のチェーンロックを外した。

「その体調で運転するのはやめておけ。俺から離れたいなら、はっきりいってくれ。別につきまといたいわけじゃあ……」

「寄るところがあるんだよ」

二輪に跨《また》がり、ヘルメットとグローブを装着すると、女性警察官の姿勢が多少安定したように見える。狭い空間で器用に切り返し、困惑する小路を置いて、イルマはバイクを発進させてしまった。

i

一〇〇〇ccのデュアルパーパス・バイクを駅前広場の手摺りに沿って停車させた。シフトペダルを踏み、ギアをニュートラルにしてブレーキレバーから両手を放す。ヘルメットを脱ぎ、ステアリングに両腕を載せて体重を預け、イルマは体内で濁《にご》る息を吐き出した。両手の指先でこめかみを押さえ、うまく働かない頭を回転させようとする。

たぶん私は、少しだけ先んずることができたのだろう、と思う。あの小路とかいう図々しく人の部屋まで入って来た、暴対の警察官のおかげで。

ベッドのヘッドボードには、見覚えのない携帯端末があった。明らかにそれは、蜘蛛が意図的に置いていったものだ。蜘蛛の端末を起動してすぐに分かったのは、最大音量のアラームがその約二時間後に設定されていたことだ。つまり私は、蜘蛛がゲーム開始に定めていた時刻よりも早く目覚め、その差の分、自由時間が与えられたことになる。

ひどく体が怠かった。その原因が体に残留するバルビタールのせいなのか、その後に注射されたもう一つの薬物によるものなのか、判断はできなかった。蜘蛛が全て本当のことを喋っているという保証もない。

目を覚ましたイルマが最初に確かめたのは、自分自身の体だった。ユニットバスに籠《こ》もり、洗面台の鏡も使って、体に残された注射痕を探した。肩に一つ。太股に一つ。そして、右手の肘の裏にも小さな痕跡を発見した。静脈注射の痕らしい。「もう一つの薬物」が体内に侵入した印。性暴力についても調べ、それらしき形跡は存在しないのを確認した。万全を期すなら産婦人科で検査してもらうべきだろうが、今は無理だ。

次に、蜘蛛により自動拳銃が使用されていないかを確かめた。本来ならそれも、弾薬全部をチェックするのが当然だったが、指先の動きはまだ鈍く、偶然生じた時間差をもたと潰したくはなかった。

ホルスターバッグの中に自分の携帯端末とプラスチック札のついた鍵が入っていることも確認した。ロックは顔認証とパスコードで二重に守られているから、蜘蛛も私の端末の内部情報《データ》には触れられなかったはず。

——どうする。これから。

奴の指示に、無抵抗に従うのか。蜘蛛の残した端末に触れて気付いた事実が、もう一つある。メッセージ・アプリがインストールされており、すでにテキストが送りつけられている、ということ。文章は短く、ある地名番地だけが記されていた。

そして、イルマがバイクを停めた位置からは、鉄道駅前の灰色のコインロッカーが見えている。ロッカーと鍵。それが蜘蛛による、最初の指示ということになる。

イルマはジャケットから蜘蛛の端末を手に取り、じっと眺める。これを科学捜査研究所で分析すれば、蜘蛛の居場所が判明するだろうか。きっと、そう簡単にはいかない。わざわざ端末本体もOSも海外製品を用意したのは、追跡防止の工夫がしやすいからだろう。とても、残り二十二時間半の中で調べ上げることができるとは思えない。

それ以前にたぶん蜘蛛は、GPS機能を使ってこの端末の位置を把握しているはず。下手な動きは、すぐに把握されてしまう可能性が高い。結局、「自由時間」も監視付きでしかない、ということ。血液検査はどうだろう？　それなら、科捜研で時間内に調べることができるかもしれない。だとしたら、このまま警視庁本部までバイクを飛ばし、六階の連絡通路から科捜研に駆け込み、当直勤務中の職員へ事情を説明すれば、私にとっての問題は全て解決することに――

だめだ。イルマはヘルメットと額を打ち合わせる。

その選択をした場合、「九歳の少年」が死ぬ、と蜘蛛は断言した。奴の目論見に乗せられるのは腹立たしかったが、無視することもできない。実在するかどうかも分からない、仮想の少年。どうしても、カオルの姿を重ねてしまう。

――警視庁へ、本当に何も知らせなくていいのか。

信用できる警察官は幾人か頭に浮かんだが、全員に教えることはできない。情報を広めるほど、外部に漏れる可能性も高まるのだから。蜘蛛の口振りは、警察内部の情報提供者を仄《ほの》めかしているようだった。内通者が存在するからこそ、蜘蛛は私の自宅を知っていたのだ。知らせるなら、一人だ。それ以上は危険が大きすぎる。

イルマはヘルメットでもう少し強く、額を叩く。悩んでいるうちに、せっかくの時間差を全て消費してしまいそうだ――

大丈夫ですか、と声をかけられ、イルマは顔を上げる。警察学校を出たばかり、という年齢の地域課警察官が、歩道からこちらの顔を覗き込むようにしている。イルマは警察手帳を出して開き、

「……ちょっと張り込みで疲れちゃって。休んでいただけ」

「警部補……失礼しました。気分が悪いようでしたら、交番で休憩しますか？　その間でしたら、バイクも駐車してもらって構いませんが」

「いや……いいよ。すぐに出るから。ありがと」

軽く敬礼して、まだ少しこちらを気にしながら、駅前交番へと戻ってゆく。改めて周囲を見回すと、バス停の路面表示に近いことが分かった。あの地域課警察官は、そのことを気にしているのかもしれない。何となく、イルマは宇野を思い出した。

あいつしかいない、と思う。警視庁内で信用できる人間を、一人だけ選ぶとしたら。

イルマは自分の携帯端末を取り出し、メール・アプリを起動させ、宇野への用件を書き込み始める。

《誰にもいわないで。昨夜、蜘蛛に時限式の毒物を注射された。もう一人、無関係の民間

人もこの件に巻き込まれている。私が奴の指示通り動かなければ、次の二十二時に私と民間人の死が決まる。民間人は九歳の少年と蜘蛛はいうが、毒物のことも含め本当の話かどうかは分からない。個人的には真実のように聞こえる。私は、奴の指示通りに動くしかない。警察に内通者がいるらしい。他言したことを蜘蛛に知られたら、民間人が死ぬ。あなたは事情を知っているだけでいい。何もしないで》

できるだけ短い文章で書いたつもりだった。文字を打ち込んでいるうちに感情的になりそうだったが、端末を握り締めて抑え込んだ。迷った末、イルマは送信アイコンを押す。二件の殺人と蜘蛛の関連性も知らせるべきだっただろうか。でもそれを伝えてしまっては、宇野は特捜本部に報告するかどうかを悩むだろう。もし報告すれば「少年」は死に、教えなければ宇野は苦悩することになる。

自然と長い息が、唇から漏れてしまう。

私は情報を伝えたかったのではないのかも、と思う。本当に自分が命を落とした時に、その理由を宇野にだけは知っていて欲しかったのでは。これから、どこで倒れるか分からないのだし。数秒間端末の画面を見詰めて反応を待ったが、それほど早く返事があるはずもない。イルマは自分の感傷を鼻で笑い、鍵を抜いてバイクから降りた。サイドスタンドで車体を固定し、ステアリングにヘルメットを吊るした。

放置駐車違反、と内心つぶやきながら手摺りを越えて駅前広場に入り、タイルの上を歩いてコインロッカーへ近付く。

まだ少し運動神経が怪しく、足がもつれた。深夜の時間帯だったが、歓楽街へと向かう人間も多く、イルマは何度もサラリーマンや学生らしき男女とぶつかりそうになった。貧弱な明かりで照らされたコインロッカーの前に立ち、片手のグローブを外す。鍵についたプラスチックの札で番号を確かめると、左端、上段から二列目のものだ。鍵を差し込もうとしたイルマの手が止まる。今になって、ためらいが生じてしまう。

蜘蛛は一体、私に何を見せようとしている？

――お前に本物の悪意というものを、見せてやる。

扉を開けた瞬間、何かが飛び出して来る？　あるいは、この中に置かれたひどく残酷な何かを見せつけられることになるのか。終幕で、と蜘蛛はいった。たぶんこのロッカーはまだ最終地点ではない。そう考えても緊張は高まり続け、イルマの首筋を硬直させようとする……迷ってる暇があるわけ？

自分を鼓舞し、鍵穴に鍵を差し込み、解錠した。イルマはロッカーから少し身を離して、ゆっくりと扉を開ける。

内部には闇が充満していた。奥までは、街灯の光もうまく届かない。イルマは片手を差し入れる。指先に小さく鋭い何かが触れ、思わず手を引っ込めた。覗き込み、もう一度ロッカー内へ手を伸ばす。

想像したものは何もなかった。毒を持つ爬虫《はちゅう》類や昆虫が飛び出したり、小動物の死骸《しがい》が保管されていたりはしなかった。指先に触れたのは、小さな紙片。引き寄せると、それは一枚の名刺だった。

柿原総合会計事務所。代表取締役社長／公認会計士・税理士。柿原信広《カキハラノブヒロ》。住所、電話番号、携帯番号、メールアドレス。住所の箇所だけ、手書きの丸で囲まれている。

イルマはほっとし、次にたった一枚の名刺に心底怯える自分と、この状況を作った蜘蛛に苛立った。奴はなぜ、わざわざこんな手間を？　自家製の遊具の中に、私を閉じ込めた気にでもなっているのだろうか。「終幕」に私が辿り着くまでの時間稼ぎをしている、という可能性もある。ふと、背後を顧みた。蜘蛛が見ているかもしれない、と思いついたからだ。

広場の先、横断歩道の向こう側では歓楽街が煌々と輝いている。その光景の内で行き交う人間の中にもし本当に蜘蛛が混じっていたとしても、探し出すのは難しいだろう。たとえ発見し確保できたとしても、蜘蛛は再び断固として黙秘権を行使するはず。

蜘蛛にとって「沈黙」は、薬物と並ぶもう一つの武器だ。二人の命、特に少年の命運は、その武器によりコントロールされている。

イルマは、蜘蛛の言葉を全て事実として受け止めている自分に気がついた。端末で柿原総合会計事務所を検索する。実在する会計事務所。簡素なＨＰ。国際税務アドバイス業務云々。その場で柿原の携帯番号——本物という保証もない——に連絡を入れてみるが応答はなく、名刺をジャケットに仕舞った。

事実として受け入れるべきだ、と決意する。蜘蛛の言葉を事実として認め動き出さなければ、自分を救うことも、少年を助けることも、そして奴を確保することもできない。

グローブを嵌める。デュアルパーパス・バイクへと引き返す。

＋

所轄署の講堂で捜査会議が進む中、後方に座るイルマは柿原の名刺を両手で弄び続けた。

立ち上がった所轄署員が、第一被害者が都議会議員だった当時に流布した些細な悪評について報告している。苛立ちが増した。得るもののないこの会議で、もう「時間差」のほとんどを費やしてしまった。聞き込みから捜査員たちが持ち帰った話は、実のないものばかりだった。

手の中の名刺を見詰める。特捜本部へ提出するべき証拠品。でも、柿原信広が実在の人物とは限らない。端末の地図アプリで住所を調べてみたが、駅に近い集合住宅の一階というだけで、「会計事務所」の表記は現れなかった。とはいえ、それだけでは非実在の証明にはならないだろう。自分で直接訪ね、様子を見るしかない。特捜本部へ名刺を渡せば、すぐにその行為は蜘蛛にも知られることになる。

頭の中の霞《かす》みはだいぶ、晴れてきたように感じる。体の怠さも消えかかっている。単にバルビタールの効果が消えてきた、という話だろうか。雛壇からは、また曽我管理官の冷笑の込められた視線が向けられていたが、今は一々相手にする気になれない。

イルマ、と控えめな声量で話しかけられ、見ると隣に小路が座るところだった。無意識に険しい目付きをしていたらしく、

「そう睨むな」

暴対の大男は伏し目がちに、

「いい争いに来たんじゃない。話し合いたいんだ。あんたが納得できる合意ライン、ってものを作りたくてな。このままじゃあ、何ていうかな……」

小路は言葉を選ぶ様子で、

「このままじゃあ、俺とあんたの評価を下げる一方だろう。身辺警護の対象者は反抗的で警護する側は無能、という話にしかならない。共倒れだよ」

「……警護して欲しい、なんて頼んだ覚えはないけど」

「聞いてくれ。あんたの部屋に勝手に上がり込んだのは悪かったが、悪気があったわけじゃない。あんたにはあんたのスケジュールがあるんだろうが、こっちはそれを何も知らされていないんだ。心配するのも、仕方ないだろう」

小路は全く信用できないわけでもない、とイルマは考える。武骨で前時代的だが、言葉を飾らない分正直ともいえる。

「まず、あんたの一日の予定を教えてくれ。そうしてくれたら、俺も全部に張りついている必要がなくなるんだ。警察署や警視庁本部内にいるなら俺の出番はないだろうし、バイクであちこち動き回っている時間も問題ないだろう。危険なのは決まった時刻、決まった場所にあんたが現れることだ。朝晩の通勤時や、昼食夕食時。本部への通勤はバイクだろ？　徒歩で動く時は教えてくれ。その間だけは俺が護る」

小路が傍にいれば、蜘蛛の襲撃を阻止してくれただろうか？　奴を警戒させるくらいはできたかもしれない。でも、それだけだろう。あるいは小路も犠牲者の一人として数えられることになったかも。小路の武道の腕を疑うつもりはなかったが、己の力量を過信しているようにも思える。そして、私が今の状況に陥った原因も蜘蛛を甘く見ていたことにある。自分自身に腹が立って仕方がなかった。

「あんたのプライベートには立ち入らない」

小路は頑固に続け、

「誰かと会いたいなら、邪魔にならんよう後ろに引っ込んでいる。いいか、俺があんたにつきまとうのも、特捜本部がこの署に立っている間だけだ。単純に考えてくれ。護る、護られる、というのが俺とあんたの職務なんだよ」

喋りながら小路の目線が柿原の名刺に注がれているのに気付き、イルマは唇の端を曲げてジャケットに戻す。

管理官の目が直立姿勢で報告を続ける捜査員を素通りし、こちらの方を興味深そうに眺めている。小路が護衛として選ばれたのは、奴の差し金だろうか……私とは無関係の話。個人の問題に誰かを巻き込みたいとも、誰かを犠牲にしたいとも思わない。

携帯端末の振動を、脇腹の辺りに感じる。宇野からのメッセージが届いている。小路へは画面を向けないようにして、内容を確かめた。特捜本部にいますか、という質問。いる、と短く返答すると、すぐに新たな言葉が送られてきた。

《一階女子トイレ、一番奥》

イルマは眉をひそめる。どういう意味？　小路の話はまだ続き、

「俺も嘘はつきたくない。こっちにも事情がある。この警護の善《よ》し悪《あ》しで、上からの俺の評価が決まるんだ。俺なりに、真剣に取り組んでいるんだぜ。今日は防刃ベストも着込んでいる。よかったら、あんたの分も持って来るよ。何度もいうが、これは職務だ。あんたと俺の……」

「分かるよ」

イルマがそう口にすると、暴対の男は見るからにほっとした様子だったが、

「でも、せめて後二十二時間は私に近付かないでね」

厳《いか》つい顔が強張った。イルマは立ち上がり、雛壇の管理官を一瞥し、小路の席の後ろを擦り抜け、捜査会議の続く講堂を出ていった。

＋

エレベータで所轄署の一階まで降り、受付の前を通ってフロアの奥へ向かいながら、イルマは宇野から送られた文章の意味について考える。

訝しく思いつつも彼の言葉通りに、女子トイレのタイル張りの空間に足を踏み入れ、一番奥の個室が閉まっているのを錠の状態で確かめ、その扉を拳で叩いた。

ノックが返ってくる。まさか、と考えるが、

「……私だけど」

小声で伝えると扉が薄く開き、驚いたことに本当に個室の中には宇野がいた。数週間ぶりに見る、ノーネクタイのスーツ姿。早く、と宇野が短くいい、混乱するイルマの腕を取って室内に引き入れる。啞然とする思いで、同じ殺人班二係の部下へ、

「こんなところで、何して……」

目の前に立つ宇野は真剣そのものの表情でイルマの唇の前に人差し指を置き、次に携帯端末を取り出した。画面をイルマへ向けたのは、読め、という意味らしい。

《上着を脱いでください。採血します。別件の証拠品として科捜研へ持ち込み、検査を要請します》

　イルマが読み終わったのを察すると、宇野は背広に端末を仕舞い、代わりに出した黒縁眼鏡を顔に掛ける。壁の金具に吊ったショルダーバッグを忙しなく探り、マジックテープのついたベルトを手に取ると、ジャケットを脱ぐようイルマへ手振りで示した。

「ちょっと、あなたが採血するの？　免許、持ってないでしょ」

　小声でイルマは抗議するが宇野は聞き入れず、ジャケットのファスナーを勝手に下ろそうとする。慌ててイルマは自分で片袖だけ脱ぎ、左腕を晒した。宇野が躊躇なく長袖のカットソーを捲《まく》り上げ、上腕にベルトを捲《ま》く。端末に文字を打ち込み、画面を見せた。

《厳密には違法ですから、後でいいわけを考えます。注射器は適当な理由をつけて、科捜研から借りたものです。採血は自分の腕で何度も練習しました》

　文章を書き換え、

《これ以外、秘密裏に薬物の正体を知る方法はありません。動かないで》

　宇野はショルダーバッグから、本当にビニール包装に入った注射器と消毒綿を取り出した。袋を破き、エタノールで湿った冷たい綿でイルマの肘の裏、静脈が浮き出た辺りを丁寧に拭き始める。赤い小さな点、薬物を注入された痕を見付け、顔をしかめた。

　体温が感じられるほど、宇野が接近する。その時になって、自分が昨日からシャワーを浴びていないことを思い出す。後退ろうとするがすぐに扉に阻まれ、宇野に追い詰められる格好になってしまう。

「……ちょっと」

思わず抵抗しかけるが、動かないで、と宇野が囁き声で鋭く注意し、さらに詰め寄ろうとする。宇野の、さほど長くもない髪の毛の先が首筋に触れそうになる。緊張し、心臓を高鳴らせている自分が、ひどい間抜けに思えてくる。

何動揺してんだ、と心の中で叱るが、顔が上気するのは止められなかった。

宇野は冷静に、素早く二本分の採血を済ませた。注射痕に小さな絆創膏《ばんそうこう》まで貼りつけてくれ、端末を操作し、画面を向ける。

《急遽調べたところ、遅効性の毒物にもリシンやアマニチン等、多くの種類があるようです。幾つか質問します。首を振って答えて》

頷くと、文章を書き換え、

《発熱、発汗は？》

イルマは首を横に振り、否定する。

《嘔吐は？》

首を横に振る。

《腹部やその他、体に痛みは？》

どの症状もない。今のところは。

《何か自覚症状は？》

イルマはできる限り声を落として、

「少し怠い気がするけど、薬物の前に打たれたバルビタールのせいかもしれない。どちらにしても、大きな体の不調は、今のところ感じない」

宇野が頷き、幾つかの言葉を端末に記録する。もう密着はしていなかったが、それでもまだ距離が近すぎ、部下の無頓着さにイルマはむしろ怒りさえ感じる。こいつ、前から人との距離感がおかしいんだよ。また素早く宇野が文字を打ち込み、

《先に出て、誰も通りかかる者がいなければ、入口の扉を三回ノックしてください》

イルマはまだ混乱していたが、頷くことはできた。ジャケットを着直し、個室の扉をそっと開ける。誰もいないことを確かめ、足早に出口へ向かった。一瞬、手洗器の並びに設置された大きな鏡を見た。上気した頰。すぐに目を逸らした。

通路に出て辺りを見回し、拳で扉を三度叩くと大きな溜め息を一つ吐き、急ぎ足でエントランスから警察署の外へ出た。

s

どう接してもうまくいかない。小路はイルマの消えた席の隣に座ったまま、頭を抱えた。

正面から申し出ようが、理屈を説いて協力を乞《こ》おうが、相手の反応は変わらなかった。極力友好的な態度を心掛け、防刃ベストまで着込み、真剣さを表明したというのに。

娘と向かい合っていた時間を思い起こす。二年前まではひと月に一度、離婚後元嫁に引き取られた娘と会うことにしていた。仕事の忙しさもあって必ず会えるとは限らなかったが、できる限り顔を合わせるように努めた。始めこそ、映画に誘ったり洋服屋を巡ったり流行りのスイーツの店を探したりと、小学生だった娘の気を引くために様々な工夫をしたが、それも一年も経たず種が尽き、ファミリーレストランで食事をしながら近況を報告し合うだけとなり、相手が中学生になる頃には学校での忙しさを理由に、会うのを断られることが増えてきた。そして結局は、小路から誘うこともなくなり、娘との交流は途絶えてしまった。

レストランでの、娘との最後の食事。

サエは、一度も顔を上げなかった。パンケーキを食べる間も片手は携帯端末を握ったままで、小路はいつの間にか自分の中から、娘の行儀を咎めようとする責任感が消え失せているのを認めた。愛情が薄れたとは思わない。ただ、こちらの庇護《ひご》の元から出た他人の匂いのする少女、という事実を受け入れただけだ。しきりに話しかけていたのは小路の方で、TVや音楽の話題は全て上滑りし、学校生活への質問にはサエも一応答えてはくれたが返事は極端に短く、その内容を今ではほとんど覚えていない。サエからは、「高校入学までに一度会いたい」というメールを二ヶ月ほど前に受け取っていたが、気が進まなかった。入学金その他の、事務的な話に終始するのは目に見えているからだ。

イルマという人間自体が苦手なのだ、と小路は思う。話しかける度、サエと相対するのと同様、機嫌を取り愛想笑いを浮かべるだけで何もできない自分と、否《いや》が応《おう》でも向き合うことなる。

小路君、と話しかける者があり、すぐ傍に曽我管理官が立っているのを知った。捜査会議が終了したことに気付いていなかったらしい。立ち上がりかける小路へ、そのままで、とい添え、管理官自身が隣の席に座った。

「申しわけない。面倒な役割を押しつけてしまって」

管理官は苦笑を浮かべていう。

「あの女の相手をするのは、大変でしょう。しかし警察内で警護すると決まったのですから、厄介な役目でも誰かに割り振らなくては。君には柔道の立派な経歴がある。適任だと思って私が決めたのですが」

「……すみません。どうも若い人間と接するのが、苦手なようで。また明日にでも話し合ってみます」

「仕方がないね。でも正直にいって……少し、甘いのではないかな？　君の警視庁本部復帰が、かかっているというのに」

管理官の率直ないい方に、小路の緊張が増した。周囲には大勢の捜査員がそれぞれグループに分かれ、捜査方針の細部を詰めている。何人かは、こちらへ聞き耳を立てているようにも思える。管理官からすれば、聞こえたからといって何の問題もないのかもしれない。あるいは自らの影響力がどう周囲へ作用するか、あえて試みているのだろうか。困惑し言葉を詰まらせる小路へ、

「最初にはっきりと、いっておくべきでした」

管理官が青白い顔を寄せる。声を小さくすることもなく、

「私は以前あの女によって、捜査指揮官として立っていた第一線から後方部隊へと引きずり落とされました。イルマは特捜本部に上げられた情報を好き勝手に使い、個人で得た話は一人で抱え、その結果、手柄を独占したのです。奴の専横で、我々は多大な迷惑を被ったのですよ。当時の特捜本部全体が、恥をかかされたんです。これは今でもね、組織の一員として許すことができない。あの女は人を侮辱するのが得意なだけの、他人の功績をかすめ取るならず者にすぎない」

いったん言葉を切って、高揚しかけていた口調を戻し、

「もし君があの女を警護し損ねたとしても、誰も非難はしないでしょう。全て警察内部の話ですから、世間から叩かれることもない。つまり身辺警護そのものは問題ではないんです。いいですか……我々警察が本当に注意を払うべきは、むしろ警察官個人の不正です」

思わず、まともに管理官の目を見返した。

「君には、できる限りあの女に張りついてもらいたい。不正が行なわれていないかどうか、確かめるために」

細い両目をますます細め、

「どんな小さな不正でも。発覚すれば、イルマを懲戒免職にまで追い込めるかもしれない」

薄らと笑みを浮かべ、

「これが、小路君の役目です。警視庁本部への復帰も、ここにかかっています」

講堂内の温度が下がったように感じる。小路は管理官の言葉に気圧《けお》されていた。幾つもの曖昧な指示を受けたように感じ、頭の中は入り乱れていたが、やがて要点は一つであることに気付いた。

つまり管理官は俺に、イルマの敵側に回れ、と命じているのだ。

腑に落ちた途端、腹が据《す》わったように感じる。反論する必要もなかった。出会った時から、俺はイルマの反対側に立っていたのだから。

急に講堂内の時間が動き出したようだった。心持ち姿勢を正し、了解しました、と返答すると曽我管理官は痩せた顔に沢山の皺を作り、嬉しそうな笑顔のまま席を立った。

i

名刺に記載された場所は鉄道駅に近い、狭い道路が縦横に走る住宅街の中にあった。

イルマは建物の玄関脇、プラスチック製の表札を見詰める。「柿原総合会計事務所」と控えめに印刷されている。集合住宅だとばかり思っていたが、三階建てのコンクリート打ち放し風の、大きな一軒家であることも分かった。

建物に設えられた螺旋《らせん》階段の脇にデュアルパーパス・バイクを停めた。階段から繋がる二階三階のアルミニウム製の非常扉は貧弱に見え、螺旋階段の入口の鉄柵も低く、周囲に人通りは少なく、防犯的にはやや問題があるように思える……イルマは鼻で笑った。盗犯を扱う三課じゃあるまいし、急にそんなところを気にするのって、昨日の苦い経験のせいじゃないか。

意識するべきは、ここは蜘蛛の仕掛けが施された場所、ということだ。この建物自体がそれらしく偽装された実在しない事務所、という可能性もある。外観をそれらしく整えるには、表札一つ用意すればいいだけなのだから。どの窓もカーテンが引かれ、室内の明かりは見て取ることができない。

ステアリングにグローブを入れたヘルメットを掛け、イルマはバイクを降りた。玄関扉に近付き、呼び鈴を押す。応答はなく、扉に顔を近付け聞き耳を立てるが、建物内は静まり返っていた。背後の人通りを気にしつつ、ノブをつかんでみる。簡単に回転し、扉が開いた。嫌な予感がする。この付近には交番も存在したはず。応援を求めるべきか。でも、それは蜘蛛が許さないだろう。

扉の隙間から、黒い冷気が漂ってくるように感じる。イルマは意を決し、後ろを軽く振り返り、人の流れが途切れたのを確かめて、建物内へ体を滑り込ませた。

ホルスターバッグを探り、ペンライトを点灯して口にくわえる。一階に靴を脱ぐ場所はなく、イルマはその場でバッグからビニール袋を取り出し、左右のブーツに丁寧に被せ、ゴムで留めた。両手には薄手のビニール手袋を。普段から持ち歩いている、捜索用の装備だった。ライトを手に持ち直す。

入口近くから、広い室内を見渡した。すぐ傍にはソファーとローテーブル。五台の大きな事務机がコの字型に並び、その周りをロッカーが取り囲んでいる。煙草の臭いが、少し。所員の中に喫煙者がいるらしい。建物の中も、外と同じくらい冷えきっていた。

事務室としての空間の先にも奥行きがあった。念のためイルマは、今晩は、と呼びかけてみる。暗い室内に、声が小さく反響する。厚い絨毯を踏み、足元や壁に事件を思わせる痕跡を探しながら、イルマは奥へと歩を進めた。

給湯室とトイレが向かい合わせに設置されている。給湯室では電気ケトルやインスタント珈琲の瓶や煎茶の缶が整頓され、几帳面に並んでいた。トイレも整えられており、部屋全体に使用感があり、それでいて埃が積もっていたりはせず、手入れが行き届いた印象だった。即席で作られた偽りの空間には見えない。

事務室に戻り、一番奥の柿原のものらしき事務机にイルマは歩み寄る。机の上にはデスクトップPCと電卓とフォトフレームが載っている。家族写真。柿原らしき丸顔の中年男性と中年女性、それに園服を着た少女が「入園式」と書かれた立て看板の前で笑っていた。

少し迷った末、適当に引き出しを開けてみる。貴重品と思《おぼ》しきものはなく、文房具や名刺入れや充電器が入っているだけだ。引き出しを閉じたイルマは、机上の電卓に目を留める。大型の電卓の下に、パスポートが挟まれていた。めくると、驚くほど沢山の出入国スタンプが捺されている。バハマ、ケイマン、パナマ……その他、軽課税国らしきスタンプが幾つも。柿原総合会計事務所の事業内容は、国際税務アドバイス……何となくその仕事の中味と、そしてHPが簡素であった理由が分かる気がする。最後の出入国は昨年九月の二日間、アメリカを訪れたことになっている。

イルマは引き出しを閉めた。もっと全体の異変を見るべきだ。階段を上がった二階にも広い空間があり、資料室らしく、ちょっとした図書館のようにスチールラックが列を作っている。ラックにはバインダーや書籍や紙の束が所狭しと詰め込まれ、並べられた背表紙の前には文鎮《ぶんちん》なのか置物なのか、蛙《かえる》や鼠《ねずみ》の形をした骨董品らしき金属製の小物が並べられていた。

ラックを順に眺めているうちに、同じ本が十数冊、収められているのに気付いた。「国際会計入門」と題された新書サイズの書籍。著者名……貴田信広《キダノブヒロ》。一冊を抜き出してカバー袖を見ると、家族写真に写っていたのと同じ人物が著者として載せられている。つまり……貴田信広と柿原信広は同一人物、ということ。ペンネームとして洒落《しゃれ》たつもりだろうか？　実名で書いてこそ、会計事務所の宣伝になるはずなのに。

イルマは首を傾げつつ、本をラックに戻す。一つ一つの疑問を熟考している暇はない。全体を、と小さな声で唱え、イルマは三階への階段を上り始める。突き当たりに扉があり、開くと一、二階とは違い、日常生活のための場所となっているのが見て取れた。大型のＴＶが壁に掛けられたリビングの他、幾つかの小部屋に分かれており、イルマはその一室一室を覗いてゆく。事件性の有無もはっきりしない家族の生活空間をじっくり見て回る気にはなれず、入口でライトを動かし、最小限の確認だけで済ますことにした。ダブルベッドの設置された寝室。書斎。子供向けアニメのカーテンで窓を覆った空き部屋。クローゼットルームもあったが、衣服も靴もさほど保管されていない。浴室とトイレの間に位置する広い洗面台には、男性用の整髪料とシェーバーが載っている。

イルマはリビングに戻り、立ったまま考え込んでしまう。一、二階よりも乱雑な印象。

それに。

――それに、ここには夫婦なんていない。

存在するのは、柿原信広の痕跡だけだ。妻の気配も、娘の存在も感じることはできない。化粧道具も女性用の衣装も、子供用の玩具も見当たらなかった。

離婚し、元妻と娘がこの住居から出ていった、ということだろう。もしも死別したのなら、むしろ彼女たちの持ち物は遺品としてそのままになっているはずだし、名字が変わったのもそれで説明がつく。たぶん、柿原は結婚して妻側の姓である貴田を名乗ったが、離婚したため旧姓に戻ったのだ。婿《むこ》入り？　どういう事情があったのだろう。

でもそれより気になるのは、結婚生活がたとえ短い時間でも二人に幸福をもたらしたのかどうか……一つの空間で誰かとずっと一緒に暮らすのは、どんな気分なのか。イルマからすればストレスそのものでしかなく、うまく想像することができない。

――集中しろ、馬鹿。

結婚生活も離婚も事案とは関係ない。問題は、この場所で蜘蛛が私に何を示そうとしているかだ。終幕、ではないはず。時間はまだ二十時間近く残っている。

でも、ここに何がある？　最悪の状況として新たな遺体の発見も覚悟していたが、結局空き巣まがいの真似をさせられた、というだけだ。奴は私に、こそ泥の嫌疑を被せたいのだろうか？……気味の悪い感覚が全て消えたわけではない。この建物には、明らかに足りないものが一つだけある。

柿原信広。建物の所有者であるはずの男性の不在。

イルマはジャケットから携帯端末を取り出した。通話履歴の中で、繋がらなかった連絡先を選ぶ。柿原の携帯番号。呼出音が鳴り続け、通話の接続される気配はなかった。端末から耳を離したイルマは、リビングの外で鳴る微かなメロディを聞いた。

――これは、着信音？

慎重に耳を澄ませる。立ち位置を変え、どの部屋から聞こえてくるのか、正確に判断しようとする。建物内ではない、と気がついた。外からだ。路上から？　違う。それほど遠い場所じゃない。銀色の非常扉へ近寄り、内鍵を回してそっと開いた。着信音が大きくなる。上方から聞こえる。上の階？　ブーツにビニール袋を嵌めたまま踊り場に出たイルマは、ペンライトの光が弱くなっているのを知り、バッグに戻した。

螺旋階段を上り始める。携帯端末を握り締める手に力が入った。改めて周りを見渡すと、会計事務所は低層の住宅に囲まれ、その上さらに点在する高層集合住宅に見下ろされる格好となっていた。街灯は下方にあり、その光はほとんど届かなかったが、四方からの視線を遮るものは何もない。長居をしていい状況とは思えなかった。

手摺りを頼りに、屋上へ体を引き上げる。

コンクリート製の広場は夜の闇に塗り潰されていたものの、そこにある物体の輪郭程度は窺うことができた。空調の室外機が遠くに並んでいる。中央に物干し竿《ざお》があり、数枚のシャツと下着が吊るされ、そしてその下には黒い塊が存在し、まさにそこから、少し籠もった音色の着信音が聞こえていた。イルマは携帯端末の発信を切った。ペンライト代わりに、端末の照明機能を起動させる。

茶色のトレーナーを着た、やや肥満した男性がうずくまっている。少し離れた場所に、筒型の洗濯籠が転がっていた。ねえ、とイルマは一応声をかけるが、やはり返答はなかった。肩に触れ、揺すってみてもほとんど体は動かない。

イルマは自分の足元に証拠品となるものが存在しないのを端末の照明で確かめてから膝を突き、目線を床に近付け、わずかに横を向いた男性の顔を覗き込んだ。苦しそうに眉間に皺を寄せ、固く両目を閉じている。それでも、柿原信広に間違いない。

死後硬直が全身に及んでいるのと、首筋から頬にかけて緑色の腐敗網が伸びている様相からすると、死後二十四から三十時間ほど経っているはずだ。一日と少し前。イルマは両手を合わせ、短い黙禱《もくとう》を捧げた。

俺にはまだ準備が必要――蜘蛛はあの時、確かにそういっていた。柿原を殺害するのがその準備だったのでは、と疑うが、遺体はまた別の状況を示している。奴はまだ他に、何を……

イルマは立ち上がる。辺りの床を、端末で照らした。柿原は洗濯物を干すために屋上に上がり、殺された。ある程度シャツや下着が干されている、ということは柿原がこの場にいるのを目視してから、蜘蛛は殺害のために動き出した可能性がある。

思わず、背後を振り返る。周囲のどの建物からでも、こちらを見張ることはできるだろう。あの高層集合住宅の一室から、望遠鏡を使って。隣の一軒家の窓に引かれたカーテンの隙間。疑えば、どこに蜘蛛が潜んでいてもおかしくないように思える。

早くこの場を離れるべきだ。遺体の第一発見者となるつもりがないのであれば。遠回しにでも、警察に通報するべきだろうか。このまま見て見ぬ振りをするのも難しい。でも……まだ調べなければいけないことがある。

イルマは屈み込み、もう一度遺体に近付いた。普段なら一捜査員として、所轄と捜査一課の警察官が立ち働く中で遺体を観察することになるのだが、今は闇の中、一対一で向き合っている。さっきから感じている肌寒さは温度のせいだけではない、という気がする。

遺体のあちこちに照明を当てるイルマは、眉をひそめた。こんなはずがない、と思う。どこにも刃物が刺さっていない。

両手で抱え込むようにしている腹部に存在するのか、と疑って隙間を指先で広げてみるが、見当たらない。柿原の手に嵌められた指輪が照明を反射し、一瞬金色に光った。

刃物がないことに何か意味があるのだろうか？　ここで蜘蛛は私に、何を見せようとしている？　トレーナーの腰の右寄りに、小さな切れ目があるのをイルマは発見する。わずかに血が滲んでいるのも見て取れた。直接遺体に触れるべきではない、というのは分かっていたが、見過ごすこともできなかった。トレーナーとその中の肌着を、腰の位置からゆっくりと捲り上げた。

傷口がある。一センチほどの幅。鋭い傷跡。やはり小型ナイフによる創傷だろう。出血がほとんど見られないのも、他二人の被害者の状態と同様だった。死後に刻印された刺創ということになる。肩など別の場所には、きっと注射針の痕跡があるはずだ。

なぜ、今回だけは刃物が残されていない？

傷を光で照らしていると、その付近の不自然な膨らみに気がついた。傷口に触れないよう、皮膚の上から軽く押してみる。皮下組織辺りに何かしこりのようなものがある。小指の第一関節から先ほどの大きさ。いや、もっと小さい……

電流が走るように、先程の光景を思い起こした。片手に嵌められた指輪。

慌てて遺体の腹部を再び覗き込んだ。指輪じゃない。陰の中で光を反射していたから、私がそう判断してしまっただけ――

遺体の手から、金色の小さな筒を引き出す。

――薬莢《やっきょう》だ。

金属製の筒の中へ照明を向ける。火薬は入っていなかった。発火の痕跡も臭いもない。でもこれは間違いなく、警察でも使用する・32ACP弾――まさか。

イルマは身を起こし、空調の室外機へ走り寄った。室外機の上部の隅に薬莢を置き、急ぎライダースジャケットの前を開け、ホルスターから自動拳銃を抜き出した。ジャケットのファスナーを戻して襟元に携帯端末を押し込み、明かりを無理やり固定する。

自動拳銃の銃把から弾倉を抜き、全ての実包を室外機の上に並べてゆく。

警視庁から支給されているのは一度に装塡《そうてん》可能な、八発の弾薬。けれどここには、七発しか存在しない。ということは……

イルマは奥歯を嚙み締めた。

一発は柿原の体内にある。遺体の、皮下組織内の塊。恐らく、あれが弾丸だ。

もっと早く、弾倉内の実包を全て確かめるべきだった。蜘蛛は私を昏睡《こんすい》状態に陥らせたのち再びここに戻り、盗んだ一発の弾薬、その薬莢から弾丸を外し――それは、工具を用いて簡単にできる――遺体の傷口に押し込んだのだ。

もう一度、床の上を照明の光とともに見回し、火薬の黒い粒を探す。散らばっていたとしても、すでにほとんどが風で飛ばされてしまっただろう。問題は、実弾がここで発射されたかどうかではなく、私の弾丸が遺体の内部にある、ということ――

イルマは端末を襟元に戻し、室外機に置いた弾薬を急ぎ弾倉に差し込み始める。

つまり、蜘蛛が私をこの場に誘い込んだその意図は——

何をしている、という聞き覚えのある声が、イルマの背中に届いた。

s

小路は地下鉄駅の改札を出ると、エスカレータで地上へ向かった。小さな出入口の前には商店街もなく、狭い通りに沿ってコンビニエンスストアと軽食屋が疎《まば》らに存在するだけだった。寒さに身震いし、署に防刃ベストを返却するのではなかった、と後悔する。

この場所に足を運ぶことを思いついたのは、捜査会議の進行する講堂でイルマの隣に座った際に、彼女が手にしていた名刺にあった住所を思い出したからだ。番地までは覚えていなかったが、それでもおおよそを記憶していたことに、小路自身が驚いた。警察官としての質も悪くない……鑑識課の渕がそういっていた。しかしイルマであれば、文面の一字一句を正確に覚えていたのでは、という気もする。

携帯端末で地図アプリを起動し、辺りを見回しながら小路は目的の区画を目指す。静かな住宅街は、あの女に相応しくないようにも思える……イルマがこの辺りにいる、という確信もないのだが。むしろ曽我管理官から、できる限り張りついてもらいたい、との指令を直接与えられた手前、とにかく足を使う以外の働きを思いつかなかっただけの話だ。最終電車に乗ってまでイルマの後をすぐ追うことにしたのも、管理官の発言を恐れたために他ならない。

曽我管理官の直接的ない方には、ぞっとさせられるものがある。躊躇せず権力を振りかざし、誰かを陥れる企みも隠そうとせず、それを別の誰かへ命じることのできる人物。管理官は、イルマの不正を見付け出し懲戒免職まで追い込みたい、と断言してみせたのだ。

あれは明らかに、俺に対しての言葉でもある。管理官のために働かないなら引き立てられることはなく、成果を挙げなければ以降、彼の視界に入らないだろう、という宣言。

単なる身辺警護の任務ではなくなった、ということになる。イルマに振り回されて嘆いていれば済んでいた、悠長な時間は過ぎ去ってしまった。今はもう、自分自身の進退を懸け行動しなくてはならない時だ。明確な目的が生まれ、動きやすくなったようにも感じる。イルマを追いかけ回すだけではなく、そのミスに目を光らせる。相手が相手だけに、恐らくそれほど難しい任務でもない。イルマの居場所さえ把握できたら――

目的の区画に足を踏み入れた時、地域課の制服警察官二人が小走りに、小路を追い越していった。数軒先の、螺旋階段を備えた灰色の建物の前で立ち止まった。二人が窓を覗き込み、屋上を見上げ、建物の様子を慌ただしく観察している。螺旋階段の前に停まった大型バイクに気付いた小路は、慌てて懐の警察手帳を探す。急ぎ警察官たちに歩み寄り、手帳を開いて身分証票を提示した。

「何か事件でも」

小声で訊ねると、二人は困惑した顔で、身分証票と小路の顔を交互に見やった。余所の管轄の警察官がいることに戸惑っているのだろう。小路は顔を寄せ、

「事情があって、同僚を探している」

こちらの方が二人より階級が上ということもあり、遠慮はせず、

「何か事件に巻き込まれていなければいい、と思っていたところだ。事件があったのなら、概要だけでも教えてもらえないか」

「一一〇番通報がありまして」

巡査長の階級章をつけた地域課員が答え、

「主の不在らしき住宅に空き巣が、と」

「この建物にか」

小路は建物の玄関口を確かめる。表札には、「柿原総合会計事務所」の文字。イルマが関わっている、としか考えられない。巡査長へ、

「誰からの通報だ」

「通りがかりの市民です。駅前の、公衆電話から」

今時、公衆電話？　小路は奇妙にも思うがそのことには触れず、

「住民の不在は、確かめたのか」

「いえ……ですが、どの部屋の明かりも点けられていないようです」

「空き巣の姿は？」

「通報では、屋上に怪しい人影がある、という話でした」

子供らしさが顔立ちに残る若い巡査が上司へ、

「確かに一瞬、ライトの光らしきものが見えたように……」

屋上にいるのがイルマだとすれば、そこで何かを捜査している、ということになる。奴は捜索差押許可状を携えているのか？　いや、特捜本部から何か別段の役目を割り振られた、という話は聞いていない。黒々とした感情が、胸の中に湧き出したように思えた。イルマに対する同情を心の奥に沈め、

「管轄外で悪いが、俺は三課の経験もある。ここは仕切るぞ。急ぎ、地域課の応援を呼んでくれ」

二人を上から睨み据えるように、

「まずい奴かもしれん」

「同僚を探している、という話は……」

不安そうにいう巡査長へ、

「同僚はこの件に関係するが、今は話せん。いいか、呼び鈴は鳴らさないでくれ。被疑者に悟られたくない。屋上へは……階段でいけるな」

最後の言葉は独り言だった。巡査長へ、

「もう一つ、頼みがある。今から小さな音で玄関扉をノックしてくれ。それから囁き声で、中に誰かいるかどうか訊ねるんだ」

「囁き声？　それでは中に住人がいても……」

「聞こえないようにして欲しい。これは、形式的な手続きだ。ノックもせずに建物の屋上に登ってしまったら、違法捜査と咎《とが》められる恐れがある。住民を確認したが返事がなく、やむを得ず被疑者に接近するために外階段を利用した、という体裁を作りたい」

呆気にとられる二人へ、

「早く。近隣の自動車警邏隊《ジラタイ》への応援要請も忘れるな。被疑者が逃走する可能性もある。ただし警報は鳴らさないよう、伝えてくれ。静かに包囲するんだ」

地域課員たちが、ぎこちなく頷く。小路は二人をそこに置いて螺旋階段へ歩み寄り、鉄柵を跨ぎ越えた。振り返ると、地域課員二人が少し場所を離れ無線連絡しようとする姿が視界に入る。小路は頷き、階段を上り始めた。

慎重に一歩一歩段を踏む。細かな砂を踏む革靴の音が気になった。自然と背広の内の拳銃に手が伸びそうになるのは、組織犯罪対策課員の習性のようなものだ。流石《さすが》に警察官へ安易に銃を向ける気にはなれず、小路は懐から手を抜き出した。

屋上にいるのがイルマではなかったら？　それならむしろ、ことは簡単だ。つかみかかって、一気に組み伏せてしまえばいい。そうできるだけの度胸も技量も備えている自信はあった。しかし偶然に別の事件が起こった、と考えるのは難しい。

第一イルマはそこで何をしている？　会計事務所の屋上に、一体何があるというのか。

動悸が強くなってゆく。手摺りを握り、息を潜め、足音を殺して階段を上る。新しい段を踏むにつれ、徐々に街灯からも遠ざかり、足元も暗くなり、そしてその分、小路の目も暗さに馴れてゆく。曇り空が街明かりを反射して紫色に染まり、小路の頭上に広がっていた。何かが起ころうとしている、という予感があった。

静かに屋上を覗き込む。輪郭だけでも、こちらに背を向けて立っているのがイルマだと分かる。手前には誰かが体を丸め、深く頭を下げるように俯《うつぶ》せに倒れている。その姿勢のまま、微動だにしない。

小路の緊張が増した。これほど変則的な状況は、想像していなかった。

イルマが拳銃を手にしているのに気付き、小路も再び懐に手を差し入れ、自動拳銃の銃把を握った。そのまま静かに残りの段を上がり、

「何をしている」

と声を放つ。相手は一瞬だけ振り返り、横顔を向けた。

「動くな、イルマ」

そう指示するが、相手に動作を止める素振りはなく、鋭い金属音を立て、自動拳銃に弾

倉を押し込んだ。一体、何をしている——闇の中、屋上でうずくまる人物を見やり、

「……この男性は？」

「亡くなってる」

短く答え、イルマはこちらへと向き直った。ライダースジャケットの襟元に差した端末の放つ眩《まぶ》しい光が、小路の視覚を刺した。警戒するが、イルマは端末の照明を消し、そのまま太股のホルスターバッグに仕舞った。ジャケットのファスナーを開け、片手に握り締めていた自動拳銃も脇のホルスターに戻したのを見届け、小路も銃把から手を放した。

闇の中、女性警察官の輪郭が動かなくなった。陰となったイルマの顔貌《がんぼう》の中で、その両目が光っているように思える。時間稼ぎをするべきだ。応援が到着するまで。

「……不法侵入じゃないのか」

「そっちは？」

数メートル離れた場所で、イルマは気味が悪いほど冷静に受け答えしている。小路も徐々に落ち着きを取り戻し、

「ここで何があったか、説明してもらおうか」

「……偶然遺体を見付けた、というだけ」

「偶然だと？　自分からここに来たのに、か。柿原信広。名刺にそう書いてあった。その男が柿原か？」

「……たぶん」

「死因は」

「同じだと思うよ。前の二件と」

「……あんた、拳銃を手にしていたな。なぜだ」

「用心しなきゃいけない立場だから。でしょ？」

「柿原の名刺をどこで手に入れた？　誰から渡されたんだ？　あんたの情報源は誰だ」

「別に、誰でもないよ」

「遺体の傍に通報もせずに立っていて、別に、で済むはずがないだろ。拗《す》ねた子供じゃねえんだ。あんたはこのままだと、随分面倒なことになるぞ」

情けをかけるつもりはなかった。ただ、状況は正確に知りたい。

「なぜここにいるか、あんたの口から説明してもらおうか」

「早く遺体について、通報したいんだけど」

「俺がしてやる。事情が分かれば、な」

「説明しないと、どうなるの」

「被疑者として扱うしかない」

イルマの輪郭が軽く首を竦め、

「信用されてないのね」

「お互い様だ」

その時、道路の方から速度を落として進む車の走行音が届いた。一台ではない。予想以上に早く応援が到着した、ということだった。巡回中の地域課か、あるいは自邏隊の車両。イルマが身じろぎしたように見えた。道路での動きに、気付いた可能性がある。

「……悪いことはいわん」

小路は声を低め、もう一度指示を送る。

「そこを動くな」

「悪いけど」

イルマが両手の手袋を脱いだ。足に嵌めていたビニール袋も剝ぎ取り、屋上に捨て歩き出した。真っ直ぐこちらへ向かって来る。小路の背後に位置する螺旋階段を目指している。

「そこをどいてくれる?」

「無理だ」

小路は持ち上げた片手で相手の動きを制そうとするが、歩みの止まる気配はなかった。久し振りに、体中の筋肉に力がみなぎるのを感じる。戦いの予兆が、全身を熱し始めている。体勢を斜めに構えた。突然急所を蹴り上げてくるかもしれない、と考えたからだった。イルマに勝機があるとすれば、それは奇襲しかない。

「やめておけ。男でも、俺には勝てん」

小路は顎を引き、両腕を軽く開いて上げ、

「警告はしたぞ」

こちらの言葉が聞こえていないように、イルマは足を止めなかった。無謀な奴。普段、言葉と態度で相手をやり込めた気になっているものだから、自分の物理的な限界を忘れてしまったのだろう。無造作に接近して来る。

俺の片手が届く範囲にイルマが足を踏み入れたその瞬間、勝負は決まる。ジャケットの襟元をつかんで引き寄せ、足を払う。相手の体は宙を舞い、背中からコンクリートに激突するだろう。大怪我はしなくとも、数日は打ち身の痛みに苦しむことになるはずだ。それだけの技術の差が、奴と俺の間にはある。

何の躊躇もなく、イルマが小路の間合いに入った。小路はその無防備さに、苛立ちを感じる。殴りつけに来た時のためにもっと身を縮めるべきか、とも考えるが、体重の軽い女からの一、二発程度、容易に踏みこたえる自信はある。

小路は両腕を伸ばした。何の抵抗もなく、ジャケットの襟元と腕の辺りを取ることができた。思い切り引き寄せると同時に――

小路は手を放し、コンクリートの屋上に膝を突いた。激痛に声を上げることもできない。吐き気が込み上げ、激しく嘔吐した。全身から汗が噴き出し、呼吸困難に陥る。

握り潰されそうになった急所を押さえたまま倒れ込み、この女《アマ》汚い真似を、と心の中で毒突くのが精一杯だった。

i

「近付かないで、っていったじゃん」

イルマは背中を丸めて横たわる組対の大男へそういい捨て、強い力で引っ張られたジャケットの崩れを直しつつ、傍を通り過ぎる。馬鹿力野郎。一瞬でも迷いが起こったら、空中に体を撥《は》ね上げられるところだった。こっちだって別につかみたくてつかんだわけじゃないし。人を甘く見ているから、そんな目に遭うんだ。覚えとけ。

一方で、自分こそ小路を甘く見ていたという後悔もあった。奴の前で重要な名刺を見せびらかし、わざわざ次の行動を知らせるような真似をしてしまった。

螺旋階段を駆け降りていると、待て、という掠れ声が上方から届いた。あの男にはまだ、こちらを追う気力が残っているらしい。奴が起き上がる前に、ここを発つべきだ。

狭い道路では、赤色灯の光を消した警察車両が三台も待ち構え、一台は螺旋階段の入口を塞ぐように停まっている。階段を降りるこちらに気付いた制服警察官たちが、集まって来る。イルマは警察手帳を掲げ、

「刑事課へ連絡して。殺人事件」

鉄柵を飛び越え、

「警察車両《PC》を少し除《の》けてくれる？　鑑識が来た時に、これじゃ邪魔になるからさ」

混乱に乗じるつもりだったが、

「そいつを捕まえろっ」

小路の大声が屋上から届いた。

舌打ちし、イルマは地域課員を押し退け、警察車両の上に駆け上がる。動揺する警察官たちへは目もくれず、デュアルパーパス・バイクに跨がると、すぐさま解錠した。

螺旋階段を転がるように下りて来る小路の姿が視界に入る。捕まえろ、逃がすな、と喚《わめ》き立てている。

年嵩の巡査長が、ちょっと、と厳しい声を発しつつ近付いて来る。イルマがヘルメットを放ってやると、受け止めた巡査長は困惑した顔になった。

いきなりスロットルグリップを捻り、エンジンを噴かして巡査長の目の前で前輪を高々と上げてみせる。驚いて後退り、尻餅《しりもち》を突く相手へイルマは犬歯を剥き出しにして微笑みかけ、その場で片足を支点にし、バイクを一気に反転させた。

再びスロットルを回し、轟音《ごうおん》を辺りに響かせ、デュアルパーパスを急発進させる。

s

「絶対に逃がすな」

呟き込みながら手摺りにしがみつき、小路は螺旋階段を下りる。ただ道路に集まるばかりの制服警察官たちが腹立たしく、

「追いかけろ。相手は、殺人の被疑者だぞ」

慌てて全員が動き出した。何とか一階に辿り着き、転落するように柵を越える。バイクの残した排気ガスの臭いが辺りに漂っていた。

発進しようとする自邏隊の警察車両にすがりついて後部扉を叩き、開けてくれ、と頼んだ。解錠された扉を開いて滑り込んだ途端、車が動き出す。車載無線で通信指令本部へバイクの車種や色を早口で伝えた助手席の三十代らしき巡査部長が振り返り、

「殺人の現行犯、と本部に伝えていいですか」

「いや……殺人そのものは俺も見ていない」

後部座席で唸り声とともに体を起こし、

「すまん。殺人の被疑者、とも断定できない。だが、遺体の第一発見者でありながら、現場から逃走したのは確かだ。そいつが重要参考人であるのは、間違いない」

巡査部長は言葉のニュアンスを変え、もう一度通信指令本部へ発生した事案を知らせ、所轄と我々で追います、と背後の小路へ冷静に報告した。本格的にイルマを追うために、警察車両がサイレンを鳴らし、緊急走行に移行する。小路は運転席に両手でつかまり、

「バイクで逃走した相手は、捜査一課の素行不良の警察官だ。一般市民じゃないし、すでに住居侵入罪は確実だ。遠慮する必要はない。多少怪我をさせてもクレームは入らないからな。一課が責任を持つはずだ。間違いなく、追い詰めてくれ」

はい、と短く前席の二人が返答した。運転席に座る巡査は落ち着いた様子でステアリングを切り、幹線道路に入った。全速力で逃げるには広い道路を走る必要がある、という判断だろう。普段から暴走車と追跡劇を演じることも多い自邏隊員としての判断であり、小路が口を挟む理由はなかった。

人のことがいえるのか、と小路は痛みに苦しみながら、ふと考える。

お前こそ、組織犯罪対策課員でありながら闇賭博にはまった人間ではないか。組対の摘発情報をカジノ側へ漏らす直前で我に返り、青ざめた顔で上司にこれまでの自分の行ないを白状し、二重スパイとなることで懲戒処分を免れ、所轄署への異動という形で何とか警視庁に留まることを許された、不良警察官。家族が逃げてゆくのも、それは当然の――

ふと、自邏隊からの報告が途切れ、無線が無音になったことに気付く。イルマを見失ったまま、どの警察車両も発見できていない、ということだった。

南の住宅街だな、と巡査部長がいう。無線自動車動態表示《カーロケータ》システムの液晶モニタに表示された相互の車両の位置から、潜伏場所を推定したらしい。サイレンを切り、巡査へ速度を落とすよう指示し、通常走行に戻った。

　小路はようやくシートベルトで体を固定することができた。姿勢を変えることさえまだ苦しく、少しの動作でも一々呻き声を上げてしまう。左折、と巡査部長が運転席へ命令する。理由が分からず窓硝子から車外を見回す小路へ、

「この住宅街は、街灯が少ないですから」

　説明しつつも、周囲に油断なく目を配り、

「逃走者が咄嗟《とっさ》に逃げ込みたくなるんです」

　小路は無言で頷いた。自邏隊は、信頼するに足る独自の観察眼を持っている。車はさらに徐行し、前席に座る二人は左右を手分けして通りの隅々にまで目を光らせていた。

　丁字路を曲がった瞬間、運転席の巡査が、いた、と鋭くつぶやいた。後ろから前方を覗き込んだ小路はようやく電信柱の陰に潜む二輪の車体と、一瞬後ろを振り向いた人影に気がついた。バイクがエンジン始動とともに急発進し、それに合わせ、こちらの車両も緊急走行を再開し、その速力を小路は後部座席に押しつけられることで体感する。

　巡査部長がすぐさま通信指令本部へ、

「至急至急、警視二五一から警視庁。手配車両、発見しました。現在北上中。国道に入り

ます」

次には拡声器のマイクロフォンを取り上げ、停まりなさい、と車外のイルマへ向け大音量で警告を送る。しかしデュアルパーパス・バイクはスピードを緩めることなく、幹線道路に進入すると一気に加速し、法定速度を簡単に超えた。バイクは次々と身軽に一般車両を追い抜き、そのテールランプがみるみる遠ざかってゆく。

小路は焦るが、車内の空気は落ち着いたままだ。他の自邏隊員たちの報告が頻繁《ひんぱん》に無線のスピーカーから聞こえてくる。後部座席から、カーロケータ・システムのモニタを覗き込んだ。徐々に小路にも、現在の追跡状況が把握できるようになってきた。

警視庁本部四階の通信指令センターの大型スクリーンに表示された地図上でも今、自邏隊車両それぞれの位置がGPSを利用して刻々と更新され、その包囲が狭まってゆく様が描かれていることだろう。

無線により、現在状況が次々と書き換えられてゆく。

『警視二〇一から警視庁。手配車両、交差点を南行。四谷《よつや》方面逃走』

『警視庁から各局。手配車両、四谷方面へ依然逃走中』

『至急至急、警視二四〇から警視庁。手配車両確認しました。速度一〇〇以上』

『警視二四二、対向車線から確認。さらに南行中』

『警視二五四も対応します』

通信指令本部と自邏隊員の間で交わされる言葉、その行間に込められた興奮が小路にも伝わり始める。応援の到着も止まらず、イルマを囲む包囲網は確実に増強されようとしている。巡査部長が小路へ横顔を見せ、もう少しです、といった。

「この先の住宅街は下り坂の先にあって、そのため感覚的には一見、身を潜めるのに都合がよさそうですが、実際は四方を高台に囲まれた狭い窪地《くぼち》となっています。窪地の底には祠《ほこら》と小さな池があって、土地鑑のない暴走車をそこに追い詰めることが可能です。住民には少々迷惑な話ですが……捕物はすぐに終わるでしょう」

サイレンを切ると外の景色へ目をやり、

「我々は現在、包囲網の外側に位置していますので、直接確保する出番はなさそうです。すでに、手配車両は窪地の中に入り込んでいます」

自邏隊員たちの自信の源は「地理的な罠《わな》」にあると小路は知った。運転席の巡査が一瞬振り返り、

「……先程目視したところではライダーは女性に見えましたが、重要参考人は女性警察官、ということでしょうか」

「そうだ」

ようやく、小路も平静に答えることができるようになってきた。吐き気は消え、脂汗《あぶらあせ》も一応止まった。座席に背を落ち着け、巡査部長に倣《なら》って外を見ると、建物と建物の間か

ら、急な坂道とその先の低層住宅街が夜に沈み込む光景を視認することができた。確かに身を隠すにも、そのまま走り去るにも都合のいい地形に見える。巡査部長の指示により、車は国道から狭い路地へ入り、速度を緩めた。

頻繁な無線連絡は、自邏隊車両が一点に集まろうとする状況を示している。その中心にいるのがイルマだ。窪地に反響する二輪のものらしき排気音が耳に入った。それも、最後の足掻きでしかない。手間をかけさせやがって、と小路は心の中で吐き捨てる。警察官が警察官から逃げ出そうとするなんて、正気の沙汰じゃない。小路は運転席へ、

「重要参考人は、捜査一課のイルマという……」

「イルマ？　殺人班の？」

巡査部長が狼狽したように口を挟み、

「あいつが、また何か。いや、それより……」

『手配車両、目標地点に到達』

無線から報告が流れる。慌てた様子で巡査部長が無線器のマイクロフォンを手にし、

「相手は元交通機動隊員《コウキ》」

通信指令本部へ怒鳴り、

「窪地の手は使えません。こちらの動きを予測している。相手は白バイ乗りです」

その時車外から、いっそう激しい排気音が聞こえた。停めろ、と巡査部長が部下へ指示

し、急制動で警察車両が停車した場所は、窪地へ真っ直ぐ流れ落ちるような急な下り階段の入口だった。その先から、車の騒音や自邏隊車両の警報がけたたましく聞こえてくる。

「奴のことは知っている」

窓から古びたコンクリート製の階段を真剣な横顔で覗き込み、巡査部長がいう。

「暴走車相手に高い検挙率を誇っていた……無鉄砲な運転を繰り返す交機隊員」

『至急至急、手配車両反転しました』

『狭い路地に車両が詰まって、追跡困難』

『手配車両、流出。方角は……』

収拾がつかないほど、無線は自邏隊員の報告で一杯になった。

「……追い詰められたのは、我々だ」

巡査部長は悔しげに、

「来るぞ」

本当に、長い階段の奥で肉食獣の鋭い眼のような二つのヘッドライトが光った。巡査部長の意図に小路は気付く。バイクだけが通行できる窪地からの脱出路を塞ぐため、ここに車を停めさせたのだ。

轟音を上げ、激しい勢いでデュアルパーパス・バイクが階段を駆け上がって来る。夜気を引き裂くようなエンジン音に、小路は恐ろしさを覚え、思わず窓硝子から身を引いた。

道路が間近まで迫っても、イルマが速度を緩める気配はなかった。それどころかますます加速し、自邏隊車両の横腹へと突っ込んで来る。

バイクが階段を飛び出し、小路は後部座席で身を伏せた。警察車両のルーフに重い衝撃が乗り上げ、車体のフレームが歪み、両側面の硝子が砕け散った。悲鳴のような音を立て、リアウィンドウを大型バイクとライダーが滑り落ちてゆく姿を、頭を抱える小路は車内から見た。

道路へ転がり落ちたイルマは素早く立ち上がり、バイクを引き起こそうとする。小路は我に返り、シートベルトを外して後部扉を開けようとするが、数センチの隙間ができただけでそれ以上動かすことができない。車体が歪《ゆが》んでいるせいだ、と気がついた。前席の二人も車を出ようとするがエアバッグに邪魔され、扉を開けられずもがいている。窓を抜けるか、とも考えるが、窓枠に残った硝子が細かく突き立ち、簡単にはいきそうにない。

イルマがバイクを起こした。小路は後部扉を靴裏で蹴り飛ばす。今も体内に残る鈍痛に呻きながら、硝子片を撒き散らして蹴り続けていると、扉の隙間が大きく広がった。小路は肩口を無理やりその間隙《かんげき》に押し込み、喚き声を張り上げ、一息に車外へ出た。

同時に、デュアルパーパス・バイクが発車する。小路はその後ろ姿を無言で見送る他なかった。ヘッドライトの光が景色から消えると、呆然と背後を振り返った。

自邏隊の車両はフレームを歪ませ、側面の窓硝子をなくし、赤色灯まで破壊された無残な有り様だった。窪地でひしめき合う警察車両の喧騒が、小路の意識に微かに届いた。

小路は自分の姿を見下ろした。大きな塩の結晶のような破片が、背広にまぶされている。何の考えも思い浮かばない。のろのろと硝子片を体から払い落としつつ、しばらくそのまま路上で立ち尽くしていた。

三　水音

i

イルマは右腕の痛みをこらえ、できるだけ音を立てないよう慎重に金属製の伸縮門扉《カーテンゲート》を引き開ける。

歩道に戻り、愛車のステアリングを握って押し、ゲート内へ侵入させた。奥まで移動させ、土嚢に囲まれた駐輪場にデュアルパーパス・バイクを停めた。これでしばらくは人目につかないはず……この、地下鉄道建設と連動する道路工事作業員詰め所の敷地は、明かりを消した人家と駐車場に囲まれ、住民や通行人に覗き込まれる心配もなかった。少なくとも、朝方に作業員が戻って来るまでは。その場にしゃがみ、エンジンと繋がる燃料噴霧機《インジエクシヨン》にガソリン漏れがないことを確かめる。燃料タンクに刻まれた深い傷をいつまでも指先で触れている自分に気付き、鼻筋に皺を寄せてバイクから離れた。

イルマは敷地内の自動販売機で温かいポタージュ・スープを買った。ゲート脇の、薄い鉄板の風除《よ》けで囲まれた屋外休憩所、その折畳み椅子に座る。スープは温かかったが、風除けを回り込んで入り込む冷気のせいで、体の熱は奪われる一方だ。椅子の上で両膝を曲げて顔を伏せ、膝の裏で両手を挟んだ。グローブの入ったヘルメットを咄嗟の目くらましに使ってしまったおかげで頰は寒さで突っ張り、指先はすっかりかじかんでいる。その姿勢のまま痛みの収まらない右脇を上げてみると、ジャケットの袖を貫き、上腕の内側に何かが突き刺さっていた。

指先で引き抜く瞬間、鋭い痛みが走った。破片は赤色のプラスチックだった。警察車両の赤色灯だ、と思い至る。あんなところで自邏隊が待ち構えているものだから、モトクロス・ジャンプもどきを披露して派手に衝突し、車のルーフからバイクごと転がり落ちる破目になってしまった。交機隊員だった時にも似たような真似を一度試みたことがあって、その時はもう少しましな結果になったのだけど。

寒風が吹きつけ、イルマの背筋に震えが走る。立ち上がり、二階建てのユニットハウスの壁にテープで貼られた分別ごみ用のビニール袋に、缶とプラスチック片を投げ捨てる。ユニットハウスへ近付き扉のノブをつかむが、当然のように施錠されていた。窓から真っ暗な室内を窺う。物置になっているらしく、カラーコーンや竹箒《たけぼうき》や液晶画面の嵌め込まれた看板が所狭しと詰め込まれている。イルマは歩道側を気にしつつ、金属製の階段を上り、二階へ向かった。内部はスチール棚と長机の置かれた休憩所になっているのが、小さな窓を通して分かった。机の上に載っているのは……ルーターと電話機。扉はやはり施錠されていたが、窓のクレセント錠はかかっていなかった。

イルマは身を屈め、サッシに指先を掛けて静かに窓を開け、素早く跨ぎ越え、ユニットハウスの中に入った。

完璧に不法侵入、と小声で唱え、窓を閉めて施錠する。室内は街灯の光が直接入り込んでいて明るく、そして外に比べれば充分暖かい。繋ぎの作業服が掛けられた壁際に折畳み椅子の一つを動かし、腰を下ろした。ようやく安堵《あんど》の息をつくが、今度は腕の痛みが気になり始める。ジャケットを開けて姿勢を変え、外からの光を当てて覗き込んだ。長袖カットソーの上腕部分が裂け、その周囲に血液が染み出している。すぐ傍のスチール棚へ首を伸ばすと、ヘルメットや誘導灯や蛍光ベストに交じり、大きな木製の救急箱が見えた。

席を立ち、救急箱を持って長机の端に置き、中味を確かめた。ほとんど使われた形跡のない医薬品がきれいに保管されている。イルマは消毒薬とガーゼと大きな絆創膏を取り出し、ライダースジャケットの片袖を脱ぎ、腋《わき》の下までカットソーを捲った。傷口から、新たな血が流れ出した。完璧な窃盗罪、とつぶやきつつ、ガーゼにしみ込ませた消毒液を傷口に当てた。腕を貫通するような痛みに、顔をしかめる。傷口に絆創膏を貼り、室内のごみ箱に丸めた包装紙を放り込んだ。不法投棄……になるだろうか。

救急箱を片付けてジャケットを着直し、折畳み椅子に戻った。柿原の死に直接関わっていないとはいえ、その発見時の不法侵入から数えて、すでに警察官としても一般市民としても相応しくない行為を幾つも重ねてしまっている。蜘蛛の確保と「少年」を助けることで埋め合わせをする、と考えるが、次の捜査対象は思い浮かんでいなかった。

太股のホルスターバッグから自分の携帯端末《スマートフォン》と充電器を取り出し、壁のコンセントに接続する。会計事務所の屋上で照明として使いすぎ、充電が切れかけていた。電気窃盗……これも立派な犯罪。

イルマは会計事務所から逃げ出し、住宅街に隠れている最中に自分の携帯端末のGPS機能をオフにした。これで正確な位置を第三者に特定されることはなくなったはずだが、住宅街の窪地——自邏隊による見え見えの罠——から離れる最中に一度だけ停車し、省電力に設定するとともに念のため全ての通信機能を切った。端末と通信基地局のやり取りを測定することで、使用者のおおよその位置が割り出されてしまうからだ。

端末の暗い液晶画面を見詰めたまま、小路たちは本当に逆探知にまで踏み込むだろうか、とイルマは考える。そのためには電気通信事業者に情報の開示を正式に要求しなければならず、警察内部でも捜索が重大事案と認識される必要がある。

住宅街で端末の通信機能を切る前に、イルマは宇野からのメッセージを受信した。重要参考人。緊急配備は発令されず……愛想のない短い文面だったが、それこそはイルマにとって本当に必要な情報だった。少なくともまだ私は、凶悪な殺人犯扱いはされていない、ということ。組対の大男にも、その程度の分別は残されていたらしい。

今はまだ恐らく逆探知は始まっていない。けれどこの先までずっと、同じ扱いを受けるとも限らなかった。

——この先？

イルマは暗いユニットハウスの中で一人、唇の端を歪める。夜明けが迫り、もう私の命運の残り時間は二十時間を切ってしまっている。タイムリミットを超えての先なんて、私に存在するのだろうか？

汗ですっかり脂っぽくなった顔を、両手で擦る。目を閉じると、柿原の遺体が闇の中に浮かび上がった。

蜘蛛の意図に気付くのが遅かった、と思う。蜘蛛は私を犯罪者として、警察内で定義させたかったのだ。最初から奴はそうするつもりでいたはずなのに、私はわざわざ相手の前で拳銃を誇示してしまった。蜘蛛は私を昏睡させた後、自動拳銃から銃弾を一つだけ抜き取って犯行現場に戻り、遺体の傷口に押し込んで、より事件への関与を印象付けることに成功した。私は自分から、奴の目論見に手を貸してしまったことになる。

遺体の傷口は銃弾によるものではなく、硝煙《しようえん》反応もない、ということは調べればすぐに分かるだろう。それでも警察で使用する弾丸の一発が被害者の中に存在する、という事実は私を重要参考人以上の要注意人物であると決めつける根拠となってしまうはず。

イルマは椅子の背にもたれ掛かり、冷たい内壁に後頭部を当てた。

自邏隊に追い掛け回されたことが、深い疲労となって体内に蓄積されている。体力的な疲れ以上に、心理的な消耗を感じた。

自己同一性《アイデンティティ》が崩れようとする感覚。自分、という認識が他者からの見方と乖離《かいり》してゆく状態。他人からどう見られようと一向に気にしない、というつもりでいたのに、実際に冤《えん》罪《ざい》を被る立場に置かれ、信じられないほど気の滅《め》入《い》るものだと思い知らされることになった。今、私が私のままでいると思ってくれる人は、この世に何人存在するだろう？　父にまで連絡が届くだろうか。生真面目《きまじめ》な公務員の経歴にも、私は傷をつけてしまった？　でももうあの人は、一人息子が亡くなって以来全てのことに無関心だし――

宇野と連絡を取りたい、と思う。自分が自分であるのを証明してもらうために。けれど、安易に端末の通信機能を復活させることもできない。ここに長居をするつもりはなかったが、手掛かりを残すほど追っ手を勢いづかせ、その分今後の私の行動も制限されてしまうはず。

ユニットハウスの中でも、吐く息はわずかに白く染まる。人の行き来も車の走行音も聞こえない、静謐《せいひつ》な影に包まれた場所。見知らぬ空間に一人でいる、という事実をイルマは皮膚感覚で認めた。でも今は、カオルの存在を感じない。それは、死そのものはまだ至近距離にない、という証《あか》しだ。

充電中、を示す携帯端末のランプを見詰めていると、ホルスターバッグ内の「もう一つの端末」が突然振動し、イルマを驚かせた。

思わず歯を食い縛る。端末を引っ張り出し、リアルタイム通話を求めるアイコンに触れた。耳に当てたスピーカー部分から流れ出したのはやはり、あのかさついた声。

『……うまく逃げたようだな』

体内で沸き立つ怒りのせいで、咄嗟に返答することができない。

『気分はどうだ？　俺と同じく追われる側になった気分は。ストレスを感じているか？』

「……さあね」

『俺は、お前がどこにいるか把握している。うまい場所を見付けたようだな』

「……柿原の事務所で、警察に通報したんだろ。私が屋上にいるのを、お前はどこかで実際に見ていた」

『もちろんだ。これは俺の舞台だからな。お前は最前列の観客であり出演者だが、この世界を手間をかけて創り、常に見下ろしているのは俺だ。が……予想外の人間もいた。螺旋階段を上った男が、お前に倒される場面を見たぞ。あれは誰だ』

「……さあね。所轄の警察官じゃないの」

『いい加減な情報を寄越すなよ。互いのためにならないからな』

音声に苛立ちが加えられ、

『お前はその男と会話し、睨み合っていた。顔見知りだったはずだ。男の名前は？』

「……小路、だったはず」

『どこの所属だ』

「所轄の組対。それ以上の個人情報は知らない」

『なぜ、お前を追う？』

「奴は……私の身辺警護を上から命じられた人間だから」

『GPSで追跡されたのか？』

「それはないね。奴は『あの名刺』を見た、といっていた。私が持っていた柿原の名刺を、覗き込んだんでしょ」

少し考える時間が空き、

『つまり、それはお前のミスだ。らしからぬミスだな』

「……だから何」

『そのせいで、余計な人間が舞台に上がり込んだ。今後は気をつけてもらおう』

「知るか」

怒りが抑えきれない。偉そうに、上からものをいいやがって。

「一々、小出しにしてんじゃねえよ。最終地点に辿り着いて欲しいんだろ？　だったら、必要な情報は全部寄越せばいい。真っ直ぐに向かってやるよ。終幕の『本物の悪意』って奴へ、一直線に」

『分かってないな』

蜘蛛の声に笑みが含まれたように思え、

『到達するまでの道のりにも意味はある。精神とは、自らの生に切り入る生だ。自らの痛みによってその知を増す。自力で到達しろ、イルマ。時間を無駄にするな。俺はもう、必要な情報を与えてある。次にどこへ向かうべきか、お前はもう目にしているはずだ』

イルマは黙り込む。冷静になれ、と自分にいい聞かせ、

「私が最終地点に辿り着くまでに、後どれだけの遺体が現れるの……」

『一人分だ。だが……これまでと違い、そいつはまだ死んでいない』

「その話を聞いて、私が殺人を見過ごすと思う？」

『お前は分かっていない。その人間こそが、仇敵だ』

声色の中の、喜色。

『その悪意は、滅ぼすべきものだ。辿り着けば、お前にも分かるだろう』

「悪意を持った人間がいるとしても」

蜘蛛との論争が無意味なのは理解していたが、

「私はその処遇を法に委ねる。目の前で行なわれる無法を見逃すとでも……」

『違う。全く違う。お前は根本的な勘違いをしている。終幕で「本当の悪意」にとどめを刺すのは、お前自身だ』

言葉を失うイルマへ、

『お前が殺すんだ。この旅は、お前の本質が俺と全く同一のものである、と自覚するための装置だ。自覚してのちが、俺とお前の本当の始まりとなる。楽しみにしてるといい』

刺青に覆われた笑みが、脳裏に浮かぶ。

『もちろん、俺も楽しみでならない』

一方的に、通話が切断された。イルマは小型端末を耳に押し当てたまま、呆然としていた。蜘蛛の言葉を読み解くことができない。私が誰かを殺す？　正当防衛の立場に追い込まれる、ということ？　あるいは、誰かを助けるために？　他の状況で、相手がもし悪党だとしても意識的に殺すなんてあるはずがない。

蜘蛛は自己陶酔する余り、彼我の区別がつかなくなってしまったのだろうか。奴が私という人間を把握しているとは、とても思えない。そう考えてみても、薄気味の悪さが体内から消えないのも確かだった。蜘蛛は犯罪者として図抜けた存在だが、何かその分、奇妙に鋭角的な洞察力《どうさつ》を備えているように感じられてならない。

端末を片付け、イルマは両手で自分の頰を軽く張った。集中しなくては。奴はともかく一つだけ、正しい忠告をした。時間を無駄にするな、と。

——お前はもう目にしているはずだ、とも蜘蛛はいった。

具体的な人物名。それとも組織名。あるいは地名……どこに記されていた？　私は屋上で柿原の遺体以外、何を視界に入れた？　所持品は検《あらた》めていないし、明示的な印や文字は記憶にない。もっと遺体を徹底的に調べるべきだったか。

屋内は？　手にしたのは柿原のパスポートくらいで、後は建物内を概観しただけだ。何か、不自然な箇所に目を留めただろうか？

イルマは瞼を閉じ、屋内外の印象を思い出そうとする。

いや、違う。そんな曖昧な話じゃない。視界に入った、というだけでなく、明確に意識していたはずだ。私のその様子を、蜘蛛は外部から暗視装置か何かを用い観察して――

――だめだ。

イルマは短い髪を両手で鷲《わし》づかみにし、唸った。根本的な見方を間違えている気がする。

……最初から、順序立てて考えろ。

三人を殺害したのは蜘蛛。方法は毒殺。三人と蜘蛛との関係性は不明。被害者同士の共通点も見付かっていない。

一人目の被害者……門田博紀。七十歳。会社顧問。元都議会議員。配偶者あり。

二人目。小松功。三十七歳。大手ソフトウェア開発会社勤務。独身。

三人目の犠牲者。柿原信広。会計事務所代表取締役。年齢は四十代半ば、といったところだろう。離婚後、妻子とは別居。

問題は被害者三人の関係性だ、とイルマは気付く。蜘蛛は一連の事案を「道のり」と表現した。あるいは、「旅」と。その口振りからすると事案にはまだ奥行きがあり、これまでの事件にも流れが存在することになる。

イルマは眉をひそめる。本当に、被害者たちには何か繋がりが？ 特捜本部の人間関係捜査では、否定された話だった。それとも三人目の遺体が出現したことで、関係性にも新たな変化が生じるのだろうか。私は一応、全ての被害者を目にしているけれど……

彼らの共通点。全員が男性。皆、ある程度の収入を得ている、といえるかもしれない。全員毒殺され、その後に刺創が刻印されていた。相違点は、傷の箇所。それに……柿原の遺体にだけは、刃物が刺さっていなかった。その代わりに、私の自動拳銃から抜き取った弾丸が差し込まれていたのだ。それらの意図は？ きっと……捜査機関の注目を引き寄せること。三人目の遺体に刃物ではなく銃弾を残したのは、注目点を作るのと同時に私の関与を警察へ明示するため。たぶん、最初はナイフが突き立てられていて、銃弾を手に入れた蜘蛛は、より効果的な小道具を利用するべく遺体を再訪したのだろう。

では蜘蛛はなぜ、眼球、心臓、背中を標的にしたのか。いや、背中のはずがない。傷の位置からして、その奥の体内に存在するのは。

――腎臓だ。

イルマははっとする。すかさず、思考が回転数を上げた。それぞれの創傷が臓器を指している、としたら。眼球、心臓、腎臓に共通する点は、どれも移植可能な器官、ということ？　違う。眼球の移植は聞いたことがない。でも……その一部、角膜ならできるはずだ。小松には心臓弁の移植手術を受けた過去があり、実際にその痕も残っていたはず。柿原も以前に腎臓移植を行なった可能性はある。手術跡は、体の前面に存在したのでは。

　でもそれでは、第一被害者の体に残された刺創の説明はできない。司法解剖では門田の眼球に角膜移植の痕跡がある、との結果は出ていなかったし、遺族からの報告もなかった。

　情報の断片は今も散らばっている。何の模様も、まだ見えてはいない。

　けれどやはり、注目するべきは臓器だとイルマは考える。蜘蛛は会計事務所の殺人現場を、手間をかけて創った舞台、と表現した。屋内には何の異変もなく、奴のいう「舞台」に似つかわしいのは屋上の惨状以外にない。そしてその中央に存在したのは、手紙でも矢印でもなく、一つの遺体だけだ。

　立ち上がり、机上のルーターを傾け、側面のシールに印刷されたＷｉ‐Ｆｉの識別名《ＳＳＩＤ》と暗号化キーを確かめる。イルマはルーターに触れたまま迷った。ＳＳＩＤとそのキーを利用して、私か蜘蛛の端末をルーターに無線接続すれば基地局を介さず、この場でネットの利用が可能となる。公開された情報だけでも触れることができるなら、今の私にとっては心強い加勢だ。けれど、無線接続した場合、こちらの端末の足跡をルーターのメモリ内にはっきりと残してしまうことにもなる。

　決断はできずルーターから離れ、スチール棚を改めて物色する。備品としてノートＰＣ

でもあれば、と考えるが見当たらなかった。頭を掻きながら振り返ったイルマは、一番手前の椅子の座面に、タブレットPCが載せられているのを見た。建設会社名の書かれたシールが、カバーに貼られている。取り上げ、カバーを捲ってみると、パスワードを要求されることなくホームスクリーンが現れ、イルマをほっとさせた。これで貴重な時間を、隠れることだけで浪費せずに済む。

ほとんど一杯だったタブレットPCの充電が切れかかるほどの時間をかけ、イルマはウエブ・ブラウザで臓器移植についての様々な疑問点を調べ上げた。おぼろげだった次の目的地が次第に明確な形を取り、ようやく目の前に現れる。

§

再び殺人現場へと戻った小路は、鑑識課の渕が捜査員へ怒鳴っているのを聞いた。

「ちょっと見りゃあ、分かるじゃねえか」

「硝煙反応を調べるまでもない。弾丸はちっとも潰れてねえし、薬莢から発射された形跡もない。第一あの傷口は刃物で刺したもので、銃創じゃねえよ」

当たり散らされた捜査員たちが恐る恐るいいわけのような言葉を口にするのを渕は押し

退け、ひどく不機嫌な顔で鑑識車に乗り込んだ。苛立ちの理由は分かっている。小路は話しかけることができなかった。身辺警戒員でありながらイルマからほとんどの時間離れていた、という事実を知られたら、こっちまで大目玉を喰らいそうだ。それとももう、伝わってしまっただろうか。

大型自動二輪車に踏み潰され、ぼろぼろになった警察車両の傍で立ち尽くしていた小路は、やがて大勢の警察官に囲まれることになった。ぎこちなく一通り説明――逃走した者は警察官であり、殺人に関する重要参考人であり、しかしながら犯人そのものとはいいきれない――した小路は解放され、他の自邏隊車両に相乗りし、現場近くまで送ってもらったのだ。

車内の空気の重さを、小路は思い出す。暴走二輪車に自邏隊そのものが手玉に取られ逃走を許した、という結果がその雰囲気を作っていた。小路も世間話を始める気分にはなれず、降りる時に運んでもらった礼を短く述べるのが精々だった。小路は建物の屋上を仰ぎ見る。事件現場を隠す青色のビニールシートがはためいている。以前にここを訪れたのがずっと昔の話のように感じられる。

――そもそも、あの時イルマはあそこで何をしていた？

全くの濡れ衣、と考える顔馴染みの鑑識員もいるようだが。小路は自問してみる。それなら俺は、どう考えている？

やはり、イルマが殺人を犯すとは考えていないらしい。論理的にあり得ないというよりも、感覚的にそぐわないように思える。奴が断りもなく住居に侵入する無礼な人間で、速度超過で暴走する無謀なライダーだとしても、殺人という無法に至るには深い陥穽を滑り落ちる必要がある。殺人行為と同時に自らの人間性そのものも圧殺しなければならず、そうするだけの理由がイルマにあるようには感じられない。

渕が捜査員へ食ってかかっていた際の話は、イルマによる発砲がなかったのを証明していたのでは。刃物による傷口、と渕はいった。やはりこの遺体も、連続殺人の犠牲者ということになるのか。だがそれなら、なぜイルマはあの時俺の前から逃げ出した？　警察官を強引に昏倒させるほど――その痛みは、今もまだ体内に鈍く残っている――急ぐ必要がどこに？　幾ら俺のことが気に入らなくとも、せめて一言二言でも事情を説明していれば、後を追われる状況にはならなかったはずだ。

短い警笛が聞こえ、我に返った小路は鑑識車に道を譲った。思い至った一つの事実に、意識を完全に奪われていた。

――もし今回の殺人にイルマが絡んでいるのだとしたら、連続殺人の全てに関わっていることになる。

まさか、とは思う。しかしそう考えなければ、現場から逃走した理由も説明できない。

小路は周囲を見回して捜査一課の腕章をつけた二十代らしき若い捜査員を捕まえ、曽我管理官の居場所を訊ねた。現場を再訪したのは、気は進まなくとも管理官に直接説明する必要性を感じていたからだ。

青いビニールが風で見え隠れしている会計事務所の屋上を指差され、小路は鉄柵の開け放たれた螺旋階段を上り始める。痛みのせいで姿勢がどうしても内股になり、その無様な格好も腹立たしかったが、それ以上にイルマを確保し損ねたと報告しなければならない自分に怒りを覚えた。同時に憂鬱でもある。わざわざ取り逃がした話を知らせて、管理官の機嫌を取れるとも思えない。

螺旋階段を登りきり、青いビニールの切れ目から屋上に足を踏み入れた。事件現場は大型のスタンド・ライトの光で真昼以上に明るく照らされ、熱気が籠もっている。中央ではすでに搬送された遺体に代わり、署長や管理官、捜査一課長までが集まり、相談を続けていた。思わず引き返しかける小路を曽我管理官が目敏《めざと》く見付け、話を切り上げ歩み寄って来た。

「殺人容疑だ」

笑顔で痩せた顔を皺だらけにし、小路の肩を叩いて声を潜め、

「これ以上の不正はない。お手柄です」

「しかし」

反射的に異を唱えてしまう。

「イルマが殺人犯だとは……」

「遺体の傷口から、・32ＡＣＰ弾が見付かった。その薬莢も。君が証言したのでしょう？ここに銃を持ったイルマが立っていた、と」

「直接、撃った場面を見たわけではありません。被害者は銃殺されたのですか」

「銃声を聞いた、という通報があったそうです」

「遺体の様子は？　鑑識の話では……刺創が残されていた、ということでしたが」

「そこに弾丸が入っていた」

「では……イルマが銃殺した、ということにはならないのでは」

管理官は不思議そうな顔で、

「他に、何があるというのかね」

「あの女自身……捜査の途中なのかもしれません」

なぜイルマを庇《かば》うような発言をするのか自分でも分からず、

「いえ、単なる想像ですが」

「逃げ出す理由にはならない。いいかね、もうここまできたら、実際に奴の犯行かどうかさえ問題じゃない」

もたれ掛かるように顔を寄せ、

「遺体があり、その現場から警察官が逃亡した、という話だけで充分なんだよ。この事実からは誰もが、不正以外の臭いを嗅ぎ取ることはできない。多かれ少なかれ、何らかの形であの女は殺人に関わっている。連続殺人、という不正義に。君はその、貴重な目撃者ですから」

「ですが……」

またも反論しかけて思い直し、

「……奴を取り逃がしました。すみません」

「確かに」

笑みの含まれた声が絡みつくように、

「そのまま確保できれば、完璧でした。そうなれば、君と私とでこの件は完全にコントロールすることができたでしょう。まあ、そこまではね、高望みですから。君の武術から逃れたということは、奴は余程すばしこいのでしょう。気にしないように。いずれにせよ、事態があの女の利益になることはあり得ない」

管理官は、小刻みに息を吐き出した。本当に笑い出し、

「結局、我々はイルマを追い詰めたのですよ」

i

地域課の警察車両が十字路を走り過ぎ、自動扉越しにその様子を見たイルマは、珈琲ストア隅のテーブル席で身を縮める。

早朝の巡回だろう。何ごともなく過ぎていった。念のために店の裏側、時間貸駐車場でワンボックスの陰にバイクを置いたのは正解だった、と思う。二輪車は逃走のためのツールとして最適だったが、身近に隠すには大きすぎ、一々工夫する必要がある。

イルマは食べ終わったジャーマンドッグの包み紙を、折り紙のように弄んでいる自分に気付く。

工事現場のユニットハウスではタブレットPCを使って、多くの有益な情報を手に入れることができた。けれど、まだ足りない。もっと沢山の情報を収集するべきだったが、先に重要な用件があった。次に向かう先は、もう決めてある。突然の訪問がうまくプラスに働く保証はないにしろ、博打だとしても得るものは大きく、試みないわけにはいかない。

幾つもの埋め立て地が橋で繋がれた地形、その北端の珈琲ストアに、イルマはいた。早朝から開いており、次の目的地に近く、残りの時間を潰すために入店したのだったが、他の理由もあったようにも思う。

十字路の陸側の先には鉄道駅へと繋がる橋があり、その下をくぐる遊歩道は、初めてイルマが捜査一課員として臨場した事件現場だった。宇野と最初に出会った場所でもある。異動の辞令を受け取る前に現場へ直行したこちらを、宇野はしばらくの間、「主任」とは呼ばず——私を上司とは認めたくないばかりに——名前で呼びかけていた。それも今では、大昔の話のようだ。まだ二年経ったかどうか、というところなのに。

宇野からの連絡がない、という状況にイルマは戸惑っていた。昨日の深夜以来何のメッセージも届かず、あるいはその不安な気分に導かれて……馬鹿みたい。イルマは小さく首を振る。宇野には宇野の職務がある。私のことを心配してくれてはいるのだろうが、それでも彼と私は全くの他人だ。今、宇野が全ての時間を私のために使っている、と考えるのは子供っぽい自惚《うぬぼ》れでしかない。

それでも、警察内の状況を知るには宇野からの連絡に頼る以外になかった。携帯端末の通信機能を復活させて今すぐにメッセージの有無を確かめたかったが、次の目的地が近すぎ、もっとタイミングを計る必要がある。

——まずは、移植臓器協会。

イルマの懸念を証明、あるいは否定できるのは、その公益法人だけだ。

＋

移植臓器協会は埋め立て地の東の端に建つ、円筒形の近代的な建物の中にあった。デュアルパーパス・バイクで近付くと高層建築のすぐ奥に灰色の海が窺え、それだけでイルマは嫌な気分になった。水面を視界に入れないようそっぽを向き、建物向かいの広い無人駐車場にバイクを乗り入れた。

エレベータで上階に着き、足を踏み出した途端、協会のロゴタイプが飾られた壁面が目の前に現れる。その手前、小さな台の上には「受付」と印刷されたプレートと、内線用電話機と天使の人形が載っていた。

受話器を取り上げ、総合受付のボタンを押す。はい、という返事が聞こえ、

「警視庁捜査一課です」

イルマはすかさず、

「捜査にご協力いただきたく、お邪魔しました」

すぐに扉が開き、内側から若い女性職員が驚いた顔を覗かせた。イルマは会釈をして警察手帳を開き、

「捜査第一課殺人犯捜査第二係、入間祐希と申します」

職員は戸惑いながらも、イルマを中に通してくれた。こちらへ、と促されながら広いフロアを横目で確かめる。スチールデスクの並ぶ光景があり、十数名の職員がPCモニタに向かっていた。案内された小部屋は前方に液晶画面とホワイトボードが置かれた来客者用の視聴覚室らしく、イルマは席には座らず窓の傍に立ち、協会職員が戻って来るのを待った。外を見下ろすと、駐車場の中で心許なげにぽつんと停まった自分の大型バイクが視界に入る。今のところ、その違和感に気付いた者はいないようだ。

扉が開き、お待たせしました、と声がかかった。先程の女性とともに中年男性が現れ、名刺を差し出す。男性の役職は、専務理事。女性の名刺には、総務部と印刷されていた。イルマも少し迷った後、二人へこちらの名刺を渡す。どのようなご用件でしょう、と改めて問われ、

「お忙しいところ、申しわけありません」

相手の目を正面から見据え、

「都内の連続殺人事件について、少々ご協力を仰ぎたいのですが」

「協力とは、どのような……」

「これまでの被害者の共通点として、臓器移植の痕跡があるのです。それを書類上で確かめるため、お邪魔しました」

「失礼ですが……令状はお持ちでしょうか」

「今は持参しておりません」

あえて静かな口調を作り、

「のちに再訪して、提示いたします。申しわけありませんが現在、特別捜査本部は大変急いでおります。臓器移植を行なった者が、次の被害者として狙われている可能性があります。今にも」

顔色の変わった専務理事へ、

「とりあえず、細かな個人情報は必要としていません。すでに亡くなられた三名の登録状況だけでも、まず教えていただければ、と特捜本部では考えております」

背後に特捜本部が控えていると何度も強調したのは、こちらを確固とした組織の一員、と印象付けるためだ。専務理事は広い額に汗を浮かべ、

「今、ですか」

「もちろんです。協会の業務そのものは関係ありません。現在も捜査中の事件ですから、細部まで説明することはできないのですが……正直申し上げて、これまで百人以上の警察官を動員しているにもかかわらず、犯人についても被害者の共通点についてもほとんど手掛かりのない状態が続いています。あるいは今回が初めての、有力な情報となる可能性があるのです。次の被害者を出さないためにも、焦っています。私は、いわば先発隊です。これから特捜本部は、臓器移植に関する組織、施設を広範囲に捜査することになります」

伝えた話のほとんどの部分が本当のことだ。少なくとも自分では先発隊と考えている。専務理事が、こちらの顔と名刺を交互に見る。イルマは平静を装っていたが、内心では自分の警察官らしからぬ装いに悪態をついていた。こんな状況になると分かっていれば、スカートスーツでも着込んで来たのに……クローゼットのどこに仕舞ったか、覚えていないけれど。イルマは半歩分、相手に詰め寄り、

「どうしても令状が必要といわれるのであれば、出直します。あるいは協会の方で、日時を指定していただければ……」

「いえ、そこまでは……分かりました」

専務理事は慌て気味に、

「ではのちに……できれば本日中に、書類を持参していただけますか」

「必ず」

促され、部屋を出たイルマは開けたフロアに足を踏み入れる。専務理事が総務部の女性職員へ、何かお飲みものでも、と指示するがイルマは、お構いなく、と断った。女性職員は警視庁の名刺を手にしたまま、脇へ消えた。

専務理事の後に続いて静かなフロアを横切り、その一画へ向かう。斡旋事業部情報管理グループです、と専務理事が紹介するとともに、警察官の訪問理由の概略をグループへ説明する。三、四十代の男性部長が席から立ち上がったが、イルマは頷くだけでもう名刺交

換はしなかった。若手の職員の背後に立った専務理事が、移植希望者リストを、と指示する。隣に移動したイルマを見やり、

「亡くなられた三名の元移植希望者の情報、というお話でしたが」

「その通りです……一人は角膜移植希望なのですが、こちらから照会できますか」

「角膜については、できません。データベースが完全に分かれていますから。そちらの方は改めて、角膜バンクに問い合わせていただかないと……」

「了解しました。では、二人分の登録情報のみ、お願いします。一人目は小松功。三十七歳。四年前に心臓弁の移植手術を受けているはずです」

職員が素早くキーを打ち、該当者を画面に呼び出した。氏名、小松功。間違いない。他にも住所、生年月日、抗体反応、移植施設、希望する臓器……等々。専務理事が画面へ顔を寄せ、

「……確かに、生体弁の移植手術を受けています。その後不具合が生じ、二年前に改めて心臓そのものの移植を希望し協会に再登録した、と記録されています」

「再登録？」

不審に思い、

「現在も移植希望者だった、と？」

「そういうことに……いえ」

専務理事の横顔も曇り、

「昨年の十一月に、その移植希望も取り消されています」

どういうことだろう？　イルマは自分でも考えながら、

「……取り消し、というのはどういう状況でしょう。よくあること？」

「時々は……例えば他の移植方法——生きている提供者《ドナー》から臓器の一部を譲り受ける生体移植や、人工臓器で代替するなど——を用いる時や、海外で移植を受ける時には、取り消されることがあります。後は……亡くなられた場合ですね。その際は主治医から書面で連絡が送られることになっています」

「キャンセルが協会に知らされないことは？」

「毎年三月末までに、移植希望者全員が登録更新の手続きをする必要があります。更新がなかった場合は、自動的に希望取り消しと見做《みな》されます。ですが……取り消しを知らせて欲しい、とお願いしています。全体の統計を取る上で、キャンセルの事実もその理由も重要になりますから」

「小松功のキャンセル理由は？」

「症状の自然回復により、とありますが……」

イルマは首を傾げる。手術が必要なほど重篤な体の不調が、自然に治るなどあり得るのだろうか。もう一人もお願いします、と職員へ伝え、

「二人目は柿原信広……年齢は四十代の半ば。腎臓疾患に関連して登録があるのでは、と」

職員が登録情報を呼び出そうとする。振り返り、ありません、と伝えた。イルマは思い出し、

「貴田信広でも検索してください。結婚と離婚で、何度か姓が変わっているはずなので」

貴田信広の情報が、画面に表示された。備考欄に、旧姓柿原、と記録されている。ああ確かに、と画面を見詰める専務理事が小さく声を上げ、テキスト欄の一箇所を指差し、

「腎臓移植を希望されていますね……その後やはり、取り消しの処理がされています」

何か、おかしい。イルマも画面を指先で示し、

「この十一月、というのがキャンセルを申請した日付？」

「ええ。理由はやはり、自然回復となっていますが……」

言葉を濁すように語尾を弱める専務理事へ、

「海外での移植などで、必要がなくなったのでは」

「その可能性はありますが、それなら取り消し理由にも、そう記録されるはずなので」

「……何か隠したい事情があった、ということでは。例えば──」

イルマは思い切って、考えていることを口にする。

「──海外での闇移植、とか」

「……何ともいえません。そういった場合も現実的に零《ゼロ》ではない、としか」

やはり、あり得ない話ではない、ということだ。海外で違法な手術を行なったのであれば、遺族が警察へその情報を提供しなかったのも分かる……いや。

イルマは自分の考えを否定する。柿原＝貴田の、最後の渡航は昨年九月のアメリカだったのを私自身、パスポートで確認している。闇移植であるなら、ヨーロッパかアジアのはずだが、それらの国を柿原が訪れたという記録はなかった。

それに……どうして小松も柿原も、取り消しを行なったのが同じ月なのだろう。

「角膜バンクの問い合わせ先は……」

そう訊ねかけたイルマは、フロアの先の席で受話器を手にする女性職員と一瞬だけ目が合った。協会を訪れた際にこちらの応対をした総務部の職員。その若い女性が片手に名刺を持っていることに気付き、イルマは先程の、瞬間的な視線に含まれた複雑な色合いの、その意味を悟《さと》る。耳を澄ますと、あちこちから聞こえるキーボードの打鍵音に交じり、女性職員の小声が微かに耳に届いた。

……今、いらっしゃってます。捜査一課の名刺をお持ちで……

女性職員は、警視庁へこちらの身元を問い合わせている。勘のいい娘。イルマは動揺を隠し、専務理事へ、

「ご協力、ありがとうございました」

小さな笑みを浮かべ、

「のちほど改めて、捜査一課の者が捜索差押許可状とともにお邪魔します。お手数をおかけしました」

軽く頭を下げ、その場を離れた。足早に、けれど落ち着いて見えるよう心掛けて歩き、扉に着く途中には女性職員の傍を通り、こちらを警戒して顔を強張らせる相手へ、イルマは片目を閉じてみせた。

S

所轄署の講堂に設置された特捜本部、朝の捜査会議は庶務班からの報告で始まった。連続殺人第三の被害者である柿原信広の遺体から取り出された銃弾と、殺害現場である会計事務所屋上で見付かった薬莢の、科捜研による鑑定結果が発表された。火薬の燃焼も歪みも線条痕もないことから、銃弾は拳銃から撃ち出されたのではなく、傷跡によると器具を用いて薬莢から抜かれ、その後、遺体に差し込まれたものと判断された。警視庁から警察官に支給された弾薬と完全に同型である、とも。

庶務班員は、現場となった会計事務所屋上には捜査一課入間祐希警部補がおり、重要参考人として事情を聞く方針となっています、と言葉を添えた。

講堂の隅で部外者のようにその話を聞く小路は、やはりイルマが撃ったのではない、と内心頷いた。現場で唯一イルマと会った者としても、同じ感触だった。

会議は別の報告へと進み、当時の状況をこちらに質問する場は設けられなかった。事案の中、イルマについてだけは異物のように別のカテゴリーに位置付けられ、保留扱いとなったらしい。柿原との絡みはともかく、第一、第二被害者の事件発生当時、イルマには警察官としての現場不在証明《アリバイ》があり、犯人はこれまでと同様、正体不明の第三者と見立て特捜本部の捜査が続けられる、ということだった。

イルマ、という事象だけが宙に浮いている。その原因の大部分は当人の逃亡にあるはずだが、捜査指揮者である曽我管理官の個人的な恨みにも起因しているのでは、と小路は考えてしまう。イルマを陥れようと必死な余り、捜査方針に齟齬《そご》が生じようとしている。イルマの射撃を直接裏付ける、銃弾の鑑定を科捜研に急がせることばかりに気持ちが傾き、本来、先に重視するべき遺体の司法解剖への準備が遅れてしまった感がある。法医学者の都合もあるとはいえ、今日明日中に解剖結果が出るかどうかという現状は、力の配分を間違えたのでは、と疑う他なかった。

ある疑問が、小路の脳裏に浮かぶ。管理官は以前に捜査指揮者から外されたのをイルマのせいと決めつけているが、彼女以上に独断専行的に見え、実際はあの個人的な感情に自身が振り回される性格を、捜査員のリーダーに相応しくない人物、と上から見做されたのではないか。管理官が遺体の司法解剖を後回しにしたのも、死因が銃弾によるものではないという明確な結果が出るのを、あえて遅らせる意図があったのでは、と勘繰りたくなってしまう。

そして驚いたことに、今朝の捜査会議には肝心な管理官の姿がなかった。所用のためという話で、会議の進行役はそう説明した副署長が務めたが、あの管理官が何を考えているのか、小路には全く想像ができなかった。職場放棄も同然と思えるが、身内に不幸があった等の噂も聞こえてこない……

その後の、捜査員それぞれからの報告に小路は退屈した。こちらは、イルマの身辺警護を任された、便宜上特捜本部に組み込まれた組対の警察官というだけでしかない。連続殺人の捜査には関わっていないために、明け方近くまで会計事務所の屋上で現場検証に付き合っても、他の捜査員とともに道場で雑魚寝をする気にはなれず、仮眠を取る際は一々集合住宅の自宅にまで帰っていた。

欠伸《あくび》を嚙み殺して会議の終了を待ち、とりあえず署内の組対課に顔を出すか、と考えていた時、講堂前方の庶務班の席から声がかかった。

立ち上がって歩み寄ると、管理官が署内の刑事課で待っている、という話だった。

怪訝な気分が表情に出ていたのだろう、若い庶務班員は、

「直接会って用件は話す、ということです。大切な用件だ、と」

丁寧な口調で説明する。

「今からすぐに向かってください」

了解した、と小路は返答する。踵を返し、講堂の扉へ向かう。憂鬱な心地はごまかせなかったが、管理官に逆らうべきではないことも充分に理解している。人を陥れることに躊躇のない捜査一課幹部。いつその敵意がこちらに向かうか、分かったものではない。

——つまり俺は、常にあの男に従順でなくてはいけない、ということだ。

それ以外の選択肢は、最初から存在しない。

＋

階段で四階まで下り、刑事課のフロアに入る。曽我管理官は強行犯捜査係の席の並ぶ辺りに立ち、こちらを見付けると人差し指で招き、取調室へ入っていった。

小路は緊張する。警察官にも聞かれたくない話、ということだ。

失礼します、と挨拶して入室し、扉を閉めた。すでに背を向けて座る管理官が、小さな机を挟んで対面となる折畳み椅子を示した。小路は大人しく、指示された席に腰掛ける。

「……署内にいらしたのですか」

「もちろんです」

思わず、訊ねてしまった。管理官は当然の話、といった態度で、

「ここから離れては、職場放棄となってしまう。ですが、集中したい案件があったものでね。当然、君への依頼もこの件に含まれる」

背広の懐から名刺入れを取り出し、その内の四枚を机の上に並べた。全員が、捜査一課強行犯捜査係の名刺だった。

見上真介《ミカミシンスケ》。金森修《カネモリオサム》。藤井浩《フジイヒロシ》。久保孝久《クボタカヒサ》。

見上だけが警部補で小路と同階級であり、他の三名は全員が巡査部長だった。見上、という名には聞き覚えがあったが、思い出せない。金森のことは一応知っている。闇カジノ摘発時の応援員で、名刺交換も済ませていた。背の低い小太りの中年警察官。現場前で、イルマと派手な口喧嘩をしていたのが印象に残っている。他の二人は全く面識がない。

「名前を覚えておきなさい。この四人と君とで、イルマ追跡の専従班を組んでもらう」

「……専従班ですか」

その後の言葉を、小路は呑み込んだ。中途半端な人数。寄せ集め。管理官が小路の心を読んだように、

「課長に何度も掛け合ったのだがね、これ以上の人員は割けない、という話です」

管理官の眉尻が一瞬引き攣《つ》ったのは、苛立ちのせいらしく、

「科捜研による銃弾の鑑定のために、イルマを被疑者として追う方針が否定されてしまった。だが、今も重要参考人であることには変わりない」

「ですが、この人数では……」

「君を含めた五人は追跡捜査の要です。が、それだけでなく、地域課と交通課を動員することも許可してもらいました。状況に応じてその都度、所轄の地域課、交通課、場合によっては本部の機動捜査隊も応援に参加します」

小路は頷く。その規模で捜索できるなら、確保の可能性はずっと高まるだろう。管理官へ、

「特捜本部とは別動隊として動く、ということでしょうか」

「馬鹿馬鹿しいことに」

吐き捨てるようにいう。

「課長はまだ、イルマを連続殺人に関わりがあるとは認めていないのですよ。重要参考人として慎重に扱い、その疑義も外部へ漏らすべきではないと考えている。もっと迅速《じんそく》に捜査力を集中させ、捜索の規模を大掛かりにすべきなのですが。課長は功績のある方ですがね、流石に耄碌《もうろく》したのかな……いやしかし、電気通信事業者に対しての情報開示請求は許されました。最低限の理性は残されているのでしょう。これでイルマが携帯端末を利用した際には、端末と周囲の基地局との通信強度から、おおよその位置を割り出すことができる。後は報道機関へのリークですが……まだ少し時期尚早といったところですか。まあ、それはいい。焦ることはない。確保が近付けば、自然と捜索する者の口も緩むでしょう」

意味ありげに小路の目を覗き込む。小路は込み上げる嫌悪感を、奥歯で嚙み潰した。管

理官は機嫌を直したらしく、

「専従班は、見上君に率いてもらいます」

四枚の名刺を片付け、

「彼はまだ三十歳程度だと思いますが、一課員ですからね。異存は？」

「ありません」

年齢など問題ではない。小路が気にしているのは、警察官として優秀かどうか、という点だけだ。管理官へ、

「見上班長や他の専従班員は、現在どこに？」

「一時間ほど前に、移植臓器協会へ向かってもらいました」

「臓器？」

「ええ。臓器移植の斡旋《あっせん》をする公益法人です。そこに突然単身現れ、情報公開を迫った警察官がいます」

「……イルマ、ですか」

「職員の一人が警視庁へ照会を行ない発覚した、という話です」

「イルマはいまもそこに？」

「まさか。あの女のすばしこさは、あなたもよく知っているでしょう」

「……そこで、何をしていたのでしょうか。情報公開を迫る、とは」

「今から、君も向かうのですよ」

わずかに表情を歪め、

「それを移植臓器協会で聞き取るのは、君たちの役目です」

「……了解しました」

すぐに立ち去り協会へ向かうべき、と理解してはいたが、足が動かなかった。気になることがある。

「彼女は独自に――」

口を閉じろ、と自分に命じるが、

「――捜査を続けているようにも思えるのですが」

「小路君。捜査というのはね。捜査機関の後ろ盾があって、はじめてそう呼べるのですよ」

不快そうに目を細め、

「今、あの女が何かをしているとしたら、それはむしろ捜査妨害でしょう。積極的に、何かを隠蔽《いんぺい》するつもりかもしれません。いずれにせよ、その何かは、イルマ自身の逃走と関係しているはずです。違いますか？」

「……同感です」

では、といって広げた手のひらで扉を指し、管理官は小路の退室を促す。

小路は立ち上がって一礼し、もう余計なことは口にせず、取調室を後にした。

＋

バスを降りると、目の前の硝子張りの高層建築が目的地だということはすぐに分かった。向かい側の駐車場には地域課の警察車両が二台、停まっている。よく見るとその傍に覆面車もあった。ルーフの後部につけられた特徴的なアンテナで、見分けることができる。

小路は狭いエントランスでエレベータを待ち、乗り込んだ。多少、気分が重かった。管理官から参加するよう命じられた専従班の活動は、捜査と呼べるものなのか。イルマの足をすくうためだけに結成された集団、のように思える。とはいえ……あの管理官の傍にいて、一々馴れ馴れしく肩を叩かれているよりはこうして外出できる分、ましというものだ。

エレベータの扉が開き、すぐ前に立っていた制服警察官へ警察手帳を提示する。挙手の敬礼に目礼で応え、移植臓器協会の扉に近寄ると内側から開き、現れた長髪の男が、小路さんですね、と話しかけてきた。

「捜査一課、見上真介です」

そう自己紹介すると、こちらで話しましょう、と室外通路の突き当たりにある小さな休憩場所を指差し、歩き出した。小路は、見上が杖を突いていることに気付く。警察官としては不自然なほど髪の毛が長く、顔の半分のほとんどを隠してしまっている。髪の隙間からも覗く、細く鋭い目つきが印象的だった。

見上が自動販売機で缶珈琲を購入し、何か飲みますか、と訊ねるが小路は断った。見上は缶珈琲を大儀そうに取り上げ、杖を窓枠に立てると机にもたれ掛かり、プルトップを開ける。その後、名刺交換をした。

「それで……」

小路は年下の、班の指揮官となる人物を観察しつつ、

「イルマについて、何か分かりましたか」

訊ねるが、見上は質問が聞こえなかったように窓の外を眺めていた。小路は困惑し、見上が見ているものを確かめようとする。曇り空の下で、高速道路と臨海線の高架線路が視界を横切り、その奥にも埋め立て地の高層建築が林立している。見上が唐突に口を開き、

「……彼女はこれから、どうなると思いますか」

逆に質問され、小路は相手の思惑《おもわく》がつかめず、

「どう、とは」

「私たちは、このまま曽我管理官についていていいのか、という話です」

思わず、相手の顔を見返した。小路はすぐに目を逸らし、

「何の話か、よく分からないが……」

見上が小さく鼻で笑い、

「イルマはここで、移植希望者についてのデータベースを閲覧したそうです」

急に話を引き戻し、

「全く、話を合わせるのに苦労しましたよ。彼女は協会の人間に、後から正式な令状を持った捜査一課員が訪れる、と約束したそうです。ここで、私たちがイルマを追っていると悟られたくはないですからね……」

「協会の者には、何と？」

「少々令状の取得に手間取っている、と伝えました」

「……イルマが協会のデータベースを調べていたのは」

得体の知れない苛立たしさを感じながら、

「今も何か独自の捜査を続けている、ということでは」

「かもしれません。ですが……その線の情報を、管理官は欲していないでしょう。私たちに期待されているのは、イルマ本人の身柄。そうでなければ、次の行方……いや」

缶珈琲の底を軽く机に打ちつけ、

「結局、管理官にとって重要なのはイルマを陥れるための『何か』でしょう。令状なしの捜査は当然、彼女にとってマイナスポイントになる。今回の件でも、管理官を喜ばせることはできるでしょうね」

「イルマはここで、どんな情報を手に入れたか、判明しているのか」

「小松と柿原。二人の記録を漁っていたそうです。たしかに登録があり、それぞれ臓器の移植を希望していたが、後に当人たちが取り消しました」

理解しきれない話だった。連続殺人に関する知識の薄い自分に、小路は気付く。こちらには関係がない、と特捜本部の報告を断片的にしか仕入れていなかったせいだ。見上は小路の表情を読んだのか、

「小松は心臓弁の手術をしていたはずです。そして再手術を希望し、取りやめた。柿原の司法解剖はまだ結果が出ていませんが、少なくとも一時は移植手術を希望していた。これらの事実が何を示しているのか……管理官だけでなく、特捜本部にも直接報告した方がいいでしょうね。連続殺人の手掛かりとなる可能性はあります。私たちには関係のない話ですが」

今も、小松と柿原の記録が何を示しているのか考え込む小路へ、

「二人は……海外で闇移植でも行なったのでは」

見上がそう補足し、ようやく小路も一応、納得する。しかしそうなると、イルマはやはりここで、連続殺人に関する情報を得ようとしていたことになる……

「私はもちろんあなたと同様、管理官側の人間です」

見上の言葉が小路の思索を遮り、

「そして今、管理官は大変焦っている。見ていて不安になるほど」

この男の言葉の主旨がつかめなかった。下手に同調も反論もしない方がいい、と小路は考える。見上の話は止まらず、

「あなたと私の立場は、大体一緒です。上司に取り入り、今回の役割を出世の足掛かりにしたい、と願っている。現在の燻《くすぶ》った状況から、管理官を利用することで脱出しようと」

呻き声も上げることができない。見上の顔に、引き攣るような笑みが現れ、

「私たちは幸いなことに、所属する部署が違う。縄張りが重ならず、管理官の歓心を買うために競い合う必要はないのです。つまり私たちは……お互いのために、協力することができる」

机を離れ、空缶をごみ箱に落とした。杖を手にして、こちらに近付き、

「これからは積極的に、情報交換をしませんか」

「……情報交換すると、どうなる」

「その判断をするために、協力するのです。私たちは、私たちの立場を守らなくてはならない。あるいは、管理官の傍を離れる必要が生じるかもしれない。私たちの存在はね、組織の中で少し強い風が吹けば、根こそぎ飛んでしまうほど脆弱《ぜいじゃく》なのですよ。あらゆる状況に対応しなくてはならない。違いますか？」

見上の率直な言葉に小路は戸惑い、そして怯えてもいた。こいつは恐らく、俺のことを調べ上げている。白を切り通すことはできない。見上へ、

「……二つ、質問がある」

「どうぞ」

「あんたが管理官の密偵ではない、という保証は？　専従班の忠誠心を試すために、あえてそんな話をしているのではない、という証しは」

「それは確かに、曽我管理官らしいやり方だ」

見上は苦笑し、

「物質的な証拠は何も出せませんが、心情を正直にいうなら、私はあの男を少しも評価していない。ただ、利用するだけです。逆らう必要もない。専従班の任務は続行する。これまでと、何も違いません。ただ私は、同志が欲しいだけですよ。盲信して管理官に従う、という以上の同志が」

「分かった」

「では……」

「質問は、もう一つある」

ようやく相手の目を見返す気になり、

「あんたも、イルマが連続殺人の犯人だと考えているのか」

不意に、その表情が消えたように見えた。見上の口がゆっくりと開き、

「……私たちが、そんな判断をする必要はないように思えますが。個人的には……管理官

や捜査一課長の決定に従うだけです。彼女は優秀な捜査員ですが、組織内の異端ですし、確かに冷酷な面も持ち合わせている、とは思います」

冷酷。その評価を小路は疑問に思う。むしろ、真逆の印象だった。過剰に感情的で、火花そのもののような女……

「私たちにとって、イルマが真犯人か否かは重要ではないはずです」

見上は落ち着いた口調のまま、

「同時に、管理官の見方が全てでもない。私たちが考えるべきは、誰の側につくかということではなく、人も事件も含め、この一連の事案をどう利用するか、に尽きるのでは……小路さんのお考えは？」

野心に満ちた、危険な男。曽我管理官以上の策謀家かもしれない。決して信用するべきではない、ということは理解できた。しかし……見上の発言から間違いも矛盾も見出せないのも確かだ。そしてこの男とは、間違いなく利害関係が一致している。

「……あんたのいう通りだ」

そう告げると、見上はまた顔の片側だけを使うような不思議な笑みをみせ、では、と右手を差し出してきた。心の奥で起こった小さな拒絶反応を無視し、小路はそれを握り返す。硬い感触に混乱し、戸惑っていると、

「その通り」

見上の両目が笑い、

「この手は作りものです。爆破に巻き込まれた結果ですよ。以前に起きた、都内の連続爆破事件。ご存知でしょう?」

その時になってようやく見上が、「捜査中に大怪我を負った」と以前に大きく報じられた警察官であるのを小路は悟った。長い髪は、その際の痕を隠すためのものだ。どう反応するべきか迷っていると、

「気にする必要はありません。あなたには、何の責任もないのだから。リハビリも順調に進んでいます。この私の状態について、もし……私以外の誰かに責任があるとするなら」

見上の方から右手を引いて離し、

「それは、あの女だけです。爆破現場には、私とイルマだけがいた。私は……奴に見殺しにされたのですよ」

小路は絶句する。イルマに対する恨みの深さが、冷たい光となってその瞳に現れるようだった。見上が携帯端末を取り出した。端末が鳴っている。

「通信事業者からです」

ようやく見上の視線から解放され、ほっとしたのも束の間、

「イルマが通信を再開した際には、すぐに連絡を寄越すよう伝えてあります」

紙コップに注いだ炭酸飲料を飲み込むが、癒《いや》されたのは、ほんのわずかな疲労感だけだった。イルマの焦りは残り十時間を切った、という状況によるものだけではなかった。宇野からの連絡が昨日の深夜から一度も届かず、警察内の実情が少しも把握できないのだ。

このネットカフェに入る少し前にも、わずかな時間、携帯端末の通話機能を復活させたが、宇野からのメッセージは存在しなかった。プリペイド式の携帯電話でもどこかで買って、もっと頻繁に連絡を取り合うべきだっただろうか？　けれど販売店での購入は貴重な時間を容赦なく費やしてしまうし、本人確認の際には免許証番号を警察へ照会されるかもしれない。

いつの間にか、音を立てて氷を噛み砕いていた。ネットカフェの女性専用フロアは静まり返っており、正午の時間帯のせいか、店内の約六十席は三分の一も埋まっていない。少し個室を出入りしただけで目立ち、誰かの記憶に残る可能性も高い。

静かに、炭酸飲料を全て飲み下す。眠気はさほど感じなかったが、今後のことを考えればカフェインはもっと摂取するべきだろうか。でも、体内の毒物と効果がぶつかり合い、症状が進んでしまうようなことは？　ありそうにもなさそうにも思える。

体調は悪くない。不思議なほど、異常は感じなかった。ただ、今は少し手脚に重みを覚えるようになっている。それが単なる疲労であるのか薬物と関係しているのか、イルマには判断ができない。全然動けるよ、とつぶやいてみる。

——まだ起きていないことに、神経質になりすぎてはだめだ。

部屋の外から男性のものらしき、誰かの高鼾《たかいびき》が届いてくる。女性専用フロアが他から完全に隔離されているわけでもない。リクライニング・チェアに座るイルマは身を乗り出し、目前のミニタワーPCの電源を入れた。本格的に公開情報を調べるなら相応の設備が必要となるが、ここにずっと籠もっているのはリスキーでもある。逃亡者の潜伏先として、ネットカフェやビジネスホテルは真っ先に捜索の対象となってしまうだろう。後は、どれくらい警察が本気で私を追っているか、だ。

ネットカフェに着くまでに、イルマはバイクショップを見付けることができた。そこで臙脂《えんじ》色のライダースジャケットと同色のヘルメットと太いラインテープとベースボール・キャップを手に入れ、身に着けていたジャケットは店側で処分してもらうことにした。証拠品を置いていくようなものだったが、そうしたからといってこれ以上不利になることもない、と判断したのだ。本当は、もっと違う服装を選ぶべきなのも分かっていたが、ショップの壁にはジャケットとレーシングスーツ以外掛かっておらず、素早く外見の色味を変えるのに他の選択自体が存在しなかった。カッターを借り、店先で大雑把《おおざっぱ》にラインテープを切って、バイクのカウルとボディに貼りつけた。二輪車の印象を変えるためだったが、うまくいったとはいいがたい。たぶん、ないよりはましだろう。

ＰＣの起動処理が終わり、モニタにウェブ・ブラウザが表示される。イルマは移植臓器協会の次に訪れた、都内の小さなビル内の角膜バンクを思い出していた。そこでも、協会で使った手を用い、移植希望者リストの中から一人目の被害者である門田博紀の情報を引き出すことに成功したのだった。

結果判明したのは、門田は角膜移植を希望しており、それが昨年の十二月に本人により取り消された、という事実だ。小松と柿原が臓器移植希望をキャンセルしたのが十一月であり、その時期は奇妙に接近している。これが、何を意味するのか。

──例えば三人が同じ船に乗るなどして、海外へ密航して闇移植を受けた、とか。まるで、麻薬密輸のような話だ。海上保安庁の網に掛かる危険も大きく、この方法は現実離れしているように思える。

門田が本当に角膜を移植した、という証拠もない。司法解剖でも、そんな報告はなかった。けれどバンク職員の話では手術にも種類があり、たとえば角膜内皮移植であれば縫合も必要なく、傷は目立たないということで、あるいは解剖を担当した法医学教授──彼らは最大で、一人あたり年間二百体を超える遺体を司法解剖する──が見逃した可能性もあった。事務室で調べたところ小松の手術も同様で、心臓移植にも心房を残す方式があり、心臓弁移植の痕跡と混同されたのでは……

でも、この方面は手詰まりだ。

これ以上深く探るには、公式情報だけでは足りない。実際に、どこかで誰かと会って話を聞く必要があるが、その相手もまだ定まっていなかった。

とはいえ、他にも調べたいことは多くある。イルマはブラウザの検索欄に、「貴田信広」の氏名を入力する。以前に行なったのは、彼の結婚前離婚後の姓である「柿原」での検索だけだった。その際にはほとんど情報が見付からなかったが、結婚当時の氏名で調べれば、また違った結果になるかもしれない。

画面上に、幾つかのリンクが現れた。その中には、本人名義のSNSも。リンク先を開き、写真付きの頁を開く。貴田総合会計事務所、代表取締役、国際税務アドバイス業務……柿原名義の事務所HPと、よく似た内容。日記形式の文面に目を通すと、最新頁には「わけがありまして旧姓に戻りました」と姓の変更理由を曖昧にぼかした形で知らせている。SNS上ではそれ以上の更新はなく、事務所名も直されていない。イルマは会計事務所の、柿原の机に置かれた家族写真を思い出す。自宅に他の女性の痕跡はなく、柿原は元妻と縒《よ》りを戻したかったのでは、とも考える。

遡《さかのぼ》って日記を読んでいった。妻の出産。結婚の報告。とても幸せそうに見える。その幸福を二度と味わうことができない、という事実を思い出し、暗澹《あんたん》たる気分になった。蜘蛛により、「舞台」に強制的に出演させられた被害者たち。私が蜘蛛の「舞台」に参加しなければ、被害者たちの結末は変わったのだろうか。いや、私が私の部屋で薬物を打たれるまでに三人全員、すでに死んでいた。けれど……出演者の最後の一人は、まだ生きている、という。

何が手掛かりになるかは分からない。注意深く、全てを丹念に見て回るしかない。

柿原のSNSは結婚後に始められており、貴田へ婿入りした理由も見当たらなかった。約五年分の日記を飛ばし飛ばし読んだイルマが理解したのは、控えめを装いつつも自己顕示欲の強い人物、という程度の話だった。蜘蛛のいう「本物の悪意」などどこにも見付からない。門田も小松も柿原も、多少裕福なだけの一般市民、という印象だ。

柿原のSNS上の友人は多く、五百人を超えた。その一人一人を精査する時間はなかったが、軽く目を通すうちに、ある人物名が視界に入り、イルマはウェブのスクロールを止めた。貴田歩《アユム》。プロフィールでは、六十六歳、国会議員の後援会長となっている。柿原が一時婿養子になっていたのは、たぶんこの人物だ。貴田歩のSNSには、桜や躑躅《つつじ》の写真が数点載せられているだけで、ほとんど更新はされていない。

イルマが気になったのは貴田歩が後援する、一之瀬《イチノセ》高守《タカモリ》という名の衆議院議員の方だ。蜘蛛の一人目の犠牲者、門田も元都議会議員であり、同じ政党に属している。政党は最大議席の与党でもあり、偶然かもしれなかったが、少し奇妙な印象だった。

時間は刻々と消えてゆく。イルマは一之瀬だけに対象を絞り、検索を進め始める。比較的無名のせいか、オンライン事典には、生年月日と出身学校、当選の経歴程度の情報しか載っていなかった。四十九歳。医師免許所持。専門医として麻酔科で長年勤務したのち、二度の落選を経て参議院選挙に当選。数年前に衆議院選挙に出馬。当選し、今に至る。医療関係者の立場から、多くの希少疾患を指定難病として医療費助成対象にするよう、活動している。厚生労働委員会所属。他の政党から、政治資金パーティー券の過大販売を批判されたことがある、という付記も。

人物画像を確認すると、黒髪を整髪料で撫でつけた丸顔の男性で、政治家よりも学者か何かのように見える。

様々な種類のSNSを古くから同時に利用していることも分かった。内容は、どれも同じだった。元になっているらしき日記形式のSNSに集中し、読み進める。日記は委員会や本会議等の堅い話が中心で、熟読する必要は感じない。医療系の話題に強いこと、難病だけでなく特定不妊治療——体外受精及び顕微授精——助成金の所得制限引き下げに力を注いでいることは理解できた。

もう一つ、日記の中で目についた話題がある。家族写真が多く掲載され、中でも息子についての記事が多い。堂々と子供の写真を載せているのは個人情報管理の点から問題があるようにも思えたが、子煩悩《こぼんのう》ぶりをアピールする意図があるのなら、これはこれで正解なのかもしれない。一之瀬の一人息子という子供——晃《アキラ》という名前——は中性的な顔立ちで、確かに人目を引くだろう、という気がする。晃、という身内は一之瀬高守代議士にとって、政治活動の象徴ともなる格好の存在なのだろう。

古い日付の日記を読んでいき、晃も体外受精で生まれた事実をイルマは知る。一之瀬高守自身、やっと授かった子供、ということで喜びを文章の中で爆発させているのが印象的だった。イルマは出生から現在までの少年の成長を、映像だけを抜き出して確かめる。直毛のやや長い髪。色白の顔。細い顎先。どうしても、カオルのことを思い起こした。

動画を見付け、思わず再生してしまう。

親子が清流で、虹鱒《にじます》を釣っている場面だった。強い陽射しを川の流れが瞬くように反射している。周囲にも大勢の人間がいる中で、代議士が魚の見え隠れする場所を口煩く指示し、少年は生意気そうに口答えしながら竿を振る。想像よりも虹鱒の引きが強かったらしく、竿ごと川の中に引き込まれそうになる。小振りな一匹を釣り上げ、破顔する少年。成長しても、肌の色は白いままで——

イルマは慌てて動画を止める。動悸《どうき》がし、息苦しさを覚えていた。感情移入しすぎている、と自覚し、残りの氷を全部口に含んで気持ちを逸らそうとするが、紙コップの中味はほとんど残っていなかった。

晃という少年も丁度九歳になる、と気がついた。一連の捜査の中で初めて現れた、次の犠牲者になり得る人物。イルマはSNSから一之瀬代議士事務所の電話番号を発見し、危険が迫っているのを忠告しようと携帯端末を手にしたところで動きを止めた。

一之瀬の息子を、次の犠牲者と決めつけるには無理がある。捜査ともいえないような限定的な調査の中、同年齢の少年が浮上したからといって、即座に同一人物と断定する根拠にはならない。落ち着け、と自分につぶやいた。まだ調べは終わっていない。柿原と貴田に関する捜査に戻るべきだ。

SNSを閉じた。改めて、貴田と一之瀬の名を組み合わせて検索してみる。貴田歩が後援会長を務めるだけあって、幾つかの結果が現れる。その中の、一つのPDF書類に目が留まる。一之瀬高守後援会収支報告書。代表者、一之瀬高守。会計責任者、貴田信広。柿原＝貴田と一之瀬が、直接繋がったことになる。柿原は一之瀬の後援会の会計士をしていた……

イルマは液晶画面の前で頬杖を突き、考え込む。これは重要な情報だろうか。断片的すぎて、うまく判断ができない。けれど、一之瀬という大きな存在を無視するべきではない、という気がする。

少し迷ったのち、探りを入れる、と決めた。もう一度一之瀬のSNSをブラウザに表示し、携帯端末の通話機能を復帰させ、事務所の電話番号を端末に入力した。すぐに、一之瀬の秘書らしき女性が電話に出た。

「……すみません、グローバル・ニュースのハルマですが」

咄嗟に適当な身元をでっち上げ、

「以前そちらの後援会の会計を担当されていた、柿原信広氏が亡くなられた話はご存知でしょうか」

「……今日の朝刊で、私どもも知りました」

「代議士本人も？」

「はい。大変驚いております」

「その辺りの話を、ご本人に直接おうかがいしたいのですが。短い時間で構いません」

「常任委員会に出席のため、一之瀬は現在、事務所におりません。その後もすぐに本会議がありますし、会合や打ち合わせもありますから」

秘書は有無をいわさぬ口調で、

「こちらでまず、コメントを用意するつもりでおります。その後に何か特別お知りになりたい事柄がありましたら、個別に対応させていただきます」

ふと、電話の向こう側で秘書が口を噤み、注意を逸らしたのが分かった。誰かがそこにいる。一之瀬本人か、と想像するが、微かに聞こえてきたのは子供の声だった。この漢字、何て読むのかな。

晃だ、とイルマは気付く。事務所で、学校か塾の宿題をしていたのだろう。突然、フィ

クションの人物が現実化したような錯覚に陥り、イルマは動揺してしまう。ちょっと待って、という秘書の小声が聞こえ、

「では私も本会議の用意がありますので……」

「失礼ですが」

イルマは話に割り込み、

「秘書の方ですよね。お名前をいただきたいのですが」

「……一之瀬ミユキと申します」

イルマは一之瀬高守のSNS上に、「美幸」の名前が登場していたのを思い出す。代議士の妻だ。身内を議員秘書として雇うのは、珍しい話でもない。秘書へ、

「突然の死、お悔やみ申し上げます」

差し出がましい、という自覚はあったが、

「不審者が出没している、という情報もあります。事務所の方々の安全、代議士のお子さんもおられるのでしたら、特に送り迎えにご注意してお過ごしください」

「……分かりました。お気遣い、ありがとうございます」

そう応え、通話が切られた。きっと、おかしな話をする、と思われただろう。余計な忠告だろうが、どうしてもひと言添えずにはいられなかった。妻でもある秘書は、事務所に代議士の子供がいることは否定しなかった。イルマは、端末の画面を見詰める。秘書の説

明について、考えていた。

手慣れた対応。とても機械的。必要以上に、事件に関わりたくないと思っている……それは、国会議員の事務所としては通常の反応かもしれない。秘書が、こちらの氏名をしっかり確認しなかったことを思い起こす。もう少し、掘り下げるべき？　結局、携帯端末の通話機能を使用してしまった。Ｗｉ－Ｆｉが利用可能であれば秘匿《ひとく》性も高まったはずだが、ここに無線の設備はない。長々と居座るのは、危険かもしれなかった。それに、いつまでも代議士にばかりこだわるのもまずい。でも……今は他に手掛かりもない。

もう少しだけ、と決めて一之瀬高守について検索を進める。明らかになったのは、一族の、医師としての系譜だった。現在も一之瀬高守の父親が大学病院の病院長を務め、弟が医学部の学部長を務めている。そしてその、都内の病院名には覚えがあった。

林教大学医学部付属病院。小松功が心臓弁の移植手術を受けた場所。

刺が思考に突き立つような感覚。核心に近付きつつある、という感触。それでもまだ、はっきりと言葉にすることができない。輪郭の曖昧な影を懸命に凝視しているような、もどかしい気分だった。まだ、事象同士の繋がりが細すぎる。それでも小松と柿原と一之瀬、林教大学病院に関連の糸が張ったのも確かだ。これらが本当に、意味のある繋がりだとして……イルマはＰＣモニタを凝視したままリクライニング・チェアにもたれる。

蜘蛛はなぜ、彼らの関係性を知っているのか。以前に宇野が調べたところでは、蜘蛛の正体は熊谷辰己(クマガイタツキ)という人物の可能性がある、との話だった。三十二歳。薬物により自殺未遂の過去がある。薬剤師として様々な病院や薬局を転々としていたはず。熊谷が蜘蛛の正体だとすれば――本人は否定していたが――同じ医療従事者として、一之瀬らの関係を独自に知り得ることも可能だろう。

端末を操作し、宇野へ、熊谷辰己に関する情報をできるだけ詳細に知らせるよう、メッセージを送った。もうネットカフェを出る潮時だろう、と思う。イルマはPC上のウェブ・ブラウザの閲覧記録を消去しつつ、ネットカフェのカウンターで運転免許証を提示したことを思い出していた。いずれはこの場所も捜査の網に掛かるだろう……警察に先んじなければ。そして「少年」を救出し、蜘蛛の確保を実現する――

携帯端末が、メッセージの着信をチャイムで知らせたのが分かった。イルマは自分の失敗に気付き、一瞬天井を仰いだ。端末を省電力に設定したせいで、アプリを手動で起動するまで新着メッセージが取得されないようになっていたのだ。

《捜査本部では、一課と所轄署合わせて五名による専従班を立ち上げ、重要参考人として主任を捜索中。地域課と交通課もそれに協力。今後の形勢次第では、特捜本部全体が主任確保に動く可能性も。現在、通信事業者と連携し、逆探知等の措置を進めている。位置情報を知られる可能性あり。気をつけて》

イルマは小さく舌打ちする。これはとても、重要な情報。受け取り損ねていたのは、完全な失敗だった。すぐに、場所を移さなくては――

耳を澄ます。カフェ内に今まではなかったはずの、静かな緊張感が生じている。数人の、抑えた話し声。明らかに配慮された小さな靴音。

まずい。二度の通話再開が、携帯基地局との距離の測定を補完してしまったのか。

イルマは息を殺してＰＣの電源を落とし、リクライニング・チェアから立ち上がる。

地域課の応援を、という覚えのある声が耳に入った。

s

見上に続き、エレベータから七階に出た。すぐ近くに受付カウンターがあり、空間はその奥の薄暗いフロアへと続いている。小路にとって馴染みのない場所であり、勝手が分からないこともあって、専従班の最後尾を歩くことになった。金森と藤井がカウンターへ向かう。警察手帳を提示し、イルマという来店者の有無を小声で確認する。見上も店員との会話に参加し始める。小路は、カウンター上の大型モニタに表示された案内図へ首を伸ばす。フロアの中央に漫画の本棚が並び、その周囲を個室が囲んでいる。店舗は事務所も含めこの階だけ、ということも理解した。

金森の体型が肥満気味で藤井が痩せ型、という点を別にすれば二人はともに「長いものには巻かれよ」という態度の中年の捜査員で、取り立てて面白みのある者たちでもなかった。一番若い久保が筋肉質の、小路を越えるほどの大男だったことには驚いたが、口数が極端に少なく、どんな考えを持っているかよく分からない。見上により、久保は建物の入口に残された。念のための見張り役を、久保は無言で頷いただけで引き受けた。

数歩分離れた位置で、カウンターのやり取りを見詰める小路は、金森と藤井の顔色が変わったことに気付く。見上がこちらを向き、緊張の面持ちで首を縦に振った。

完全に、見上の読みが当たったことになる。電気通信事業者の協力により、各携帯基地局との通信距離を測量することで端末の存在する範囲を特定したが、その中から真っ先に専従班がネットカフェを目指したのは、見上の着想によるものだった。イルマは今、何よりも情報に飢えているはず、という班長の予測が的中したのだ。

小路は改めて、イルマに対する自らの敵意を意識する。腹の底で、重油のような黒々とした感情がたぎり始めた。

――ここで、決着をつけてやる。

見上が携帯端末を取り出し、一階に残してきた久保へ、無線連絡で地域課の応援を呼ぶよう命令した。続いて金森を本棚の捜索へ送り、藤井にはフロア奥のトイレの前で待機するよう命じる。小路へ、

「私と一緒に行動してください。イルマのいる個室へ向かう」

見上は班員に手柄を譲る気はないらしい。店内案内図を指差し、

「七四二号室。女性専用」

そう伝え、見上が歩き出す。後に続く小路は顔をしかめそうになる。床を叩く見上の杖の音が暗く静かなフロアに響いており、興奮のためか、その声も大きくなりがちだった。

「ＬＡＤＹ'Ｓ　ＡＲＥＡ」と書かれた木製のゲートの前で見上が立ち止まり、思い出したように携帯端末を取り出した。小路へ頷き、先行させるために体を壁に寄せる。見上が一階の久保へ、非常階段の出口を固めるよう指示を飛ばすのを背中で聞きつつ、女性専用エリアに足を踏み入れた。

個室が並んでいる。仕切りも扉もやはり木製らしく、貧弱な囲いに見える。扉と天井の間には隙間があったが、覗き込むことのできる高さではなかった。七四二号室を探す。目指す個室はすぐに分かった。そこだけが扉の上から、わずかな光を漏らしている。

小路は静かに扉へ近付くと、いったん動きを止めた。相手が相手だけに、慎重にならざるを得ない。いきなり飛びかかってくるかもしれず、あるいは突然催涙スプレーを吹きつけてくるかもしれない。イルマが何を仕掛けてくるか、予想できるものではなかった。

内鍵が掛かっているはずだ。そうであれば、むしろ好都合だろう。この狭い空間の中に、凶暴な重要参考人を閉じ込めておくことができる。

人の動きは、内部から感じられない。小路は形式的に扉をノックし、手のひらを当て、

力を加えてみる。手応えはほとんどなく、内側に開いた。

電源の落とされたPCとモニタ。点けたままにされたスタンドライト。中味のない紙コップ。そこには誰も存在しない……しかしコップの底に付着した細かな氷が、直前まで人が室内にいたことを知らせている。その場からゲート傍の見上へ、腕を交差して重要参考人の不在を知らせ、次に人差し指を頭上で回し、すぐに周囲を捜索するよう促した。

＋

応援の地域課員が次々とネットカフェに到着する様子は、制服の装備品が立てる金属音で、察することができた。

しかし、時機を逃していることは間違いない。イルマはすでに、まず間違いなくこのフロアから消えているはずだ。小路は今も七四二号室の前に立ち、腕組みをした姿勢で考え続けていた。どうやってあの女は専従班の網を擦り抜け、姿を消すことができたのか……こちらの動きにどんなミスがあったのか。

イルマが個室に存在しないことを認めた後の、見上の判断は間違っていなかった、と思う。それに、迅速でもあった。

見上は携帯端末で、本棚の列の合間を見て回っているはずの金森を非常階段へ向かわせ、そのまま下りるよう指示を出した。もし、そこから外へ逃げ出そうとしているなら、一階の久保との間で挟み撃ちとなるはずだった。

小路へも同じく、非常階段を上階へ向かって捜索するように命じた。小声のつもりだろうが、周囲にも聞こえるような声量だった。その時になって、もしや見上は爆発事件の影響で聴覚が弱くなっているのでは、と気付いた。小路は了解し、指示された通り、フロアの奥へ駆け出した。イルマが専従班の入店に気付いたとして、素早くネットカフェから脱出するには非常階段を用いる他ない。

扉を開けると、周囲の雑居ビルに囲まれ、暗く翳《かげ》る階段が現れた。建物の裏側、狭い通りに面した非常階段の下方でも足音が響いており、それは駆け降りる金森のものだろう。小路は命じられた通り、上階を目指す。ネットカフェを収めるビルは十階建てで、上には三階分のフロアがある。

一つ上の階は、飲食店が占めていたはず。鉄製の扉は開かず、やや乱暴に外から叩くと、驚いた表情で厨房服姿の中年男性が顔を出し、警察手帳を取り出し事情を説明する小路へ、どの階も外側からは非常扉は開かない、と無愛想に教えた。階段側に締め出されたことを知り、小路は念のために上の二階を見回って扉が本当に施錠されているかノブを捻って確かめ、隠れ場所となるような空間がないのも見て取った。

直接ネットカフェに戻ることはできず、一階へ向かう。軽い息切れを感じ、体力の衰えを痛感した。若い牝狐に出し抜かれるのも道理か、と自虐的な考えが頭に浮かぶ。金森と久保だけが階段の出口にいるのは、近付く前に分かった。イルマを確保していたら、激しい喧騒が起こったはずだ。金森が階段を下りるこちらを見上げ、どうです、と訊ねた。

「……上にはいなかった」

小路は建物の敷地を出て周囲を見回し、辺りの地理を把握しようとする。久保、と年の若い大男へ話しかけ、

「建物の正面からここに回り込んで来るまで、どのくらいの時間がかかった?」

「……それほどでは。二十秒程度でしょう」

低い声で答える久保へ、

「非常階段から、すでに誰かが逃げ出した気配はあったか?」

「俺が着いた時には、何も。周囲も静かなものでした」

「……なら、まだ中にいるのかもな」

まるで自分とは関係のない話のように、金森が口を挟む。

「どっちにしろ、一筋縄で行く相手じゃねえさ」

最初から、イルマの確保を諦めているような口振りだった。地域課員と交替するまで一人は必ずここにいてくれ、と頼み、その場を離れる。

「俺も正面で、待機しますよ」

金森がそういって、背広から煙草の箱と携帯灰皿を取り出した。何となく小路はこの男が気に入らなかったが、今もイルマがネットカフェの中に潜んでいる、という可能性は否定しきれない。金森へはろくに返事をせずに一方通行の道路に入り、正面入口へ歩いた。

建物の正面に誰かが陣取っている必要はない。イルマがそこを通るにはエレベータを使う以外になく、エレベータを使うには店員が受付として立つカウンターの前を通る必要がある。見上であれば、そこを見張ることも忘れないだろう。

七階に登った小路は眉をひそめる。カウンター付近には店員も専従班員もいなかった。

本棚の周囲を巡って班長の居場所を探すと、店員の一人を連れた見上が杖を突き、一般客エリアから出て来るところだった。小路を目に留めると首を横に振り、未発見の状況を知らせる。小路は傍に寄り、

「……もう一人、女性店員がいたはずだが」

「念のため、七四二号室の現場保存をしてもらっています」

「班長は何を？」

「個室一つずつを見て回ったところです。最初にフロア放送で事件が発生した旨を知らせたのち、全体では六十部屋あるうち、利用者のいる十八部屋を一つずつ店長と巡り、それぞれに協力を要請して、扉を開けてもらいました。もちろん空き部屋も、全て」

理路整然と説明する。

「女性店員と現場保存を交替してください。念のために、店員に女子トイレをチェックしてもらいます……余り期待は、できそうにありませんが」

腕組みを解いた小路は七四二号室の個室内に入り、PCのスイッチを押した。どうせ、鑑識が加わるほどの事案じゃない。PCが起動する最中も、イルマの脱出方法を考え続ける。建物正面にいた久保が裏側に回り込む前に非常階段から逃げたのなら、専従班がネットカフェに到着した、ほとんどその瞬間に個室を飛び出したことになる。

本当にそんな俊敏な動きが可能なのか、疑問にも思う。いくらあの女が野生動物並の嗅覚を持ち、危機に対し異常に鋭敏だとしても。こちらの人員が少ないことがイルマの有利に働いたのは確かだが、それを瞬時に、正確に把握することは不可能に近い。非常階段から逃げることにもリスクはある。階下で警察官が待ち受けている、という事態はイルマも想像するはずだ。

ネットカフェに専従班が到着した時、見上はすぐに全員をイルマの捜索に当たらせた。最も可能性の高い個室には、班長自身と俺が向かったのだ。専従班全員の目から逃れるほどの素早さでイルマは非常口へ急ぎ、階段を駆け降り、逃げたのか。できすぎている、という気がしなくもない。

自動的に立ち上がったブラウザに触れる。履歴を確認するが、きれいに消去されていた。この様子だと、ＰＣから簡単に手掛かりが得られるとは考えにくい。思索はすぐに、振り出しに戻った。

もう一つ脱出の仕方がある、と小路は気付く。俺が非常階段の上階を調べていた時。専従班五人のうち、三人が建物の裏側の階段にいたことになる。ネットカフェの中には見上と藤井だけがいた。藤井はトイレの前に立ち続け、見上は店長とともに各個室を回り、女性店員は現場保存をしていた。そのためにカウンター付近を見張る者は一人もおらず、その間ならイルマは堂々とエレベータを使い、建物の正面から出ることができた――

イルマが、非常口から飛び出していなかったとしたら。いったん別の個室に退避して息を潜め、捜査員の動きを窺い、人員が減った頃合いにエレベータに乗った……不可能、とはいえない。それどころか、こちらの方がずっと現実的に思える。見上の指示はやや声が大きく、静かなフロアの中で真剣に耳を傾けていれば、相当状況を把握できたはずだ。

小路は溜め息をついた。イルマの脱出方法が二種類のうちのどちらであっても、大きな問題ではない。捕らえられなかった事実こそが、問題なのだ。

ウェブ・ブラウザを閉じ、デスクトップからアプリケーションの中にメールやＳＮＳのソフトウェアが登録されていないか探すが、見当たらない。ＰＣの電源を落とし、通りかかった若い地域課員へ、念のため七四二号室をもう少しの間見張って欲しい、と頼んでその場を離れた。

見上の姿はカウンター前にあった。女性店員にイルマの様子などを、改めて聴取している。班長の後ろ姿に歩み寄ろうとした小路は、見上が通常の声量で会話をしていることに気付いた。あの時、声が大きくなったのは事件の後遺症のせいだとばかり思っていたが、思えば初対面の時から、見上の声量を不自然に感じたことはなかった。

――待て。

小路は足を止める。奴が、意識的に声を大きくしたのだとしたら。その理由は、状況を周囲に知らせること以外にない。カウンター付近から人が消えたのも、完全に意図された結果だったとしたら。

見上は、イルマをあえて逃がしたのでは――

何か、鋭利な刃物と向き合うような心地になり、小路は自分の考えを、軽くかぶりを振って否定する。あの男のイルマに対する憎悪は、少しだけ交わした会話の中にも、はっきりと滲み出ていた。俺の中に存在する怒りとは比べものにならない。彼女への恨みが全身から染み出し、冷たい黒色の霧となって周囲に漂うようだった。見上はむしろその敵意の噴出を、体内で抑え込んでいるようにさえ見える。

考えすぎだ、と思う。見上が標的であるイルマを逃がすなど、あり得ない。俺はたぶん、何度もあの牝狐を捕らえ損ねたせいで、神経過敏になっている……

小路がその場で佇《たたず》んでいると、よう、という声がすぐ傍で聞こえ、見ると、地域課員と持ち場を交替したらしい金森がそこに立っていた。「こんなところにいていいのか」と擦れ違った私服警察官へ声をかけ、相手は、「近くまで来たものですから、何ごとかと」と返答してフロアの奥、非常階段の方へと去っていった。その後ろ姿を、小路は見詰める。あの若い私服警察官には見覚えがある。イルマに痛めつけられたのち、柿原総合会計事務所を再訪した際に、管理官の居場所を訊ねた相手だ。二度も現場で見掛けたことには、何か意味があるように思える。見上の周囲を手持ち無沙汰にうろうろする金森に近寄り、

「……今の男、知り合いか」

「ウノ、という男です。捜査一課二係」

金森は鼻で笑い、

「イルマ専属の部下みたいな奴でね……下僕、といった方がいいか。親分がこんな状況になったもんだから、可愛そうに、右往左往《うおうさおう》してるようですな」

奴がイルマを手引きしたのか、とも考えるが、行動をともにしているはずはない。しかし、上司へ捜査状況を報告する程度のことは……

緊張感が、小路の体内で蘇《よみがえ》る。遠くで、金属製の扉の開く音がした。小路は急ぎ、捜査一課員の後を追う。非常口の前で立ち止まり、静かに扉を開け、足音を殺してコンクリート製の外階段に出た。耳を澄ますと、靴音が階下へ移動しているのが分かった。物音を

立てないよう気をつけ、小路も階段を下りる。捜査一課員が二階分下った辺りで、立ち止まった気配があった。忍び寄り、階段の途中から手摺りを越え、下方を覗き込んだ。

捜査一課員が踊り場の近くで、携帯端末を熱心に操作している。こちらに気付いた様子はなかった。ゆっくりと、小路はさらに接近する。心臓の音が体内で響く。

端末の画面を確かめることはできなかったが、捜査一課員が文字を打っているのはその忙しない仕草からみて、間違いない……もし間違っていたら？

一か八かだ。小路は覚悟を決める。手摺りを飛び越え、捜査一課員の目の前に降り立った。段差で足を挫《くじ》きそうになるが、驚く相手の手から携帯端末を奪い取ることに成功する。捜査一課員から素早く身を離し、端末の画面を確かめる。

《専従班と地域課がネットカフェを捜索中。周囲への捜査範囲は今のところ、さほど広がっていない模様》

すでにメッセージは送信された後だった。端末を背広の外ポケットに隠した小路に、捜査一課員が詰め寄ろうとする。小路は相手の背広の襟をつかみ睨みつけるが、まだ二十代らしきウノという名の捜査一課員も気丈に睨み返してきた。

乱闘に持ち込む気か、と身構えたその時、頭上に人の気配が現れ、どうしました、という声が届いた。ウノと同時に上方を見た。

見上が手摺りを越え、見下ろしている。その両目が薄暗がりの中、輝いた。

＋

まるで被疑者のように捜査一課の青年は小路と見上と久保に囲まれ、所轄署の取調室へ移送された。小路が数時間前に、曽我管理官からイルマ追跡の専従班に参加するよう要請された場所。管理官により、そこに連れて来るよう命じられたのだ。

金森と藤井、二人の中年捜査員は見上の指示でネットカフェに残され、後始末を任されていた。すでに店内での聴取により、必要な情報は手に入っている。イルマは現在、以前とは別の赤系統のジャケットを着用、という話も、自身が運転免許証を提示したため人違いの怖れはない、という事実も管理官に報告済みだったし、建物付近での聞き込み等、地域課への指示も済んでいる。その他の後片付けくらい、積極性のないあの二人組でもできるだろう。

取調室の、スチールデスクを挟んだ奥の席に座った捜査一課員へ、見上が対面に腰掛けつつ、警察手帳を提示するよう頼んだ。きつい口調ではなかったが、有無をいわさぬ声色だった。

広げて置かれた手帳の証票には、巡査部長、宇野《ウノ》弘巳《ヒロミ》と記載されている。扉近くに久保とともに立つ小路は、机に視線を落として黙り込む捜査一課の若者を観察していた。

ノーネクタイのスーツ姿。警察官としては、やや線の細い印象だった。刑事課らしい風貌には見えず、どちらかといえば情報《IT》産業系の会社員のように見える。とても落ち着いており、冷静に現在の状況を捉えているようだった。激情型のイルマとは、対照的な人物。

この男は有能だろうか。金森はこの男を、イルマ専属の部下といった。本当に、常に彼女の右腕として行動しているのだとしたら、こいつはこいつで相当な曲者、ということになる……扉が開き、管理官が姿を現した。見上の隣の席に、慌ただしく腰掛ける。ここまで駆けて来たらしく、大きく息を切らしている。

「で、その証拠品の……携帯端末は？」

周りを見回し訊ねる管理官へ、宇野が冷ややかな視線を送ったのが分かる。小路は扉の傍を離れ、押収した携帯端末を背広から出して、管理官の前に置く。そのまま机を回り込み、宇野の背後の壁にもたれ、腕と脚を組んだ。

少し俯いた姿勢は変わらなかったが、宇野は悪びれることもなく、イルマへ捜査状況を提供していた事実を認めた。ようやく息を整えた管理官は、宇野にアンロックさせた携帯端末を両手に持ち、声に出して文面を読む。

「専従班と地域課がネットカフェを捜索中。周囲への捜査範囲は今のところ、さほど広がっていない模様……」

端末を手にしたまま相手を見やり、

「……で、これ以前のやりとりは全て消去した、と」

「はい」

「どのような内容だったのです？」

「世間話です。他愛のないものですから、記憶していません」

管理官が苛立ちを募らせているのが、手に取るように分かる。そしてそれを、抑え込もうとしていることも。大袈裟に息を吐き出し、

「君は『脱獄逃走事件特別捜査本部』に所属していたはずです。一課の一班を補佐して、拘置所から脱走した殺人犯を追うために。なぜ本分から離れているのです？」

「今も職務についています。広い範囲で、捜索を続けています」

「このメッセージの一文だけでも、犯罪の幇助《ほうじょ》行為に当たるのですがね」

「いつ主任の罪状が確定したのですか。単なる参考人であったはずですが」

「言葉遊びはやめたまえ」

声が低くなり、

「君も、この場から簡単に釈放されるとは考えていないのでしょう？　我々は本気で、重要参考人であるイルマを確保しようと努めているのです」

「主任と連続殺人との関わりも、明らかになっていないはずですが。科捜研でも、あの銃

弾が発射された痕跡はない、と」

「君が科捜研に何度も出入りしている、という話は一班から聞いている。それほど銃弾の検査結果が気になりましたか？」

管理官は、聴取の主導権を奪い返そうとしている。

「イルマ君と連続殺人との関係が全て否定されたわけではないのですよ。彼女への嫌疑はあくまで灰色であり、それも黒に極めて近い。あやふやな立場ではありますが、だからこそ、重要参考人として扱われているのです。では……イルマ君はなぜ会計事務所の屋上にいたのです？　銃弾がそこにあったことの意味は？」

「主任が独自に捜査を進めていた上で、様々な偶然が重なった結果にすぎません。結果だけを見て、原因を空想してしまっているのでは」

「君も、原因を空想しているにすぎない。でしょう？　それとも何か逃走の理由を、本人から聞いているのですか？」

「……いえ」

言葉を濁らせるが、やがて面を上げ、

「ただ私は、個人的に確信しているだけです。主任と連続殺人は無関係である、と」

「確信できるほど、長い付き合いでもないでしょう。私の空想と君の主観、どちらが正しいか、という話でしかありません。いずれに正当性があると？」

「自信はあります」

それは盲信というものだろう、と背後で聴取を聞く小路は思う。しかし、管理官のように鼻で笑う気にもなれなかった。小路自身、イルマが殺人犯であるという確信を持てないでいる。管理官の隣に座り、ひと言も言葉を発しない見上の表情を盗み見た。無表情を取り繕《つくろ》っていたが、時折笑みらしきものが口元に浮かぶ。

この男のことも、どう判断するべきか決めかねていた。本人のいう通り、完全に管理官側の人間ではないことは理解していたが、かといってイルマの味方であるはずも、ましてこちらの同志であるはずもない。もしかすると、見上は自らの野望にのみ忠実なのかもしれない。有能ではあったが、信用できる人物かどうかはまた別の話だ。

管理官の雰囲気が変わる。肩の力を抜き、宇野君、と語りかけ、

「君にとっても私にとっても問題となるのは、結局イルマ君の今後でしょう」

声に柔らかさが加わり、

「君は、急にイルマ君が捜査一課に帰って来て、只今戻りました、とでもいうと思うのかね？　そして穏やかに、じっくり身の潔白を説明してくれると？　本当にそんなことが起こるのなら、捜査一課の上司として歓迎したい。ですが……君もそうはならないことは、分かっている」

机の上で身を乗り出す。宇野の携帯端末を、両手の中に隠した。

「恐らく彼女は、何か勘違いをしているのでしょう。一課の我々に、敵意を燃やしているようにさえ見えます。いずれにせよ……彼女には彼女なりの理由があり、我々を避けている。逃亡には理由がある、という点については私も同意します。だからこそ」

空咳をして、

「イルマ君は警察に投降するべきです。投降、といういい方で構わないでしょう？　我々に身柄を委ねることになるのですから。私も是非、彼女の事情が知りたいですね。潔白であるなら、それに越したことはありません。約束しますよ。無理に確保を強行するような真似はしない、と。あくまで彼女の自主性を尊重しますし、彼女が投降した際にも、決しておろそかには扱いません。君もこのままでいいとは思っていないのでしょう？　真剣に、彼女の助けになりたいと思っている。イルマ君を説得するべきだ」

「……主任が説得に応じるとは、思えません」

「私もそう思う。簡単ではない、と。ですが、説得できる者がいるとすれば、君以外にないのでは？　説得の時間は充分に設けましょう。ですが、もし説得できなかった際の備えも必要です。そこは、理解してもらいたい。ですから……全ては、君の働きにかかっているのですよ。何よりも、彼女のために。このままでは精神的にも肉体的にも、イルマ君が追い詰められてしまう。宇野君、今ここで決断するべきです」

迷いが、宇野の力の入った両肩に現われ始めている。管理官のいうことは間違っていない、と小路もそう思う。永遠に逃げ続けることはできない。イルマは投降するべきなのだ。

「……主任が自主的に投降した場合」

宇野が小声でいう。

「まず最初に、警察病院に入院させてもらえますか」

管理官は大きく頷き、

「疲労も、怪我もあるでしょう。そうするべきだと私も思います」

沈黙が、取調室の中に満ちた。宇野が俯いたまま、体を強張らせている。その様子を見詰める見上も、背後に位置する久保も微動だにしなかった。曽我管理官が机の下で、両脚を小刻みに揺らしているのが分かる。管理官が口を開きかけた時、誰かの携帯端末の呼び出し音が、鳴り響いた。

イルマからの連絡か、と一瞬小路は身構えるが、端末を取り出したのは見上だった。液晶画面に目を落とし、壁の方向へ少しだけ顔を背け、その場で端末の通話アイコンを押した。室内が再び静まり返る。見上が電話を受けるのに退席しなかったということは、重要参考人と関係のある連絡のはずだ。幾つかの短い質問を挟んだだけで、見上は通話相手の言葉に聞き入っている。目元に険しさが現れた。通話を中断し、管理官へ、

「……重要参考人の、直近の足跡を捉えました」

「報告したまえ」

「バイクショップでの聞き込みで、地域課員がイルマの来店を確認した、ということです。金森と藤井が急行し、聴取を行なったという話ですが、そこでフルフェイス・ヘルメット並びに臙脂色のライダースジャケット、グローブ、キャップそれにラインステッカーを購入しています」

「ステッカー？」

「バイクの車体に貼るためのものです。イルマは簡易的に、バイクの印象を変えるつもりなのでしょう」

「それだけか」

管理官の落胆が口調に混じり、

「その色のジャケットを着ていることは、ネットカフェでも目撃されたはずだが」

「重要なのは、購入の事実そのものです」

見上はあくまで抑えた声色で、

「イルマはバイクショップでの購入に当たり、クレジットカードを使用しています。これで私たちは、彼女のカード番号を手に入れたことになります。クレジット会社に正式に情報開示を申し込めば、次にイルマがカードを使った時には、即座にその場所を把握することが可能です」

管理官の色白の顔が上気する。小路は宇野を見た。丸められた背中と高く張った両肩か

ら、緊張と迷いが見て取れる。宇野君、と親しげに管理官が声を掛け、

「今すぐ決断するべきです。このままでは、彼女は単なる被疑者のように扱われ、取り押さえられてしまうでしょう」

イルマの部下が、奥歯を嚙み締めた。顎の筋肉の動きで、後ろからでもそれが分かる。

管理官は宇野の携帯端末をちらつかせ、

「投降させるべきです。何よりも、彼女自身のために」

i

地下駐車場の中で、イルマはスタンドを立てたデュアルパーパス・バイクに跨がったまま携帯端末を手にし、宇野からのメッセージを見詰めていた。この数時間に起こった幾つかのことについて、考えていた。

鉄道駅の傍、タワーマンションとオフィスビルとショッピングセンターを同じ敷地に集めた複合施設の地下は、駐輪場も駐車場もそれぞれ百台以上収めることのできる大規模な空間だった。コンクリートの太い柱に隠してバイクを停めたイルマは、地上へ出る気にはなれず、駐車場の入口の方へ神経を配りつつ、もう三十分は同じ態勢でいる。見通しのよさの他にも、この地下空間には利点がある。貧弱ながらＷｉ‐Ｆｉの電波が

届き、ここでなら、宇野との通信を一応秘密裏に行なうことができた。パケット通信も追跡される可能性はあったが、電話回線の逆探知とは違って途中のアクセスポイントを一つずつ確認する必要があり、より多くの手間がかかる。とはいえ、安易に端末の無線機能を復活させる気にはなれなかった。

すでに陽が落ちてから二時間ほど経っていた。これまでの間に、できるだけの準備はしたつもりだ。そして……その途中、何度考えても分からないことがあった。

ネットカフェの中で、なぜ見上真介が私に捜索状況を伝えたのか。

あの静まり返った空間では、少し声を張ればフロアの隅々にまで届きかねない。意図していない、とはとても思えなかった。イルマは警察の到着を肌で感じるとすぐに別の、明かりの落とされた無人の個室に移動していったんやり過ごし、全身を耳にして追跡者たちの隙を探っていたが、聞き覚えのある声は一々捜索の状況を声高に知らせ、最後には捜査員たちを分散させてカウンター付近を無人にし、こちらの脱出を促していた。

偶然とは考えられない。見上は明らかに、意図的に私をあの場から逃がしたのだ……どうして？　見上は以前、私に罵声を浴びせたことがある。お前は俺の未来をずたずたに切り裂いた、と。

爆発物の仕掛けられた現場にいて、こちらの忠告も聞かず深入りし、重傷を負ったのは彼自身の責任のはず。それでも……同じ場所にいた者として、一抹の責任は感じずにいられない。見上は、私のせいで出世の道が断たれたと信じている。今でも深く恨んでいるだろう。こちらを援護する理由は見当たらない。私を助ける必然性は、何一つ——

あの場で私が捕まらない方がいい、と考える人間が二人いる、と気付いた。一人は宇野。もう一人は……蜘蛛だ。警察の内通者として蜘蛛へ情報を渡しているのが、見上だとしたら。蜘蛛の意を酌み、私をネットカフェから逃したのだとしたら。

——見上は、私を嬲《なぶ》り殺しにするつもりなのかもしれない。

警察に身柄を拘束されたとしても、私自身は助かる可能性がある。嫌疑が晴れるまで多少の時間はかかるかもしれないが、いずれは殺人とは無関係であるのを証明できるだろう。事情を説明すれば、科捜研による解毒剤の作成も早められるはず。

でも、そうしてしまっては、「少年」を助けることができない。だからこそ、私はまだ警察から逃げる必要があり、見上は私を弄び苦しめる猶予《ゆうよ》を得たことになる。奇妙な話だったが、今はお互いの利益が合致した、という状況なのだ。ひどく体を重く感じる。他人から受ける、悪意の重みだった。この件について、見上を問い詰めることもできない。蜘蛛が携帯端末を捨ててしまえば、やり取りの証拠も消え失せてしまう。

——それとも、いよいよ毒物が全身に回りつつあるのだろうか。

硬く閉じた瞼の裏、暗闇の中に浮かんだのは、宇野から送られたメッセージだった。

《一度、直接会いましょう。情報を渡します。イルマさんと最初に会った橋の下で。時間

を決めてください》

まさかその場所を宇野に指定されるとは、想像もしていなかった。彼がその橋を覚えていること自体とても意外なようにも、当然のようにも思える。宇野にもその場所への思い入れがあり、本当にそうであるなら、このメッセージへの返答は、彼の個人的な想いに応えるものと――

宇野の考えていることが私には分かる、とイルマは思う。あいつは、いつだって私のやり方を優先してくれた。

――そろそろ限界です。

宇野から、そう伝えられたことを思い出す。

でも、きっと大丈夫。今回も絶対に、あいつは私を裏切ったりしない。

イルマは携帯端末を、施設内のＷｉ‐Ｆｉに接続する。

《三十分後。一九：三〇》

宇野へ短いメッセージを送ると、すぐさま端末の無線機能を切断した。

s

重要参考人イルマは指定時間の直前になって、その待ち合わせ場所を変更した。

最初に宇野が提示した場所は、陸地と埋め立て地を隔てる運河沿いの遊歩道だった。橋を潜る、水面に高さの近いその道は、陽が暮れると街灯の届きにくい箇所もあるという。曽我管理官はそこに宇野一人を立たせ、専従班と私服に着替えた地域課員で幾重にも囲む、という方針を決めたが、イルマからの返答が遅かったために、万全な態勢とはとてもいえない不格好な包囲網となった。重要参考人自身が捜査一課員であるために、一般人を装い現場で待機するそれぞれの警察官――遊歩道のベンチに座り、橋の上で立ち話をし、あるいは車の中から現場を見張る――の変装が見え透いたものとなってしまうかもしれず、急遽五十人以上を集めた人員の配置も、うまくいったようには見えなかった。イルマに包囲網を悟られないことが、絶対条件だ。

結局ほとんどの人と車が指定場所に近寄ることのできない歪《いびつ》な形となり、それは間違いなく管理官の迷いを表していたが、さらに指定時間の直前にイルマが場所を変更したせいで、大慌てで包囲網の再構築を行なうことになった。レンタカーのセダンに乗り指定場所の傍で待機していた小路は、配置変更を管理官から伝えられ、急ぎ隣の埋め立て地へ移動した。運転席の久保へ指示し、独自の判断で橋の陸側の出口に駐車させた。橋を二つ分、より海沿いへとずれたことになる。オフィスビルと高層マンションに囲まれる光景は変わらなかったが、海に近いためにその東側が黒く欠けて見えた。橋上の同じ車線の前方には、先に場所を移した軽自動車に一人で座る宇野の後ろ姿があった。

セダンの車内に持ち込んだ小型の警察無線からは、管理官の高い声が引っ切りなしに聞こえてくる。現場指揮は、大混乱に陥っているらしい。

駅に近い国道にレンタカーのバン——覆面車を利用すれば、インパネの装置やアンテナの形状で容易に警察の所有物であるのをイルマに見破られてしまう——を停め、わざわざ設置しなければ無線の準備さえないその指揮車内で、周囲に当たり散らす管理官の姿が容易に想像でき、こっちの担当でよかったよ、と独り言を口にすると隣の久保から、同感です、という言葉が聞こえ小路を驚かせた。口数の少ない若手の捜査一課員へ、

「……そう思うか」

「専従班に所属していなければ」

久保はシートベルトを外して運転席の背を傾け、外から目立たないよう、その巨体を車内で沈めつつ、

「俺は、主任側につきますね」

「……俺の歳じゃあ、そんな自由はないんだよ」

つい本音をいうが、久保からの返事はなかった。何となく、手前勝手な捜査を続けるイルマが、完全に組織から弾き出されずにいる理由が分かったように思える。鑑識課の渕や久保のように、警視庁内のところどころに奴の支持者が存在するのだろう。本人が、それを意識して動いているかどうかは別として。

小路も助手席で身を低めた。包囲網のほとんどを地域課員が占める、という事実は管理官と専従班にとって有利に働くかもしれない、と考える。彼らのほとんどは本格的な捜査経験はないはずだが、普段から巡回、警邏に従事し、不審者と不審車両の捜索や追跡については専門家であり、イルマを見付け出すのには役立つだろう。

問題は、私服での職務に慣れていないことだ。警察車両や制服で警察官であるのを周囲に表明し、その上で接触する通常任務とはだいぶ勝手が違う。交通課の白バイも数台待機していたが、目立つわけにはいかず、方々の建物の敷地内で身を潜めている。この包囲網で、デュアルパーパス・バイクに乗って現れるはずのイルマに、瞬間的に対応できるだろうか。投降を促す、という作戦が失敗した場合、是が非でも重要参考人を捕らえなくてはならない。

助手席から、橋の上を見渡す。五車線分の広い橋の歩道には、埋め立て地と内陸を行き来する通行人がまばらに存在した。その中で立ち止まっているのは、遠くに見える臨海線の高架を走るモノレールを、欄干から指差す恋人たちだけだ。この寒空の中、会社員らしき男の方は髪の長い女にコートを貸して羽織らせ、それでも陽気に振る舞っている。

幅に比べ、橋の長さはさほどでもない。四、五十メートル程度だろうか。短く、車線の多い橋は咄嗟の封鎖もしづらく、最初の指定場所だった遊歩道のようにバイクを降りる必要もなかったから、重要参考人の確保をより難しくするはずだ。宇野を別にすれば最も指定場所に近い位置にいる、という責任を感じ、小路は緊張の高まりを覚える。素直にイルマが投降に応じてくれたらいいのだが。そううまくいくようには思えない。

橋の上とその周囲が思いのほか暗いのも、小路は気になった。そして、この橋は運河の最東端にあたり、海側にはもう一画分の埋め立て地が存在したが遠く、そこは高架線が幾重にも走る入り組んだ区域で、観察班の新たな待機場所がすぐに見付かるようにも見えなかった。

イルマからの、突然の指定場所の変更。包囲網全体が歪み、全員が右往左往している。小路は警察無線の音量を絞った。管理官の罵声に似た命令と、あちこちの地域課員からの慌ただしい報告は、もう雑音《ノイズ》のようにしか聞こえない。管理官の隣に座るはずの見上は、今も平静を保っているのだろうか。その後ろで、金森と藤井はどう上司のご機嫌をとっているのだろう。思わず、鼻で笑ってしまう。頭の中で何を考えていても、前方の宇野からは目を離さなかった。この包囲網の中で、それが管理官から直々に命じられた、小路の役割だ。

捜査一課二係のイルマの部下は、上司を逃がす可能性がある、というのが管理官の見解であり、その点については小路も完全に同意していた。

所轄署の取調室の中で、宇野の携帯端末は管理官により没収されている。その後、宇野がどうしても職務として訪れなくてはならないところがある、と言い張ったため、それ以来、小路と久保が彼に張り付き監視することになったのだった。管理官からすれば、イルマの部下が手元から離れるのは許しがたかったはずだが、せっかく協力する気になった宇野の機嫌を損ねたくないという本音もあるらしい。強張った笑顔で許可を出したのち、小路へ、他の固定電話や端末を使って宇野がイルマと連絡を取らないよう徹底的に見張れ、と耳打ちした。トイレの個室の中まで一緒に入れ、と。幸いなことにそこまでする機会はなく、小路は一時もイルマの部下から目を逸らさなかった。

宇野が科捜研の窓口へ向かい、依頼していた検査が終了していないことを知らされた際の反応を、小路は思い出す。宇野は珍しく顔に血を上らせて、もう時間がない、と職員へ強い口調で伝えた。新宿署の連続殺人の関係で最優先に指定された検査が沢山あって、といいわけを口にする職員へ、こちらも緊急です、と念を押していた。

所轄署へ戻る車の中で、何の鑑定だ、と小路は訊ねてみたが、脱走犯に関連する薬物検査です、としか後部座席の捜査一課員は答えなかった。それ以降、宇野はまた表情の乏しい、いつもの物静かな態度に戻ってしまった。

――今、あの男は何を考えている？

おびき出した上司を説得する役割を、今は後悔しているのでは。別の携帯端末を取り出して、今にもイルマと連絡をとろうとするかもしれない。宇野の一挙手一投足を見張り続けるべきだった。隣で身を低める久保も、軽自動車を凝視しているのが分かった。久保の忍耐強さは監視役に向いている。この若い捜査員と二人がかりなら、宇野の内通を見逃すこともないだろう。

小路は久保とともに、体を起こした。背後を確認した宇野が扉を開け、運転席を出たからだった。驚いた小路は無線機のマイクロフォンをつかみ、管理官へ報告を入れる。

『小路君、周りをよく見たまえ』

切羽《せっぱ》詰まった声色で、管理官が指示を飛ばす。

『バイクを探せ。いるはずだ。近くに』

久保がすばやく、運転席側の窓を開けて後方を確かめる。身を隠している状況ではない、と判断したらしい。小路は代わりに前方を見詰め、オフィスビルの合間から宇野に近付く二輪車が現れないものか、目を凝らした。

状況を報告しろ、と急き立てる管理官へ、見当たらないことを知らせようとした時、小路は宇野が近付きつつある、欄干にもたれる恋人同士に目を留めた。

女の方がコートを脱ぎ、まるで喧嘩別れをするように男へ突き返す。女の着る、臙脂色のジャケット。運河を走る風が長髪を吹き上げ、髪形そのものが頭から離れかける。

小路は愕然とし、言葉を失いそうになるが、至急至急、と声を絞り出し、

「参考人が現れました。すでに指定場所にいます」

『もう一度いえ。何だと?』

「参考人には協力者がいます。いえ、今別れました。会社員風、年齢は……暗いため判断できません。イルマから別れ、内陸側、こちらへと歩いて来ます」

『イルマはどうした』

「その場にいます。橋の中ほど、歩道です。宇野が接触しました。距離があり、ここからでは会話内容は把握できません」

小路は息を呑み、十メートル以上離れた位置にいる二人を観察する。再会に喜び合う様子はなく、淡々《たんたん》と話し合っている。二人との中途半端な距離が、もどかしかった。

会社員風の「協力者」が、脇で丸めていたコートを不器用に着ようとしながら歩いて来る。その足付きが揺らいでいる。酔っている？　街灯の下に入り、四十前後の男であるのが見て取れた。

「協力者」が近付いて来る。小路は助手席のドアハンドルを握り締め、男と接触するべきか迷った。「協力者」を逃したくはなかったが、職務質問を始めた時には騒ぎの起きる可能性があり、そうなった場合、イルマにこちらの存在を知られることになってしまう。

管理官が、何ごとか怒鳴っている。

だめだ、と小路は自分を戒める。イルマに集中しろ。重要参考人に一番近い警察官として、迂闊《うかつ》な動きを見せるわけにはは――

突然「協力者」へと飛びかかった何者かが、視界の端に映った。一気に「協力者」を歩道のアスファルトに組み伏せたのは、二人の地域課員だった。

小路は焦り、イルマの様子を確かめる。予想通り、地域課員の派手な立ち回りが周囲の目を集め、イルマの視線も引き寄せている。

警察車両のサイレンが、何重にも辺りに響き渡る。その時になって、小路は悟った。曽我管理官には初めから、イルマを自主的に投降させる気など少しもないことを。この場で全捜査力を集結し、押し包むつもりだ。

埋め立て地が、警察車両の赤色灯で染まろうとしている。

小路は助手席から外へ出る。手摺りを越え、歩道に立った。すぐ近くで、押さえつけられた「協力者」が暴れている。アルコールの臭いが漂っていた。

イルマが何か、宇野に向かって叫んだのが耳に届いた。罵声を浴びせたのだ。長髪のウィッグを部下へ叩きつけ、何の躊躇もなく、欄干を跨ぎ越えた。駆け寄ろうとした小路の足が止まる。

――何をする気だ。

だめです、という宇野の悲鳴に似た大声。

――まさか、この気温で。

宇野の伸ばした手がつかむより先に、イルマの姿が橋から消えた。

息を呑み、小路は欄干《らんかん》へ走り寄った。急ぎ覗き込むと、橋の側面に沿って走る水道管の先、何かが水面に落ちる大きな音と水飛沫が視界に入った。暗い運河を凝視する。臙脂色のジャケットが浮かび、その奥で人影が沈んでゆくところだった。

水温を想像し、小路の顔から血の気が引いた。橋の中央へ移動しつつ息を止めて見守るが、人影の浮かび上がる気配はない。

「お前らのせいだぞ」

怒鳴り、つかみ掛かって来た宇野に、小路は驚いた。強い力でこちらを揺さぶり、

「早く救助隊を呼んでくれ。直接通報を。主任をあそこから、引き上げてくれ」

いつの間にか久保も傍にいて、携帯端末を手にするところだった。小路の背広の襟から、急に重みが消えた。

宇野が歩道に手のひらと膝を突き、その姿勢もすぐに崩れ、放心した様子で座り込む。

四　悪意

橋の上は今も騒然としていた。警察車両と救急車の回転灯で一帯が赤色に染まっている。

運河の捜索には湾岸警察署水上派出所の警備艇と消防署の水難救助艇が加わり、両岸の地域課員とともに幾つもの照明を水面へ向けていたが、重要参考人はまだ見付かっていなかった。人間は溺《おぼ》れ死ねばいったん水底に沈む、と小路はそんな話を思い出す。水深は三メートル程度、という話だったが前日の雨のため増水し、運河は濁っていた。暗い水上、橙《だいだい》色の潜水服を着た水難救助隊が、船内でボンベを背負う様子が見えた。海沿いの空に広がる雲は黒く、雨の再開の気配を含んでいる。

重要参考人であるイルマが泳いで運河を渡った場合も想定し、両岸だけでなく流れの先の埋め立て地にまで地域課員を送り込んでいたはずだが、見付かったという報告は――臙脂色のジャケットを除き――どこからも聞こえてこない。

小路は自分が長い間、欄干から黒い水面を見詰めていることに気付いた。セダンに戻り、少し倒した助手席にもたれ、車内から周囲を見回した。久保の姿が見当たらない。捜査に加わっているのだろうが、小路にはその気力が湧かなかった。フロントグラスを掠める回転灯の光を眺め、呆然とする自分を認めた。お前らのせいだぞ、と叫ぶ宇野の声が耳の奥で反響し続けている。

宇野の姿も今は辺りに存在しなかった。イルマの部下である捜査一課員は、曽我管理官を見付け、激しく食ってかかっていた。警察に投降するよう上司を説得する間、周囲を固める警察官たちは静かに見守るという約束だったのに、管理官がいとも容易《たやす》く反故《ほご》にしたせいだ。小路は背広から電子煙草のケースを取り出し、スティックの先にカプセルを差し込み、蒸気を吸い込む。これほど味気なかったか、と思う。

宇野の怒りは理解できる。あの管理官でさえ、苦い顔でろくに反論もしなかった。重要参考人であるイルマが死ねば、それは追跡を指揮する管理官の責任となるだろう。だが――宇野から身を引き離した管理官の口元に苦笑が浮かんでいたのを、小路は見たように思う。曽我管理官はこの事態に動揺してはいない。むしろ、嬉々《きき》として重要参考人の捜索を指示しているように見える。時折、イルマの死体、と管理官が口にするのを小路は聞き逃さなかった。思い起こす度に、苦々しい気分が込み上げる。これ以上、あの指揮官の傍にいるのは耐えられそうにない。セダンから外へ出る気にもなれなかった。

宇野という青年の、激しい怒りと動揺。あるいは上司と部下の関係を超え、彼はイルマのことを――

一体、イルマはなぜ、死ななければならなかったのか。というより、なぜあれほどの無茶をする必要があったのか。奴がどれだけ無鉄砲な人間だったとしても、警察から逃げ続けた揚げ句、冷たい運河に飛び込むような真似に意味があるとは思えない。

――それとも、あの女の行動の全てには意味があるのだろうか。

闇カジノの摘発では、小路はイルマの動きを間近で見ていた。イカサマを見破り、それを証明してみせるまでの働きの、その一つ一つには一切の無駄がなかった。今回の一連の振る舞いにも裏があるとしたら……間違いなく、あの女は警察から逃げ続けながらも捜査を継続している。連続殺人の捜査を。しかし、それならなぜ、情報を特捜本部と共有しない？　管理官のいう通り、手柄を独占するのが目的だったとしても、警察に追われる身になれば、その功績も全て無意味なものとなってしまう。なぜ奴は、あえて自分を追い込もうとする？

やはり妙だ、と小路は思う。

何から何まで妙だ。イルマが警察に追われながら捜査を続行する理由。時間に迫られていた、ということは？　それでも、特捜本部に事情を伝える余裕くらいはあるはず。事情を説明しないのは、説明できない理由が存在するからだ――

小路は助手席から起き上がり、急ぎ扉を開け、車外を見回す。管理官を取り巻く一群から見上が離れ、封鎖された橋上の五車線道路を横切る姿があった。杖を突きながらも、携帯端末《スマートフォン》で誰かと真剣な話を続けている。こちらに気付いた久保が、歩み寄って来た。宇野を見なかったか、と訊ねると、

「……脱獄者の追跡任務へ戻るといっていました。あの管理官の傍にはいられない、と」

小路はまたも、考え込んでしまう。分からない話ではなかったが、どこか筋がずれているようにも思える。現在も大切な人間の捜索が続けられているさなか、その場を離れるというのは。イルマ逃亡の本当の理由を知っている者がいるとすれば、それは宇野だけだ。だが、問い詰めたとしても素直にこちらに事情を話すとは思えない。

――どうする。

小路が自分に問うていると、久保の方から、

「警視庁本部へいったのでは。科捜研の検査結果を気にしていたようですから」

その可能性はある、と小路も思う。地域課員が持ち上げた規制線を潜り、タクシーを呼び止める見上の姿が、また視界に入った。イルマを追う専従班としての職務を終えたとはいえ、あの男は班員にも知らせず、一人でどこへいこうとしている?

……つまり、お払い箱となった俺たちも勝手に動いていい、ということだ。手に持ったまま忘れていた電子煙草をケースに仕舞い、

「俺たちがここで消えても、誰も気にしないだろうよ」

独り言のつもりで、小路はいう。

「咎められたら、レンタカーを返却にいく、とでもいえばいい」

「……運転しますよ」

そういった久保が運転席の扉を開け、車内に滑り込む。助手席に戻り、シートベルトを締めた小路へ、

「警視庁にいなかったら？」

「構わんさ。誰かから命じられたわけじゃない。それに……他に、会いたい人間もいる」

「会いたい……警察官ですか」

「元同僚だよ。少しばかり、意見が聞きたくなった」

久保がセダンをゆっくりと発進させる。橋を抜けたところでUターンし、歩道に沿って停まる警察車両を次々と追い越し、警光灯の群れがルームミラーの中で遠ざかってゆく。

k

蜘蛛は怒りの余り、机に載っていたメチルアルコールと純水の瓶を、片腕で払い落とした。コンクリート製の床で硝子が砕け、アルコールの臭いが立ち込める。

自分でも気付かないうちに体を折り曲げ、叫び声を上げていた。涎《よだれ》が滴り、床の液体と

混じり合う。口の中で血が溢れ出し、床に垂《た》れる。頬の内側を噛み破っていた。過大評価だったのか？　それとも、計算が狂っていたのか？　俺が脱獄後に力を注いだ計画の要が、こうも簡単に水泡に帰するか——

イルマに渡した携帯端末からの電波が消えたのは、すぐに分かった。こちらの端末が相手の信号を常時監視し、見失った時には、すぐさま警報が鳴るように設定していたのだ。電力の大半が残されていた端末が突然、電源が落ちたように全ての信号を発しなくなった時にはイルマの小細工を疑い、しかしその大胆さは余りに不自然だ、と不安に思い始めた頃、見上から連絡が入った。イルマは自ら運河に落ちた、という。

蜘蛛は自宅で続報を待った。家中を歩き回った気がするが、よく覚えていなかった。リビングで見上からの報告——イルマが運河から上がった形跡はない——を受けた時には、思わず端末を放り投げ、地下室へ駆け降り、気付けばそこで絶叫していた。

——あの女は、俺を捨てたのか。

一人だけ肉体を放棄し、純粋な心魂となり、別世界の住人になったのか。それほどイルマの内側は脆弱だったのか。その世界は自由に行き来が可能な場所ではなく、薬物で瞬間的に覗き見ることはできても両方の地に同時に永住するのは無理だということを、あの女は本当に理解していたのか？

蜘蛛は机の隅で落ちかかる二連装の空気銃を手にし、地下の浴室に駆け込み、銃口をこめかみに押し当てる。鏡の向こう側では、口の端から血の混じる泡を垂らす髑髏が、真っ赤な両目を見開いていた。空気銃には、猛毒のリシンを注入した薬物弾が込められている。針が皮下に入ろうと静脈に刺さろうと、対象を確実に死に至らしめる。

蜘蛛は唸り声を上げ、歯を食い縛った。ゆっくりと、こめかみから銃口を離す。洗面台に銃を押しつけ、呼吸を整えようとする。

——順番を間違えるな。お前にはまだ、消し去るべき者がいたはずだ……

鏡へ向かい、声に出していう。

——俺は、俺自身の最後の獲物だ。違うか……

浴室を出て部屋に戻り、回転椅子に座る。途中、床で砕けた硝子片を踏みつけたらしく、裸足の足の裏に幾つもの痛みが生じていた。だがそんなものは、胸の中の絶望感に比べれば何でもなかった。椅子の背にもたれ、天井に空けられた空調の吹き出し口を見上げ、スリットの奥の暗闇を凝視する。

——大地は余計な者たちで満ちている。

あの瞬間が、ふいに蜘蛛の脳裏に蘇る。

——雷の轟きと稲妻の光で語れ。毒蝿たちを吊るせ。

蜘蛛の手は、まだ空気銃を握っている。イルマが消えた以上、奴を殺すのは俺の役割となった。それとも、イルマの役割放棄を一つの選択として認め、奴はそのまま生かし、

「少年」を世界への生け贄(にえ)に捧げるべきか……

今はもう、どちらも俺の獲物だ。奴の死は多少なりとも、世界を美しく変化させるだろう。善人を自称する、俺が間近で目撃した「悪意」――

銃の先を吹き出し口へ向ける。今も荒い呼吸が、鼻孔から漏れている。殺意が抑えきれない。他に死ぬべき者はいるか？

もちろん大勢いる。だが、今回の件の責任を負うべきは、一体誰だ？

s

警視庁本部の地下駐車場にセダンを停め、五階まで上がったところで小路はエレベータを降りた。六階の連絡通路で科学捜査研究所へ向かう予定の久保が、振り向いた小路にエレベータの中で小さく頷く。役割分担は互いに理解している。

組織犯罪対策第二課の扉の前で立ち止まる。以前には、小路も在籍していた部署だった。今、彼女は中にいるだろうか。彼女は組対の中で、イルマとはまた違った形で特別扱いされている。ほとんどの時間、自分の仕事だけに没頭することを許されていたはずだ。

小路は咳払《せきばら》いを一つして、扉を開ける。

広いフロアの中に、多くの事務机が並んでいる。机に向かう捜査員の中に、基圭子《モトイケイコ》の背中を見付けた。イルマと親しい、と鑑識の渕はいっていた。イルマについて最も詳しい人物かどうかは分からなかったが、あるいは彼女なら何かを知っているかもしれない。基へと歩み寄ろうとする。少し、足が重かった。同じ組対に勤めていたとはいえ、小路とはほとんど入れ違いのようなもので、親しい間柄とはいえない相手だ。それだけでなく、基に対してはどうしても苦手意識があった。

基はひどく無愛想であり、若い女性であり、そして他に見たことがないほど、優秀な警察官だった。彼女はほとんど自分の机に向かったまま動かず、何かを調べ、分析し続けている。黒髪を肩まで伸ばした、細身のスーツ姿。

「……少し、いいか」

基の横顔が見える位置まで近付き、話しかけると、しばらくの沈黙ののち、どうぞ、と静かな応えが返ってきた。振り向きもしない相手へ、

「久し振りに、古巣に戻ったんだが……」

「小路明雄警部補。声からノイズが減ったように聞こえます。煙草をやめましたか」

「……電子煙草に替えた」

出鼻をくじかれた気分だったが、

「相談したいことがあってな。突然で悪いが……」

「イルマ警部補についてなら、それほど難しい話ではありませんけど」

「……なぜ、イルマについての相談だと分かる？」

「私とあなたの共通点。他に、何かありますか」

一々面食らっていては、基とは会話が成立しないと考え直し、

「で……何が難しくないんだ？」

「彼女が、連続殺人の加害者であるかどうか。答えは、否。あり得ません」

すでに基は、イルマについての一連の情報を仕入れているらしい。小路は慎重になり、

「なぜ、そう断言できる」

「動機がないから。動機とはつまり、個人への強い恨みか、異常な残虐性を抱えている、ということです。どちらもイルマにとっては無縁な話です。彼女特有の横暴さは単に、捜査への集中力から派生した振る舞いですし、被害者たちとの面識もない……私が調べたところでは。殺害はイルマにとって、何の利益にもなりません」

「調べたのか」

「興味はありました。それに、誰も調べていないようでしたので。彼女を追跡はしても、事件との繋がりを論理的に証明しようとする者はいない」

小路は内心、頷いた。曽我管理官はイルマの確保に熱心だったが、自分の願望に合う物証を探そうとするばかりで、動機について検証しようという考えはなかった。特捜本部全体でも「重要参考人」という中途半端な定義を与えただけで、あの女をどう扱うべきかは

決めかねていた。

基は喋りながらも、紙の資料を読みつつ、机上のノートPCのキーボードを叩いている。表計算ソフトウェアのセルを次々と埋めており、小路の見たところ、どうやら刺青の模様と反社会的勢力との関連性を分類しているらしい。

会話の主題を思い出した小路は、あえて反論を試み、

「だが……イルマが警察から逃げ続けているのも、イルマ自身が望んだ行動ではないはずです」

「そう。だから、彼女の逃亡には原因がある。イルマ自身が望んだ行動ではないはずです」

初めて基はこちらを一瞥《いちべつ》し、

「とても不自然な逃亡。全く理屈に合わない。逃亡して、捜査が円滑に進むとは思えない。彼女はそもそも、大変な合理主義者ですから。つまり……イルマは逃亡を誰かから強要されている、ということ」

小路は思わず唸り声を上げる。

「……脅迫を受けている、と？」

「はい。彼女は自分の身の危険を顧みない。なのに逃げ続けている。心当たりは？　あなたは、イルマの身辺警護を任されていたのでしょう。彼女に何か不自然な様子は？」

脱獄犯からイルマを護る職務は、建前のようなものだ。

「そんな話は……」

否定しかけて、小路は口を噤んだ。イルマの様子を、自宅まで確かめにいった時のことを思い起こす。あの時イルマは玄関の施錠も忘れたまま、パイプベッドの上で寝入っていた。肩を揺するまで目を覚まさず、起きてからも夢遊病者のように足下はふらついていた。あの状態は、何を表している？　蜘蛛は薬物専門の始末屋だという。すでに蜘蛛と接触していた可能性は……

小路はイルマの身辺警護の職務にありながら、加害者側の男については一枚の写真の他、何も知らないことを今頃になって自覚する。かぶりを振り、

「いや、何も断言はできない。ただ……不自然な状況は、確かにあった」

自分の言葉に含まれる不穏な気配に動揺しつつ、

「蜘蛛という脱獄犯については、どう思う……何か知っているか」

「以前、一課が大捕り物の末に確保したのだけど。知りませんか？」

「……俺はいつも、所轄署の隅で命令を待つ身だよ」

「今は？」

「自主的に動いているつもりだ」

基がもう一度振り向き、数秒間小路を見詰めて姿勢を戻すと、

「一課での、聴取の映像を見せてもらったことがあります。蜘蛛の正体は不明ですが、裏社会の住人であり、組対の捜査対象ともなっていますから。聴取の印象からすると……蜘

蛛の内面は余りに異質で、容易に想像できません。彼は、独自の思考様式で動いている。恐らく、自分自身を崇拝しています。それはとても強い信念で、何か個人的な体験が源になっているようでしたが……後は、精神医学の領域でしょう」

真剣に話を聞く小路へ、

「彼のパーソナリティーを踏まえた上で忠告らしい話をするなら、もし彼と出会った時には、迷わないこと」

「迷わない……」

「蜘蛛は饒舌《じょうぜつ》です。そして会話の中から相手の弱みを探り、そこに触れようとする。聴取の最中、一課の熟練取調官が何度も言葉を失うのを、映像で見ました。ある時には取調官の抱える問題——未成年の息女の妊娠——を巧《たく》みに聞き出して、激昂《げきこう》させたこともあります。彼の言葉に耳を傾けてはだめです」

小路は黙り込む。想像を超える人物像であり、理解できたのは、《蜘蛛》という脱獄犯は難解な危険人物らしい、ということだけだ。常軌を逸した者に狙われ続けるイルマの心情を想像しようとするが、それもうまくいかない。杜撰《ずさん》な身辺警護に終始した、自分のやり方を思い出していた。小路の携帯端末が鳴る。失礼、と断って基に背を向け、通話を繋いだ。来ました、という久保からの報告だった。

「足止めしてくれ。イルマについて話がしたい、と。俺も、すぐにいく」

「……宇野巡査部長ね。彼、ここにいるの？」

小路は端末を仕舞いつつ頷き、

「奴のことを知っているのか。あの男、信用できると思うか？」

「その判断を私に委ねるのは、無意味です。信用は人間関係の問題ですから。関係によって変化します」

少しだけ、キーを打つ手を止めて、

「イルマは、人に貸しを作ろうとしない。でも、宇野だけは例外です。二人の信頼関係は完成しているのでしょうね。お互いに、多くを語る必要がない」

表計算のセルを埋める作業を再開させ、

「ちょっと、羨ましいくらい」

「……そうか」

参考になった、仕事を邪魔して悪かった、といい置き、その場から去ろうとする小路へ、

「イルマにまた会えたら、伝えてください」

基の声だけが届く。

「お疲れ様、って」

＋

エレベータ乗場で上昇ボタンに触れた時、小路は再び久保からの報告を受けた。

『……聞く耳を持ちません。今、エレベータに乗ったところです』

「お前も同乗したか」

『はい』

小路は急ぎ、下降ボタンを押す。エレベータの到着に間に合い、扉が開くと、厚い封筒を両手で抱え込むように持つ宇野と目が合った。瞳の奥で、敵意が燃えているのが分かる。その背後に立つ久保へ小さく頷き、無言でエレベータに足を踏み入れ、宇野の真横に立った。扉が閉まると同時に、それは何だ、と問いかける。

「……こちらの事案の証拠品です」

冷めきった反応。

「あなた方には関係ありません」

「イルマについて話がしたい」

「話すことなんて、何も」

「イルマは……蜘蛛って奴から脅迫されていたんじゃないか？」

小路は前置きなしに、本題に入ろうとする。

「あるいはすでに、被害を受けていたか。いや、それよりも先に確認したいことがある」

まるであの女のやり方みたいだ、と思う。

「……イルマは生きている。違うか？」

i

体内のアドレナリンが薄れるにつれて、肩の痛みが堪《こら》え難《がた》くなってきた。それに、手足に熱が戻らない。まるで本当に、運河へ落ちたようだった。雑居ビルのエレベータの中で、イルマは壁に背をつけたまま座り込みそうになる。左肩を押さえて辛うじて耐え、最上階でエレベータを降りた。

立入り禁止テープが今も扉の前に張り渡されている。ノブに触れてみると想像通り施錠はされておらず、扉は開いた。警察の捜索を受けて以降——放射性物質が室内で利用されたせいもあるのだろう——、誰にも賃借されることのない一室。あるいはまだ、放射線関係の調査が続けられているのかもしれない。その手の話には市民も行政もとても敏感で、慎重だから。

テープを破って二重扉を通り中に入ると、窓から差し込む風俗店の看板の明かりが、かっては闇カジノとしてバカラ・テーブルを六台も置いていた店内、今はほとんどの設備を証拠品として警察に差押えられた、虚ろな空間を毒々しく照らしている。店の奥のカウンターバーの棚からは、アルコールの瓶も消えていた。イルマは這うようにカウンターに近付き、背をつけて床に座り込んだ。安っぽい合板の感触。肩の痛みに呻いた。左腕に力が入らない。これって、左肩の関節が外れてる？ 意識を肩から逸らしたい。別のことを考えないと。

逃走が本当にうまくいったかどうか……については、判断のしようがない。恐らく宇野は今、携帯端末を没収されているはず。こちらから宇野へ連絡を取る方法はなく、逆に、宇野が何かを伝えようとしても、こちらは端末の通信機能をオフラインにしている。迂闊に連絡を取り合おうとすれば、実際には運河に落ちていないことも都内に潜伏していることも、警察や蜘蛛に筒抜けになってしまうだろう。

蜘蛛から渡された端末は短い再会の間に、宇野に預けてしまった。蜘蛛の慎重なやり方からすると、端末の内部に多くの証拠が残されているとも思えなかったが、後で特捜本部が精査すれば、わずかでも有益な情報が見付かるかもしれない。

宇野からのメッセージを受けた時の複雑な気持ちが、胸の中に蘇った。

《一度、直接会いましょう。情報を渡します。イルマさんと最初に会った橋の下で。時間を決めてください》

文章を読み終えた瞬間に、追跡の手が宇野にまで延びたのをイルマは悟った。そのメッセージには……幾つもの不可解な箇所があったから。宇野が言外に危機を知らせようとしたのは、明らかだった。

私のことを宇野は、いつも「主任」と他人行儀に呼ぶ。けれどそれは、彼なりの信頼の証しでもある。初対面からしばらくの間、宇野は「さん付け」でこちらに話しかけていた。私のことを上司と認めていなかったからだ。当時の違和感を宇野はわざとメッセージに織り込んでいる。彼との初めての出会いに、ロマンチックな意味合いなど一つもない。

――そう。宇野と最初に出会った時、私が感じていたのは不協和音だった。

当時の宇野は、当たり障《さわ》りのない微笑みを浮かべ、命じられたことだけを過不足なく処理して、周りとの摩擦《まさつ》を徹底的に避ける人間だった。その態度は、警察組織の全体主義に心底嫌気が差していたイルマにとって不快な仮面でしかなく、宇野と距離を置くことを決心させる原因となった。当時の彼は自分では何も決定せず、さり気なく責任を回避して、それでも捜査一課員らしく振る舞う表面的な人物でしかなかった。思わず宇野へ、何も決める気がないのだから、とイルマはいい放ったことがある。何も欲しくないんだね、と。

助言を与えたつもりはなかったが、その時から宇野の中で何かが変わったらしい。口数が減るとともに硬い印象となり、けれどその分、捜査の一つ一つに注意深くあたり始めたのだ。他の捜査員は彼の変化を機嫌の善し悪し程度としか考えていないようだったが、イルマには、その鎧《よろい》を身にまとうような警戒心こそが、宇野の本質であることが理解できた。内面に何かを隠しているのも分かったが、その正体までは判断できなかったし、詮索《せんさく》するべきではないこともすぐに察した。

それはたぶん、一つの虚《うつ》ろなのだろう、とイルマは思う。私とは形の違う、何かをなくした痕跡。

だから初対面の場所を指定して、決めてください、と選択を委ねるその言葉には、鋭い叱咤《しった》が含まれている。それは私と宇野にしか理解できない、二人だけの言語。

そして宇野は、私が運河へ飛び込むはずがないことを知っている。十数年前の、海水浴での弟の死。私は今も、水面には近付くことさえできない。

――あいつは私を理解し、結局いつだって私のやり方を優先してくれた。

イルマは手首をもう片方の手で握り、左腕全体を持ち上げるようにして、肩の痛みを抑えようとする。左肩が熱を帯びていた。瞼にも、熱を感じる。深い疲労を意識する。

宇野の意図を察してからの忙しさを思い出す。瞼を閉じていても、目が回りそうだ。

ガソリンスタンドでバイクに燃料を足したのち、ディスカウントショップで長髪のウィッグを買うと、手持ちの現金がほとんど底をつき、他の変装用の衣服を購入することができなくなった。クレジットカードの使用はもう危険だったし、普段利用する口座は警察官専用の職員信用組合のものだったから、引き落としただけで足がついてしまう。

その時脳裏に浮かんだのは、夜から朝方にかけて身を隠した道路工事作業員用のユニットハウスだった。終業時間まで待ち、もう一度ユニットハウスに忍び込み、壁に掛けられた繋ぎの作業服を拝借すると裾《すそ》と袖を縛り、敷地内で干されていたシャツを切り裂いて土嚢《どのう》の砂利《じやり》と混ぜ、持ち上げられるぎりぎりの重さまで服の中に詰め込み、バイクで埋め立て地と陸を結ぶ橋まで運んだのは、もちろん時間稼ぎの身代わりとするためだ。

多少の人通りがある中、欄干から橋の側面を走る水道管に降り、そこに「身代わり」を置いて隠すことができた。誰かが何かをいってきた時には警察手帳をすぐに突きつけるつもりでいたが、立ち止まって咎める者はいなかった。

待ち合わせ時間の直前になって場所の変更を通知したのも、最初から考えていたことだ。周囲には大勢の警察官が待機しているはずだった。

バイクを複合施設の地下駐車場に隠して人物像を偽装するために駅前の繁華街で適当な相手を探し、会社員らしき泥酔《でいすい》した中年男性へ気のある素振りをみせてコートを借り、まるで恋人同士のように腕を組んで、二人で指定場所へ歩いて向かったのだった。用済みになった「協力者」に、イルマはコートを突き返した。相手は腹を立てて駅の方向へ戻っていったが、千鳥足《ちどりあし》で何歩か移動すると何もかも忘れたように鼻歌を口ずさみ出し、その後すぐに、私服警察官たちに歩道のタイルへ押し潰されていた。橋から夜景を眺めていた際に幾つもの卑猥《ひわい》な言葉を聞かされていなければ、もっと罪悪感も湧いただろう。おかげで、宇野と再会することができたのだし。

宇野は真っ先に、解毒剤の作製が完了していないことを悔しそうな顔で謝罪したが、イルマはそれよりも、蜘蛛の正体らしき熊谷辰己についての情報を少しでも多く仕入れようと焦っていた。素性の説明を受けるうちに「協力者」の確保が始まり、イルマは咄嗟に蜘蛛の端末を宇野へ押しつけ、混乱を演出し、その場からの脱出を強行した。

欄干の下と水道管の間に素早く身を潜め、「身代わり」を運河へ蹴落とした。より本人らしく見せるために、買ったばかりの、本革のライダースジャケットも同時に落とさなければいけなかった。そのせいで、二重に着た長袖のカットソーだけですごす破目になったのだ。

橋の側面に張りついたまま陸側へ動き出そうとした時、誰かが欄干から覗き込んできたのを暗闇の中でイルマは見た。あの大柄な輪郭は小路だったように思う。宇野が機転を利かせて大男につかみ掛かったのを察し、その隙に陸側まで水道管の上を躙《にじ》って移動し、遊歩道の末端に飛び降り、闇に紛れて路地に入り込むことができた。今から思えば、焦って降りようと水道管からぶら下がった際、左肩に体重が集中し、関節を外してしまったのだろう。バイクで逃げる間じゅう左手のクラッチ操作に苦労していたのを、思い出す。

手首から反対の手を離すと、和らいでいた痛みがぶり返し、イルマは濁った息を吐き出した。もう一度手首をつかんで呼吸を整え、心を決め、伸ばした左腕を力いっぱい押し上げた。自分の呻き声が細い悲鳴に変わるが、それでも力を緩めず上腕骨の付け根を肩甲骨へ押しつけ続けていると、肩関節の嵌まる強い手応えを感じた。瞬間的な激痛に思わず声を上げるが、痛みのピークがすぎたのも分かった。静かな呼吸を意識し、額の脂汗を拭う。恐る恐る左肩を回し、何とかうまくいったのを確かめる……もう二度とご免だけど。

脱力し、完全にカウンターに体重を預ける。このまま寝入ってしまったら何が起こるだろう、とそんなことを考える。二度と目覚めることはないかもしれないが、魅力的な選択にも思える――でも、やっぱりだめだって。正義の味方でしょ？　私。

イルマは瞼を開けた。明日まで生き延びることができたら、とにかく真っ先に熱いシャワーを浴びる、と決めた。肩の痛みは我慢できる程度まで、急速に引いていった。今の問題は、全身の疲労の方だ。本当にこれは、肉体的な疲れなのだろうか。今も手足に熱が戻らない……奴は一体、私にどんな薬物を注射したのか。イルマはぼんやりと、金属の梁《はり》が剝き出しになった天井を見上げる。

ここで摘発したのは、違法カジノと……放射性物質。もしや、私の体にも放射性物質が？　いや、確かその中和剤は被爆の前後に時間を置かず服用しなければ、意味がなかったはず。時限式の仕掛けとするには不安定な要素が多すぎる。

単純に今の体調不良はカットソーだけでバイクに乗った報い、というだけかもしれない。風邪かインフルエンザ・ウィルスが体内に入った可能性……冷たい震えが背筋を震わせる。じわじわ死んでゆくのは嫌だな、とイルマはそんなことを考え、軽く首を振った。

――で、どう動くつもり？

自分自身に問いかける。警察から身をくらますことができたのだから、次に向かう場所を決めなければ。目的地は未だに曖昧だったが、手掛かりはある。短い再会の中でも、宇野は熊谷についての情報を教えてくれた。熊谷辰己は確かに、薬剤師として林教大学医学部付属病院に勤めていた過去がある、という。加害者である蜘蛛と三人の被害者全員が、一つの大学病院、あるいはその関係者である一之瀬高守と繋がったことになる。偶然、とは考えられなかった。ようやく全体像の影を踏んだように、イルマは思う。

少し、気になる話もある。もう一人の被害者である「少年」について、蜘蛛がいった言葉。俺が殺すのではなく、そいつは何もしなければ、勝手に死ぬんだ――

あれは、どういう意味だったのか。何もしないことで死に至る……どこかに監禁し、放置している？　でも、そのためには事前の誘拐が必要となり、計画が露見する可能性を急激に高めてしまうだろう。一課内にも、誘拐事件の話は全く入っていなかった――だめだ。思考がその先へ続かない。別の方面から考え直さなければ。

それなら、被害者たちと臓器移植の関係は？　イルマはそのことについて、ずっと考え続けていた。恐らく三人は、同時期に移植手術を強行している。一人の提供者から、三人分かそれ以上の臓器を取り出した可能性もある。けれど、闇移植を請け負う海外への渡航方法が思い浮かばなかった。パスポートに出国の記載がないなら非合法手段で国外に出たはずだが、空を飛ぶにしても船で渡るにしても、それぞれ社会的な立場もある三人が実行するには余りにリスクの大きい手段のように思える。

天井の梁を見詰めるイルマは、逆に移植臓器の輸入をしたなら、と考え、すぐにそれを否定した。角膜だけならともかく、ほとんどの臓器には鮮度の問題があり、ドナーの死後、できるだけ早く受容者《レシピエント》に移植しなければならないのだから。

イルマは思わず、カウンターから背を離した。もう一つ、方法がある。

――国内での闇移植。

あり得ない、という前提で思索を進めていたが、それは単に施術側とレシピエントたちの持つ倫理への期待というだけで、闇移植を否定する根拠にはなり得ない。

蜘蛛のいうように、「本物の悪意」というものがこの世に存在するなら、その程度の倫理観など問題にもしないのでは……待て。

さらに、気付いたことがある。「少年」が、やはり他の三人と同じくレシピエントだとしたら。すでに臓器移植を受けているとしたら。何もしないことで「少年」が死に至る、とは必要なものが届かない様態を意味しているのでは。

イルマはこめかみ辺りの髪を両手で鷲《わし》づかみにし、俯いた。

この線は……人間関係とも状況とも矛盾しない。可能性は、ある。

――どうする。

急に、焦りが込み上げる。鍵となるのは、林教大学医学部付属病院。直接向かう？　この時間帯ではきっと救急外来の責任者以外、病院に医師は残っていないだろう。

もう一つの鍵は……衆議院議員、一之瀬高守。

議員の所在は、議員会館内の議員事務室、個人で所有する議員事務所、後援会事務局の三箇所に問い合わせることができる。

肩の調子を窺いながら両拳を握り締め、力を込めてみる。大丈夫。いける。

カウンターテーブルを手掛かりに、イルマはゆっくりと立ち上がった。

＋

コンビニエンスストアの入口脇に設置された公衆電話のスリットにコインを落とした。通信機能を封印したまま携帯端末の通話履歴を調べ、表示された議員事務所の番号を、公衆電話のキーパッドに打ち込む。議員会館よりも個人事務所の方が、誰かの残っている可能性は高いだろう。

繁華街の通りは騒がしく、イルマは受話器を当てていない方の耳を手のひらで塞いだ。

呼び出し音が聞こえ始めた瞬間、一之瀬高守事務所です、という素早い応答があった。

その声には覚えがある。代議士の妻、一之瀬美幸。それにしても、まるで電話を待ち焦《こ》がれていた、といわんばかりの対応。イルマは無言で受話器を公衆電話に戻した。

違和感を覚えていたが、その理由を考えているよりも、直接向かって相対した方が早い。駐車場のデュアルパーパス・バイクに歩み寄って跨がり、フルフェイス・ヘルメットを被る。

S

宇野は一切、聞く耳を持とうとしなかった。一階に着き、扉が開いた途端、逃げるようにエレベータから降りたイルマの部下を小路は急ぎ追いかける。警視庁本部の吹き抜けの空間に複数の乱れた靴音が鳴った。エントランスに着く前に何とか宇野の腕をつかんで引き止め、聞け、と小声で話しかけると、殺気さえ帯びるような鋭い視線が返ってきた。

小路は懐から自分の携帯端末を取り出し、

「これを持っていけ。あんたのは、管理官に没収されたんだろう。イルマとの連絡に必要なはずだ」

宇野の目の前で端末のロック設定を解除してみせ、押しつける。

「頼む、聞いてくれ」

静かな空間で目立たないよう、周囲に目を配り、

「俺を信じろ、といってもそう簡単にいかないのは当然だ。こうしてくれ。あんたは、今後のイルマにとって不利になる情報は何一つ話さなくていい。奴にもメリットになる、と思うことだけを伝えてくれ」

宇野の瞳から険は薄れたが、不審の色は変わらず、

「……突然、どういうことです？」

「俺はあんたの考えている通り、曽我管理官の犬だ。博打で身を持ち崩してな、警視庁本部から所轄に追い出された。素直に従っていればまた本部へ復帰できる、と管理官からいわれている」

小路の告白に、傍に立つ久保の方こそ驚いたらしい。その視線を無視して、

「だが……それもここでお終いにしたい。うんざりなんだよ、何もかもが。どうせ定年退職まで、もう十年もない。俺の面子《メンツ》なんぞ、俺以外の誰が気にする？　娘に話したところで、警視正と警部補の違いも分からないだろうよ。いや、話す機会があれば、だが」

不意に脳裏に浮かんだ娘の姿に動揺する。空咳をして振り払い、

「俺の職務は、イルマの身辺警戒員だ。そいつをどうしても、やり遂げたいと思っている。要するに、まともな仕事がしたいんだ。イルマを護りたい、と今では真剣に考えている。居所を知る必要はない。知ったところで、奴の動きには追いつけないからな。それで

も、イルマの現在状況くらいは把握しておきたい。生きているんだろう？　いや、返事はしなくてもいい。あんたが全力で動いているのが、証しみたいなもんだ。俺が第一に知りたいのは……イルマは一体、蜘蛛って野郎に何をされたんだ？」

　数秒の間、宇野は口を開くのをためらう様子だったが、

「……主任の血液からバルビタール、アトロピン、アセトアミノフェンが検出されました」

　こちらの反応を探るように、

「バルビタールは麻酔薬です。恐らく最初に与え、主任の動きを封じたのだと思います。アトロピンは、有機リン中毒の解毒剤として用いられるものですが、なぜ注入したのかは分かりません。一番問題となるのは、高濃度のアセトアミノフェンの方です」

　具体的な内容に、小路は息を呑んで聞き入る。隣の久保も同様だった。

「アセトアミノフェンは解熱鎮痛薬として一般的にも用いられるものですが、大量に摂取し中毒となった場合、初期には自覚症状が現れず、二十四時間以降に体調が急変し、肝細胞壊死《えし》、肝不全を引き起こすということです」

「……あんたが科捜研に何度も出向いていたのは、その検査結果を知るためか」

「それと……解毒剤を受け取るために」

　曽我管理官の独り善がりな要請のために、イルマの血液検査は科捜研内で後回しにされたことになる。宇野へ、

「解毒剤は、実際に効くんだな？」

「アセチルシステインは、医薬品として実績のある解毒剤です。ですが、もう時間がない。実際に肝細胞に障害が現れてしまっては、解毒剤を投与しても修復はできません。肝性昏睡に陥った場合、回復の見込みはないでしょう」

「そんな話を……なぜイルマもあんたも黙っていたんだ」

「主任から口止めされていました。本当は、今も。蜘蛛は、連続殺人とは関係のない第三者を巻き込んでいます。他言した場合その民間人が死ぬ、と。警察官の中に、蜘蛛に通じた者がいるのです。蜘蛛は第三者を盾に取り、主任をコントロールしています。主任は秘密裏に第三者を救い、蜘蛛を確保するための方法を今も探っているはずです。時間のリミットは後、約二時間。正直いって……」

宇野の両目が細められ、

「誰か一人しか救えないなら、僕は主任を選びます。もしあなたたちが裏切り、主任の命を脅かすような事態が起これば、僕はあなたたちを許さない」

――でも、せめて後二十二時間は私に近付かないでね。

小路は喉《のど》の奥で唸った。イルマが無謀な行動に走った、その理由。功名心とは無縁の動機。彼女は「安寧《あんねい》の保護者」である警察官としての役割を果たそうと、今も全力で走っている。同時に、宇野自身の決意にも驚いていた。まるで躍動するヒロインを支えるために

自ら舞台下に潜り込み、その梁となることを自らに課したかのようだ。ようやく口を開き、

「……俺にできることはないか」

宇野は小路の目を見返したのち、背広の内から小型の携帯端末を取り出して、

「これを持って、捜査支援分析センター《SSBC》へ。技術支援係」

受け取った水色の端末には見覚えがある。

「主任が蜘蛛から、連絡用に渡されたものです。橋の上で預かりました。SSBCなら、端末を解析して情報が引き出せるかもしれない。すでに彼らは電気通信事業者の協力を得て、情報機器解析の準備をしています。機器さえ手に入れれば、すぐに解析を始めるでしょう。『脱獄逃走事件特別捜査本部』の件、といえば伝わるはずです。ただし必ず基地局との通信を遮断した状態で扱うよう、指示してください。この端末は主任とともに運河の底に沈んでいる、ということになっていますから」

端末を仕舞い、深く頷いた小路へ、

「蜘蛛を追ってください」

宇野からの依頼が胸に響く。

「主任にも僕にも、その余力はありません。奴の連続殺人が止まったという保証は、どこにもない」

「あんたはこれから、どうする気だ。解毒剤を渡しにいくのか」

「……そちらが端末を預かってくれるなら、僕は直接、新宿署の特捜本部へ向かいます。主任の情報は真っ先に、そこに届くはずですから」

運河の一件以降連絡が途絶えている、ということらしい。宇野の刺々しさは、本人の焦りも表しているのだろう。励まそうかとも考えたが、今は余計なことを口にするべきではないように思える。

「……確かに預かった。いくぞ、久保」

宇野と別れ、小路は無言で頷いた大男とともに、エレベータへと引き返す。一度だけ振り向き、緊張のせいか、やや肩を怒らせて歩く宇野の後ろ姿が遠ざかるのを、少しの間見送った。

i

首都高速道路の入口近くの十字路で、イルマはデュアルパーパス・バイクを降りる。ステアリングを握って重い車体を押し、歩道に乗り上げると、左肩に鋭い痛みが走った。高層ビルの一階、シャッターを閉じたドラッグストアに寄せ、バイクを停める。二階の窓硝子の下では白地に水色の文字の看板が、一之瀬高守の名前をアピールしている。ヘルメットを外してステアリングに掛け、事務所の様子を確かめるイルマは、議員会館からそう遠くない位置に個人事務所も構える一之瀬は少数野党からさぞ憎まれているだろう、とそんなことを考えた。事務所の窓は一枚一枚、一之瀬高守のポスターで覆われている。その隙間から、室内の明かりが窺える。なぜこんな時間になっても、そこに秘書がいるのか。秘書は恐らく……何かを待っている。

イルマの胸の内に、一つの予感が灯っていた。

狭い階段を上りチャイムを押すと誰かの駆け寄る足音がし、すぐに事務所の扉は開いた。ライトグレーのスカートスーツを着た四十前後の女性が、イルマの前に立っていた。一之瀬美幸。彼女からすれば、こちらの格好は宅配便の配達員に見えるのかもしれない。頬を紅潮させ喜色を露《あらわ》にする一之瀬へ警察手帳を提示するのは残酷な気がしたが、

「捜査一課の者です。少し、お話を伺いたいのですが」

一瞬にして相手の顔色が変わり、

「……事前のアポイントメントが必要です」

「もちろん、任意の捜査協力をお願いしています」

扉を閉じられないよう、そっとブーツの先を隙間に差し込み、

「協力してもらえないなら、その理由を聞かせていただきたいと……」

イルマの耳に、か細い呻き声が届いた。思わず首を伸ばし、女性の肩越しに室内を覗き込む。スチール机が所狭しと並ぶ事務所は外観からの想像よりも狭く、奥の蛍光灯と、す

ぐ傍のミニキッチンの照明だけが点けられている。窓際の応接用ソファーの上で、何かが動いた。棒立ちになった一之瀬美幸を軽く押し退け、事務所の中へ足を踏み入れる。大型ソファーの上で体を丸める、バスタオルを掛けられた小さな姿。額には冷却シートが貼られていた。硬く目を閉じ、荒い呼吸を繰り返している。

一之瀬晃——そう。あの子が、「少年」だ。

「……私は、あなたたちの事情をたぶん、知っている」

イルマは晃の母親の方へ向き直り、

「あの子の体は今……拒絶反応を起こしている。違う？」

母親の顔を激しい感情が横切った。次の瞬間には目を逸らし、力の抜けた足取りでソファーへと歩み寄り、少年の傍に静かに腰を下ろした。イルマも二人へ近付き、

「……あなたはこの時間までずっと、あるものが到着するのを待っていた」

膝を突いて硝子製のローテーブルに片腕を掛ける。晃の様子を覗き込み、

「個人輸入したものが、今になっても届かないから。受け取り場所を事務所にしていたのね。あなたが待っているのは……免疫抑制剤。でしょ？」

晃の長い睫毛《まつげ》が微かに動き、けれど目を覚ます様子はなかった。

「この子は去年、林教大学で臓器移植を受けた。門田博紀、小松功、柿原信広たちと同時期に。たぶん、同じ一人のドナーから臓器を受け取った」

母親の深く吸い込んだ息が、肺の中で震えているのが分かる。

「秘密裏に行なわれた闇移植……病院は手術後の免疫抑制剤等を、正式に処方することができない。でも、個人で海外から輸入できるはず」

母親へ躙《にじ》り寄る。聞き耳を立てる者もいない室内で、イルマは小声になり、

「私の懸念はね、大学病院の中でドナーを一人作り上げるために、誰かが殺されたんじゃないか、っていうこと」

女性の瞳の中に、怯えの色が浮かんだ。

「十何歳かの子供が自然死を装われ、病院内で秘密裏に殺されたのでは、と。十歳を少しすぎれば、大人へも移植は可能でしょ……」

イルマは一之瀬の瞳を低い姿勢から見詰め、観察し続ける。

「身内である院長と学部長は晃を救うためにドナーを作り上げ、他のレシピエント――あるいは『共犯者』という名の味方――を人脈の中から探し、同時に臓器移植を行なった」

一之瀬美幸の喉が大きく動く。ようやく口を開くが、その声は掠れている。

「……私たちは、誰かを殺してなんかいません」

絶好の、聴取の機会を得たようにイルマは思う。あえて挑発するように、

「わざわざ病院外からドナーを運び込んだ、とは思えないのだけど。それでは様々な場所に、あなたたちにとって不利な証拠を残してしまうから」

「手術は……同意に基づいて行なわれました」

「どんな同意？」

質問を畳みかける。

「本来であれば、移植臓器協会を介して行なわれるべき手術、でしょ？　私、協会にも聴取にいったんだよ。データベースに、それらの手術の記録はなかった。正当な手順を踏んでいる、とはとても思えない」

黙り込む相手へ、

「私はね、その子を助けるために来たの。犯罪行為の追及は、後でもできる。けれど、免疫による拒絶反応を放ってはおけない。早く林教大学病院へ連れていかないと。待っていてもう、免疫抑制剤は手に入らない。不審人物が事務所の周りにいたのを誰か見ていない？」

一之瀬の曖昧だった表情が、不意に焦点を結んだように引き締まり、

「いたかもしれません。背広姿の……痩せた男性が一週間ほど前には、よく階段の入口に立っていました。ここ数日は、見掛けていませんが……」

イルマは頷き、

「そいつがすでに、個人輸入の小包を横領しているんだ」

「何のために……」

「身勝手な正義感のために。あなたの夫、一之瀬高守代議士の不正を暴こうと。でも今、実際に犠牲になってるのは、その子の方」

本物の悪意、と蜘蛛はいった。不正規にドナーから臓器を取り出すのは、確かに悪意に基づく行為だろう。厚生労働大臣の許可を得ない手術の斡旋は臓器移植法違反だが、意図的に患者を殺め、後付けでドナーを設定したのだとすれば、それは明確な殺人罪だ。

そのことを問うと、相手はかぶりを振り、

「殺人なんて、あり得ません。一之瀬は医師の家系です。本分を踏み外したことは、一度もありません」

「それなら、なぜ手術が秘密になっているの……」

「当時、交通事故に遭った少年がいた、と聞いています」

一之瀬は晃の顔へ視線を落とし、

「病院に搬送後、亡くなったというお話です。その際に……病院側から、献体してもらえないか遺族へ打診した、とか」

「献体って……解剖学実習のために遺体を提供することでしょ。未成年者も対象になるの？」

「禁止する法律はないはずです」

「でも献体を実行するには、生前に本人が書類を書く必要がある……」

少年の髪を母親が指先で梳《す》いた。その無言の横顔には、冷たい険しさが張りついている。でも、晃に似ている、と思う。

「……偽造したのね」

イルマは事情を察し、

「本当に、遺族は同意したの？　子供の献体を、どうして両親が望むの？」

「遺族は母親一人です。母子家庭でした」

晃の頬を手のひらで撫でる。

「献体に提供される遺体は医学部が火葬して慰霊祭を催し、引受人がいない場合、学内の納骨堂に収めるのです。ドナーの母親も……それを望んだといいます。葬儀その他の、費用がなかったらしくて」

イルマは口を噤み、嫌悪感を呑み込んだ。一之瀬たちは、母子家庭の貧困につけ込んだのだ。そして病院内でドナーを火葬してしまえば、違法臓器移植の証拠はどこにも残らない。イルマは会ったことのない、事故死した少年のために瞼を閉じ、黙禱を捧げる。一之瀬に対する嫌悪の感情が、体内で少しでも薄れるのを待ち、

「……事情は分かった。それは、やっぱり違法だよ。でも今は、その子を助けるのが先」

改めて晃の寝顔を確かめる。見詰めていると、胸が苦しくなってしまう。頰が赤く染まっている。少し濁った寝息。でも少なくともまだ、昏睡状態には陥っていない。

「移植した臓器は……腎臓？」

　人体内の二つの腎臓は、通常それぞれが別のレシピエントへ提供されるはずだ。頷いた一之瀬へ、

「早く林教大学病院へ運ぼう。そこで、肉親であるあなたが事情を説明して。臓器移植の拒絶反応は、適切な治療で対処できるはず。救急車をすぐに呼べば……」

「それは、だめです」

　意外なほど力の籠もった声が返ってきた。驚くイルマへ、

「私の口から晃の臓器移植を公表することは、あり得ません。この件については、主人に全てを任せております」

「……この子の命がかかっている。それでも？」

「晃も、父親が代議士の職を失うのを望んではいないでしょう」

　イルマは噴き出そうとする怒りを体内で抑え込んだ。嚙み締めた奥歯が口の中で鳴る。

「……たとえ、あなたが事情を説明しなくとも、私はこの件を公にする」

「主人と私、病院が否定します」

　もし晃が亡くなったら、司法解剖に回され全ては明らかになる……そこまで母親にいうべきか迷ったイルマは、病院側で幾らでも虚偽の死亡診断書を発行できることに気付く。一之瀬美幸と睨み合う格好となり、そのまま思考を巡らせた。今、私が直面しているの

は一之瀬高守とその家族の、歪な関係性だ。晃の母親は一種のカルト、自己反省のない閉じた円環の中に囚《とら》われている。けれど、その異様さを本人に自覚させるだけの言葉が思い浮かばなかった。

イルマはホルスターバッグから携帯端末を取り出し、通信機能を復活させる。これ以上、自分の安全を優先して身を隠している暇はない。七度もの着信履歴が、通話アイコンの上にバッジとして表示された。見覚えのない電話番号だったが、今懸命にこちらと連絡を取ろうとする人物がいるとすれば、それは宇野以外にあり得ない。

すぐに通話は接続した。勢い込んだ声が、

『主任。どこにいますか。解毒剤は手に入っています。すぐに……』

「私はまだ平気」

宇野の話に割り込み、

「先に頼みたい件がある。私は今、一之瀬高守代議士の個人事務所にいて、目の前に一之瀬夫人と子供がいる。男の子が腎移植の拒絶反応を起こし、発熱している。そう……この子が、巻き込まれた民間人」

イルマは一之瀬へ手のひらを上向け、あなたの名刺を、と要求し、

「夫人の携帯電話番号を教えるから、聞いて……私はこれから一之瀬高守の元へ向かい、彼自身が事実関係を世間へ知らせるよう説得する」

自分の端末にも電話番号を記録させながら、

「必ず説得するから、あなたはここに来て待機していて。一之瀬高守が公表に応じ次第、二人を林教大学病院へ連れていって」

『事実関係、とは……』

「連続殺人の被害者三人と一之瀬高守の息子は、その病院で闇移植を受けている。夫人は病院へ向かうのを拒んでいるけど、一之瀬代議士の指示には従うはず。いい？　すぐに来てよ」

『主任、僕の話も聞いてください』

「やだ。私が無事でもこの子が助からなかったら、二度と口を利かないから。今すぐ動き出して」

一方的に通話を切り、夫人の名刺とともに端末をホルスターバッグに突っ込んだ。

「聞いたでしょ」

不安そうな一之瀬美幸へ、

「私が一之瀬代議士を説得する。居場所を教えて」

「……大使館の、アジア医療支援交流会に参加しています」

東南アジアの一国。所在地は代々木公園に程近い、各国の大使館が集まるその南西の外れに位置している。了解、と答え、イルマはもう一度、薄く唇を開けて寝息を立てる少年の横顔を見た。

──カオル。今度こそ助けるよ。

勢いよく立ち上がったイルマは、肋骨に近い脇腹に鈍い痛みを覚え、思わず手のひらで押さえる。嫌な感覚だったが、気に留めている間はなかった。きっと、気のせいだ。体内の違和感を押し殺して扉へと駆け寄り、イルマは事務所を飛び出した。

S

小路は警視庁本部でSSBCの技術支援係に携帯端末を提出したのち、すぐに葛飾《かつしか》署の「脱獄逃走事件特別捜査本部」へ久保とともに移動した。SSBCは端末の解析を早急に、そして秘密裏に行なうことに同意してくれたが、いずれにせよ成果が出れば特捜本部へ伝えなくてはならず、予め現場の幹部にだけは話を通しておく必要があり、小路はその役割を自ら買って出たのだった。蜘蛛に関する情報を仕入れる、という目的もあった。小路は自分に、イルマの敵についての知識がまるでないことを痛感していた。

夜の捜査会議が終わったばかりの所轄署の講堂には、まだ多くの捜査員が残っていた。雑然とする雰囲気の中、小路は所轄署の刑事課長へ脱獄犯の携帯端末が手に入った概略を耳打ちした。刑事課長は黙って頷くと庶務班へ、特段用のない捜査員を講堂内で待機させるよう静かに命じた。SSBCによる端末の解析結果を待つ構えだった。その間、小路と久保は庶務班から蜘蛛についての情報を仕入れていった。

蜘蛛は、捜査一課の聴取でも警務課の調べでも素性を明かそうとしなかった、という。薬剤師の熊谷辰己という人物が蜘蛛の正体として捜査線上に浮かび上がり、しかし現在はその行方が知れず、他界した両親以外の親族や近しい友人も存在しないために捜索は難航している。異常なほど情報が欠如しており、熊谷の基本的な顔写真さえ、当人が高校大学の卒業アルバムの写真掲載を一切拒否したせいで、中学生以前のものしか見付かっていない。中学時代もクラスと自然科学部の集合写真以外存在せず、神経質そうな少年という程度の印象の他、記録に残ったものはない、という話だった。

小路は、刺青で覆われた蜘蛛の顔写真を思い起こす。少年時の熊谷と、似ているとも似ていないともいい兼ねた。

熊谷は林教大学医学部付属病院に手術室の麻薬、医薬品を管理する薬剤師として三年勤めるが調剤過誤を起こし五年前に辞職、その後二年間ドラッグストアや保険薬局を転々とし、それ以降の足取りは銀行口座残高のほぼ全て、四百万円の貯蓄を八日に分けてATMで下ろしたのが最後となる。時間が経っているために銀行の防犯カメラ等の映像記録も残されておらず、携帯端末を起動した形跡も、その辺りから完全に途絶えていた。熊谷を知る病院関係者は口を揃えて、寡黙《かもく》な変わり者、と証言した。内向的。一人の行動を好む。

勤務態度は基本的に真面目だが、唐突に周囲には理由の分からない怒りをみせることがあり、何度か無断欠勤もしている……

熊谷辰己の住んでいた分譲マンションの一室だけが今も残されており、特捜本部によって徹底的に調べ上げられた。

1Kの部屋の隅には薄い寝袋だけが寝具として置かれ、洋書を含む大量の薬物関連の書籍が本棚から溢れて床に積み上げられ、大きな作業台の周囲を取り囲んでいた、という。小路は庶務班から、引き伸ばされた室内写真を数枚見せてもらった。作業台の上にはガスコンロの他、大型の機械が幾つも載っていて、その一つ一つに注釈が書き込まれている。ロータリーエバポレーター（蒸留装置）。循環アスピレーター（減圧装置）。分光分析装置……それらの機器が少しも理解できない小路が眉をひそめていると、庶務班員が、何らかの有機リン化合物が合成された可能性があります、といった。刑事課長が口を挟み、

「つまり、神経剤だ。神経伝達を阻害して呼吸困難に陥らせる……簡単にいえば、化学兵器、大量破壊兵器と呼ばれる奴さ」

小路は小さく首を傾げる。有機リン、という単語に聞き覚えがあったからだ。宇野との会話で、そんな言葉が出たように思う。イルマの血液から検出されたのは、有機リン中毒の解毒剤となる——

「熊谷の部屋からは結局、合成剤もその材料となる薬品も見付かっていないんだ」

　刑事課長はどうやら、こちらが怖じ気づいていると見たらしい。鼻で笑い、

「装置を使用した形跡はあるが、きれいに洗浄されていてな、何も発見できなかった。試運転程度で放棄したのかもな。そう怖がることもないさ」

　小路が渋面《じゅうめん》を作ったのは課長の態度のせいではなく、身辺警護の加害者側についてもっと早く知っておくべきだった、という後悔のためだ。刑事課長からは、もう一つ奇妙な話を聞いた。迷い猫についての調べだった。

「迷い猫……」

　思わず聞き返す小路へ、刑事課長は口元を緩め、

「行方不明になった飼い猫の、相談件数の話だ。警察署の会計課や保健所への相談が急に増えた地域がないものか、統計を作成したんだよ」

「……急に増えたら、何か問題があるんですか」

「脱獄犯は日常的に毒物を作製しているのでは、という疑惑があるもんでな。もしそうなら、実験台に付近の小動物を利用していたかもしれない」

「動物に毒を盛って、人間への効果が分かるものですか」

「哺乳《ほにゅう》類の重量一キログラムに対する、薬物の有効作用量を調べるのだそうだ。一種の目安だが、致死量を計るための重要な数値となる。その数値を体重で掛け算して、人間に適用するんだ」

「それで……一帯から飼い猫の消えた場所を探した、と」

刑事課長は講堂前方の、天井から下げられた大型液晶モニタを顎で示し、

「残念ながら、それほど顕著な地域は見付からなかった。他と比べてあるいは……という住宅街が十四ヶ所。しらみ潰し作戦《ローラー》を実行し各戸を訪問しているが、範囲が広すぎる。今も全部は確認できていない」

モニタには都内の地図が表示してあり、あちこちが赤や青で着色されている。課長は口の端を曲げて声を落とし、

「あんたらの携帯端末《スマホ》が、うまく役に立てばいいがな……」

庶務班から差し出された受話器を、刑事課長が受け取る。ＳＳＢＣからです、という庶務班員の顔が強張っていた。刑事課長は受話器を耳に当て、皮肉な笑みの消えた真剣な顔で何度も頷くと、よし、とつぶやき、

「皆、聞いてくれ」

受話器を庶務班員へ返し、声を張って講堂の注目を集め、

「こちらの小路警部補たちから提供された携帯端末のパケット記録をＳＳＢＣと電気通信事業者で調べたところ、幾つかの新事実が判明した」

小路は隣に立つ久保と目を見合わせる。緊張感が体内に戻ってきた。

「蜘蛛は通常の無線電話回線ではなく、ネット電話を利用し、某警察関係者とコンタクト

を取っていたらしい。ネット電話を使ったのは簡単に逆探知されないための工夫だ。しかも、パケット・データはいったん海外のサーバーを経由させ、そこでパケット内のIPアドレスを書き換えて、本人の情報を消し去る仕組みになっていた。これは身元を隠すための高度な工作であり、完全にアドレスが上書きされてしまえば、こちらも手が出せない。だがSSBCによると、幾つか変換し損ない、本来のIPアドレスが記録されたままのパケットが届いていた、という。発信元のルーターの所在地が六箇所、明らかになった」

講堂内の静止した空気に、刑事課長の声だけが響き渡る。

「どれも個人所有のものだ。蜘蛛は隠れ家を分散したか、あるいは他人のルーターを外部から無断で借用している。ルーターの位置は、都内各所に散らばっており……SSBCから位置情報が送られた」

庶務班員によって、液晶モニタの地図にルーターの位置が描き加えられる。刑事課長は腕時計へ目を落とし、

「……急げばまだ、かなりの戸数を聞き込みできるはずだ。ルーターの所有者だけでも、今日中に確認しておきたい。ルーターの所有者が逃亡犯とは限らないが、周辺に潜んでいる可能性は高い。個人所有のルーターの無線は、そう遠くまでは届かないだろう。これは、大きな手掛かりだ。これから全員で各戸を訪問してもらう」

小路は他の捜査員の邪魔にならないよう、講堂の後方、壁際に移動した。できれば聞き

込みを手伝いたいところだったが、小路と久保の所属はあくまで「連続殺人特捜本部内の専従班」であり、同じ犯人を追っている、とはまだ認められていない。

慎重にな、という刑事課長の忠告を背中に受け、捜査員たちが講堂から次々と出発してゆく。今後の行動に迷う小路へ、久保が小声で話しかけてきた。

「この特捜本部は、早く動き出しすぎたかも知れません」

「……捜索範囲は、相当絞られたはずだ」

「六箇所ものルーターを使用しているのは、蜘蛛、という男の慎重さの現れでしょう」

「その範囲内にはいない、と？」

久保は首をわずかに傾げ、

「いないとは断言できませんが、まだ範囲が広すぎます。もっと絞り込んだ上で動かなければ、蜘蛛に気取られてしまう可能性があるのでは、と」

「……賽《さい》は投げられた、ということさ」

高揚感も薄れ、多少冷静になり、

「俺の端末は宇野に渡したままだ。見上班長へ報告を入れてくれ。今、どこにいるのか知らないが」

「先程報告した際には、通信事業者のところにいる、と」

「通信事業者……逆探知の関係か？　どうして今？」

「班長の話では、イルマ主任のこれまでの足取りを通信情報から追う、ということでした」

イルマの足跡に、曽我管理官は今も被疑者としての可能性を見出そうとしている、という話だろうか。勝手に動くがいいさ、と小路は喉の奥でつぶやいた。

携帯端末を取り出す久保から視線を離し、改めて講堂内を見渡した。捜査員たちはすでにほとんど出払い、残った幹部たちが庶務班の机に集まり、真剣に今後の方針を議論している。今さら、管理官や見上と行動を共にする気にもなれない。何かうまい理由を見付けて、こちらの捜査本部に編入してもらえないものか、と小路は考える。蜘蛛を追う、という宇野との約束がある。

――待てよ。

見上はなぜ、通信事業者のところにいる……管理官自身はイルマの足跡に興味があるかもしれないが、見上の出世欲を満たすほどの価値が、その捜査にあるとも思えない。もし、本当に価値があるとすれば――

小路は、見上と話し始めた久保の端末を、奪い取るように手にした。

「班長、小路だ」

驚く久保を広げた手のひらで宥め、

「訊ねたいことがある。あんたは今……一体そこで何をしている？」

無言の数秒を置いたのち、感情のこもらない声が、

「……イルマの足跡を通話、パケット記録から再確認しています。そう久保君へ伝えたはずですが』

「その通信事業者には、『脱獄逃走事件特捜本部』の情報も入っているはずだ。把握しているか」

『……ええ。担当者は別ですが、同じ部署内ですから』

「班長、ここからは本当に腹を割って話したい。教えてくれ。あんたは今、誰の側にいる?」

息を潜め、小路は見上からの返答を待った。やがて、

『……私は私の側にいる。最初から、ずっと』

「結構だ。それなら、もう一つ聞きたいことがある」

小路は講堂前方に集う者たちへ背を向け、

「あんたは橋の上で、携帯端末を使っていたな。誰に報告していた?」

『……さあ。管理官ではないですか』

「違う。管理官から離れた直後の話だ。随分と真剣な顔で話をしていたよ。この際だ、はっきりいうぞ……あんたは、蜘蛛と内通しているな」

久保が、こちらの姿を幹部たちから隠す位置に立ったのが分かる。黙り込む見上へ、

「否定も肯定もしなくていい。俺には証明のできない話だ。あんたは、あんたの利益のた

めに動いているんだろう？　ネットカフェでは結果的に、その行動がイルマを助けることになった。俺は所詮、警視庁の半端者だ。あんたを非難する資格もない。用件は、これからのことさ」

反応は聞こえなかった。が、耳を傾けている気配はある。

「あんたがそこにいるのは、イルマの足跡を確認するためじゃない。だろ？　管理官にはそう説明したのかもしれないが、そんなもの、今さら無駄な作業でしかない。あんたには、他の目論見があるはずだ。蜘蛛からのパケット・データを調べていたんじゃないのか？　橋の上で連絡を取り合っていたのだとしたら、こっちの特捜本部が得たものより、あんたとの通信の方が新しい情報ということになる。奴のＩＰアドレスは手に入ったか？ルーターの位置が判明したなら、こっちへ伝えて欲しい。位置情報の精度が上がれば、捜査員を集中的に投入して、蜘蛛を一気に確保できる可能性も……」

『あくまで仮定の話ですが』

見上の声に、奇妙な熱気が混じり始める。

『もし、その情報を持っていたとしても、そちらへ渡すことはあり得ません。脱獄犯と連絡を取り合っている、と私が認めるとでも？』

「あんたも、脅迫を受けていたことにすればいい」

『脅迫に屈し内部情報を教えていた、と？　もう少し、私の立場を考えてもらいたいものですね』

「俺も久保も口を噤む。全部、あんたの功績にして構わない。一刻も早く、蜘蛛を捕らえたい。奴は一連の事件の首謀者だ。今すぐにでも、蜘蛛の動きを止める必要がある」

『急に、どうしました』

見上の笑顔が脳裏に浮かぶ。

『正義に目覚めた、というわけですか?』

「……さあな。要するに、イルマの側についたってことさ」

『それなら……情報をそちらへ伝えるよりも、もっといいやり方がある』

声色が低く変調し、

『我々で直接、ルーターの所在地へ向かいませんか』

「新たなルーターを見付けたのか」

『かもしれません』

見上は、抜け駆けを提案している。小路は慎重に、

「……俺を巻き込む意味は」

『ご存知の通り、今の私は強引な捜査には向きませんから。素早く動くことはできず、被疑者が暴れても逃走しても確保は不可能です。やはり、部下が必要なんですよ』

「もっと大勢の警察官を巻き込んだらどうだ」

『我々以外の捜査員に悟られた時点で、この件も特捜本部の主導となるでしょう。静かに動くには、少人数の方がいい。いたずらに警察官を揃えるより、あなたと久保、二人の方が余程役に立つのでは？　それに、ルーターの所在地に必ず蜘蛛が存在するとは限りません。あくまで確認のための予備捜査です』

「……あんたが直接動いて、辻褄《つじつま》は合うのか」

『何も見付からなければ、口を閉ざすだけです。めぼしいものが発見できたなら……そうですね、聞き込み中に情報が入った、という話にでもしましょうか。可能性は低いが念のため確認にいった、ということに。ルーターの位置は、被害者の一人の自宅からそう遠くないようですから。では、通信事業者のエントランスで』

「……いいだろう」

『興味深いな』

忍び笑いが聞こえ、

『誰の側につくべきか、刻々と変化してゆく。判断を誤ると、大変なことになるでしょうね……』

小路は迎えにいくことを約束し、端末画面の切断アイコンを押す。

「管理官のところへ戻れ」

久保へ携帯端末を返し、

「これ以上、巻き込まれない方がいい。お前は将来有望だよ。未来のない俺とは違ってな」

「……以前に一度だけ、イルマ主任の捜査を補佐したことがあります」

端末を背広に仕舞いながら、久保がいう。

「薬物絡みの捜査でしたが、その時にも似たようなことをいわれました。そっちの損になるから離れていろ、と。いわれた通りに主任から距離を置いて、それ以来、同じ捜査班に組み込まれたことはありません」

講堂の暗い窓を見やり、

「今でも後悔しています」

窓硝子が細かな音を立てていることに小路は気付く。小さな雨滴が幾つも硝子に散らばり、流れ落ちてゆく。

i

雨が降り出したのは、すぐに分かった。購入したばかりのヘルメットのバイザーは撥水《はっすい》剤が塗られていないせいで、水滴が視界に残ってしまう。アスファルトの埃や油分が浮かび上がる雨の降り始めはタイヤが滑りやすく、今はより慎重にバイクを操縦するべきだったが、イルマは速度を緩めなかった。

赤信号を突き抜けると、背後で警察車両の警報音が鳴り出した。ヘッドライトを消して側道に隠れていたのだ。いやらしいやり方。私も交機隊員時代には、似たような取締りをしたことがあるけれど。

停車するつもりなど、さらさらない。イルマはバックミラーで真っ直ぐ背後につこうとする車体を確かめ、速度を上げてやれば危険防止のために諦めるだろう、と判断する。

警報音が二重になった。地域課の警察車両のヘッドライトと警光灯がもう一台分、ミラーの中に現れる。片側二車線の道路を二台が埋め、強気にアクセルを踏み込んだのが分かる。拡声器からの、停まりなさい、という大音量の警告が届いた。

——私だって、悪いと思っているけどさ。

イルマは前後のブレーキレバーを握り締め、アンチロック《A》・ブレーキ《B》システム《S》に任せて一気に減速する。車輪がマンホールの上で滑りそうになるのを、立て直した。

——こんなところで時間をかけている暇はないんだって。

背後の二台分のヘッドライトと警光灯が、間近まで迫る。慌てて急ブレーキを踏んだことで、二台とも挙動を乱している。

イルマは一速までギアを落とし、二車線を区切る白線へ近付き、一気にステアリングを切った。車体を水平近くまで倒し、片足の踵で車体の傾きを測り、クラッチレバーを握る加減で駆動力を落とさず転倒を防ぎ、二五〇キログラムのデュアルパーパスを一瞬で旋回《せんかい》させてみせた。アスファルトを擦る後輪が派手に水飛沫《みずしぶき》を上げたのが、視界の隅に映る。四輪車が狭い空間で一八〇度転回するための、交通取締用自動二輪車《白バイ》隊員特有の走行技術。四輪車に真似のできる動きではない。

為《な》す術《すべ》もなく停車する警察車両二台の間をイルマは楽々と擦り抜け、逆走行状態から中央分離帯の切れ目を横切り、反対車線に移った。懸命にこちらの車線へUターンしようとする二台の警察車両の様子をバックミラーで確認した後、素早く反対車線に戻り、擦れ違う警察車両へ軽く手を振ってアクセル・グリップを捻り、加速を開始する。それにしても、交機の訓練で散々繰り返した小道路転回を、警察相手に披露することになるなんて。ちょっとした高揚感を体の震えが打ち消した。カットソーに雨滴が染み込み、寒さとともに重さを感じるようになっていた。今はもう、水分の重量と疲労感の区別もつかない。

イルマの背後で、警察車両の装備よりも甲高い音色のサイレンが鳴り響いた。

ただの交通取締りじゃない、とイルマはようやく気付く。「死んでいた時間」も、もうお終いということだ。宇野と密に連絡を取り合うためには端末の通話機能を常時オンラインにする必要があり、そのせいでこちらの位置も通信事業者に筒抜けなのは分かっていたが、それにしても警視庁の動きは予想よりもずっと早く、そして広範囲に網を張ろうとしているらしい。私を確保するために。地域課と交通課は、その先発隊だ。

二台分の白バイの警報音が、すぐ背後に迫っていた。バックミラーの中で車種を確認したイルマは、舌打ちする。直列四気筒の一三〇〇cc。こちらの排気量を上回るエンジンを備えたモデル。二台は躊躇なく接近し、一台が追越車線を走るイルマの隣に外側から並んだ。そのまま危険なほど近付き、デュアルパーパスを左車線へ押し出そうとする。

まずい、と思う。このままでは頭と右側を塞がれ、ガードレールへと押さえつけられてしまう。そうなったら速度を落とす以外なくなり、簡単に確保されるだろう。隊員は本気で、こちらを制圧しようとしている。

――ここから先は。

イルマは素早く周囲を見回す。ガードレールの切れ目と、二つのタワービルの谷間に続く上り坂を発見する。

――野性の勘で勝負してやる。

白バイの圧力に押された振りをして、イルマは坂道へステアリングを切った。

タワービルに付属する、すでに閉店した商店街へデュアルパーパス・バイクを突進させる。入口に渡されたプラスチック・チェーンを前輪で千切り、暗い坂道を駆け上がった。間髪を容れず二台が後ろに続いたのは、排気音だけでも把握できた。

左右に硝子張りの商店が並ぶ、テラス状の通路をイルマは駆け抜ける。ところどころに植えられた常緑樹とベンチが邪魔だった。避ける度に、通路のタイル上で前輪が流され、水飛沫を散らす。制御可能ぎりぎりの速度で走っているつもりだったが、二台の白バイを振りきることができない。熟練の腕前。こんな状況でなければ停車して、どの部隊に所属する誰なのか、確かめてみたいところだ。

——でも、これからだ。

イルマはフルフェイス・ヘルメットの中で、犬歯を剝き出しにする。

テーブルの列を挟んで並走する一台が、無理やり前に出ようとする気配があり、イルマも速度を上げる。テラスの終わりが見えていた。その先の歩道に歩行者が存在しないことを見て取り、イルマはシートから腰を浮かせてサスペンションを体重で押し込み、車体を浮かび上がらせた。

長い下り階段とチェーンを飛び越え、直接歩道に着地する。バイクが吸収しきれなかった衝撃を、立った姿勢でうまく制することができた。広い歩道で勢いを殺し、後輪を滑らせて幹線道路に進入する。階段を見上げると、同じ速度で飛び出そうとした白バイの一台は、接地時の衝撃を相殺することができず、歩道で横転している。もう一台は転倒した格好で、隊員とともに階段を滑り落ちて来た。未舗装路《オフロード》走行のためのロングストローク・サスペンションを備えたデュアルパーパスならではの荒技を、オンロードモデルが真似するのは無理がある。

やりすぎたか、と心配になり隊員たちの様子を観察するが、歩道の上と階段の踊り場で、それぞれ起き上がる気配はあった。二人のプロテクター・ジャケットが事故を察知し、内部のエアバッグをぱんぱんに膨れ上がらせている。とはいえ彼らの痛々しい動きからすると、打撲《だぼく》の一つもない、という風には見えなかった。

イルマはペダルを踏んでギアを落とし、デュアルパーパスを発進させた。

速度を上げながら、道路案内標識を確かめる。大使館まで、もうそれほど距離はない。

S

鍵師が玄関扉を解錠する様子を、小路はその後ろで眺めていた。降り始めた細かな雨が、この場にいる全員の髪と肩を湿らせている。

目的地となった場所は住宅街の、ほんの小さな区画だった。ルーターの所在地の周囲に集合住宅はなく、角地であるため電波の届く範囲を推測するのは容易だった。

ルーターの所有者を訪問すると、若い夫婦が戸口に立ち、その機器のＩＤとパスワードを購入時から変更していない事実を知らせた。小路は、回線が誰かに盗用されている可能性を夫婦へは教えなかった。下手に今遮断して、蜘蛛に捜査状況を悟らせたくはない。

周囲を順番に訪問する中で表札の掛かっていない一軒があり、やはり人の住む気配もなかった。蔦で覆われた二階建ての木造住宅。他の家は手分けして訪問を終え、この住宅だけが残されたのだ。建物の軒は狭く、雨をほとんど遮らなかった。中年の鍵師は、その玄関扉の解錠に手間取っていた。新しい鍵ですから、といった。家は古いですが、扉の鍵は最新のシリンダー錠に替えられています……

久保だけを少し離れたセダンの中で待機させ、この家に近付く者がいないか見張らせている。小路は今になって慎重な態度となり、

「……特捜本部に任せないか」

見上に近寄り、声をひそめて、

「俺たちだけで家宅捜索するのは、無理筋って奴じゃないか」

「登記簿を調べ、電力、ガス会社に契約者の確認をし、裁判所で令状を取る」

見上は小路を横目で見やり、

「それらの手続きを踏んでいたら、早期の逮捕は望めないはずですが」

「だが、オンライン不動産の夜間問い合わせで借り主がいないのを確かめただけでは、根拠が弱いだろう」

「本来の所有者は高齢で亡くなっている可能性が高い、とも聞きました。いわゆる所有者不明土地かもしれない、と。それに」

長い髪の先から、水滴が滴った。

「隣家を訪問した時には、あなたも聞いていたでしょう。中年女性が、この家に不審者が出入りしている、といっていたのを。事件性のある建物を放っておくのですか」

その証言は見上の誘導によるものだ、と思うが小路は黙っていた。少なくとも、この建物が何者かによって使用されているのは確かだ。屋内に明かりは窺えないが、電気メーターはじりじりと一定の速度で回っていた。屋内に電気製品が設置されている、その証だ。とはいえ、誰かが在宅中であるとは限らない。この消費電力量は幾つかの家電製品が動いているだけで、住民の不在を表しているように思える。

慎重を期すなら家宅捜索ではなく、周囲で張り込みをし、被疑者——蜘蛛自身である可能性も少なからずある——が帰って来るのを待つべきだろう……しかし、それでは早期の確保は見込めない、という見上の意見ももっともだ。情報を得るにせよ実際に捕らえるにせよ、薬物を注射されたイルマに限界が訪れるまでに、やれるだけのことはしておきたい。イルマが行方不明となっている今なら、蜘蛛の不意を突くことができるかもしれない。

見上は鍵師の作業を凝視している。焦っている様子はなく、この状況を楽しんでいるように見える。

「……あんたは、怖くないのか」

そう話しかけると、興を削がれた顔付きで、

「何がです……」

「家宅捜索を奴に知られた時には、班長が真っ先に疑われるんじゃないのか」

「そうかもしれません」

軽く首を竦め、

「ですが奴がそう考えるなら、初めからこちらを甘く見ていたことになる。私が何もせず、奴の手のひらの上で転がされるだけの警察官だと、決めつけていたことに。その考えは耐えがたい恥辱《ちじょく》ですね。蜘蛛は、主導権は移動する、という単純な事実を認識していないのかもしれない。そして、相手から主導権を奪うには先手を打つ必要がある。でしょう？」

自信家の笑み。鍵師が立ち上がり、腰を伸ばした。開いたようですよ、と見上が嬉しそうにいった。

＋

鍵師の乗った社用車が走り去るのを見送った後、小路は家宅捜索の開始をセダンの運転席で待機する久保へ知らせにいった。「鍵師を帰してよかったんですか」と訊ねられ、「詮索好きに見えたからな」と答えると久保は苦笑したのち、自身のペンライトを渡してくれた。捜査一課員として、いつも用意しているという。捜索に加わりたい素振りを感じるが、見張りも必要だ。見上は外せなかったし、小路は三課で窃盗事件を何度も担当し、屋内の捜査には慣れている。久保も不平を口に出すことはなかった。

小路は狭い玄関で、移動途中に購入したビニール袋に靴を履いたままの足を差し入れてゴムで留め、両手にビニール手袋を嵌める。見上の用意を手伝い、杖の先も袋で覆った。見上が携帯端末のライトを起動させる。

万が一、被疑者が戻った時の事態を考え、屋内の照明は点けないことにした。ペンライトの光を廊下に落としたまま、小路が先に上がる。足を踏み出す度に床が悲鳴のような音を立てた。あちこちが緩んでいて、場所によっては腐った感触まであった。

背後から見上が続くのが分かる。腐敗している床板を小声で示し、慎重に先へ進む。廊下はリビングに繋がっていた。途中のユニットバスは使用された形跡があり、リビングにも生活の気配があった。膨らんだポリエチレン袋が部屋の隅に存在し、ライトの光を、中に詰め込まれた色々な包装が強く反射した。

「……衣服の袋ばかりですね」

見上が囁いた。厚い遮光カーテンが全ての窓を塞いでいる。雨音が屋内に大袈裟に響くのは、樋《とい》が壊れているせいらしい。リビングはリフォームの痕跡があり、清潔に保たれていたが、何となく黴《かび》臭く、先入観のせいか建物全体が歪んでいるようにも見える。何の敷物もない床が軋み、時折靴が沈み込んだ。

被疑者が潜んでいる可能性も零ではない。いつの間にか口の中がすっかり乾いていた。大きな息遣いは自分のものではなく、すぐ背後につく見上の呼吸だ。が、緊張しているというより、興奮を抑えているように聞こえる。

見上から離れ、小路はリビングの奥のシステムキッチンを捜索し始める。シンクの中は何もなかった。食器洗剤さえ見当たらない。背後の戸棚を開けると、幾つものプラスチック・ボトルが並んでいた。光を当て、表記を確かめる。海外製のサプリメント。アミノ酸。ビタミン剤。オメガ3……は魚から抽出した栄養素だったか。辺りには食器も、食事を作った形跡も存在しなかった。2ドアの冷蔵庫があり、中を覗くとミネラルウォーターのペットボトルで内部はほとんど埋まっている。ドアポケットに葡萄糖の袋が詰め込まれていた。

まさか、これらが食事か？　ドアを閉め、小路は考え込む。薄気味悪さを感じていた。補助食品にしては量が多すぎるのではないか。だが、主食だとしたら——栄養の種類と量が計算上は問題ないとしても——、こうまで無機質な食事だけで足りる人間が、本当に存在するのか。嫌な家に足を踏み入れた、という感触。理解の及ばない場所にいるという印象……認めたくはなかったが。罵声を浴びながら暴力団事務所に踏み込んだ時にも、こんな気分になったことはなかった。

小路を呼ぶ小声が聞こえる。

リビングにいる見上が木製の扉を開け放し、その奥を見詰めたままこちらへ端末を振り、招いていた。近付くと、見上は扉の先の部屋を端末のライトで照らしてみせた。訝しみつつ、見上の横を擦り抜けて中へ入った小路は驚き、棒立ちになる。

内部はクローゼットルームになっていた。左右のハンガーに背広の他、電気会社やガス会社、運送会社等の制服が吊られている。警察の地域課制服まで下がっていた。変装用に違いない。小路の背筋を、寒気が駆け上がる。

ここに住む者はただ隠れているだけでなく、外の様々な場所に出没した可能性がある。あるいは事件現場の混乱に乗じ、一警察官として紛れ込んでいたのでは……

「奥を見てください」

見上に促され、光を当てた小路は息を吞んだ。そこには「イルマ」がいた。

ライダースジャケット。青いデニム。イルマと同じ服装をした胴体だけの人形が、奥の壁際にぶら下がっている。その真下には見覚えのあるエンジニアブーツまで置かれていた。まるで本人の抜け殻がそこに存在するようだった。

そしてイルマへの偏執は、ここに住む者が間違いなく蜘蛛であることを証明している。

「……脱獄逃走事件特捜本部へ、蜘蛛の隠れ家らしき場所を発見した、と無線で報告してください」

見上が携帯端末で久保へそう伝える。画面の明かりが暗闇の中、見上の笑みを浮かび上がらせた。

「連続殺人の第一被害者の自宅周辺を聞き込み中、不審者の目撃情報を得て現地を調べたところ偶然発見した、と」

偶然で通用するか、と小路は疑問に思うが、重大事件の解決に偶然や幸運が作用したことは過去に何度もある。見上へ、

「……曽我管理官への報告は」

「管理官は、今もイルマに夢中でしょうから。運河の底で冷たくなった彼女を想像して、恍惚《こうこつ》としている最中ですよ。もう少し、そっとしておいた方がいい」

小路は顔を背け、嫌悪で表情が歪むのを隠した。管理官にも見上にもうんざりだ。イルマが生きているらしいことを、この男に教える気にはなれない。見上がすぐに管理官へ知らせないのは、この件を特捜本部から独立した個人の働きとして周囲に印象付けたいからだ。さて、と見上がいう。

「もう少し先へ進みましょうか」

「……特捜本部を待つんじゃないのか」

「できればもっと、イルマの冤罪を晴らす証拠が欲しいですから。考えてみてください。警察官の無実を警察官が証明する。警視庁の中でどれほどその評価が上がるものか」評価など欲しくはなかったが、蜘蛛確保のための手掛かりは早急に得たい。小路は見上の利己主義に乗ることにして、階上を確かめるのに同意した。

見上も後に続いて捜索するつもりだったらしいが、狭く急な階段に手こずっているのが分かり、小路は先に各部屋を見て回ることにした。二階は三部屋に分かれ、それぞれの室

内には簡単な家具のほか何もなく、軽く覗くだけで灰色の粒子がライトの光の中を舞った。数年間は手入れされておらず、利用された跡もない。雨漏りの筋が柱を流れ、廊下の隅を腐らせていた。光を逸らすと、空間が無人の暗闇に塗り潰される。

蜘蛛は他にも隠れ家を持っているはずだ、と小路は考える。ここには肝心の、薬物を生成するための材料も器具も存在しない……あの大量のサプリとミネラルウォーターは、単なる仮住まい以上の備えのように思えるのだが。

見上は階段を上るのを諦めたらしく、リビングに戻っていた。部屋の中央で、片手を耳に添えたまま動かなかった。小路が二階の様子を報告すると無言で頷き、

「……おかしいな」

雨音に耳を澄ませているのかとも思ったが、

「電気メーターの動きでは、冷蔵庫以上の電力が使われているように見えたのですが」

ビニール袋を嵌めた杖で床を叩きながら移動し始め、もう一度クローゼット・ルームの扉を開けた。あれを、と部屋の中を杖で指し、

「開けてもらえますか」

小路は見上の脇から入室し、床収納の蓋らしき落とし戸を引き上げる。刺激臭が立ち昇った。狭い階段が地下の暗い空間へと続いている。アルコールの臭い、と気がついた小路は手のひらで鼻を塞ぐのをやめた。

「是非、見たいな」

背後で見上が嬉しそうにいった。

階段を慎重に下り始めた小路は地下の空気が乾き、冷えているのを感じる。機械の小さな唸りが聞こえ、空調が動いているらしいことが分かる。

地下室に降り、その場で立ち竦《すく》んだ。ここが拠点だ。間違いない。

気持ちを落ち着かせ、闇の中にライトの光の円を彷徨わせる。幾つかの機械の載った大きな机が部屋の奥に存在した。他の壁のほとんどは、スチールパイプ棚に並べられた書籍と、大きさの様々な薬品の瓶で隠されている。棚と棚の間にアルミニウムの扉が見え、部屋の隅には沢山の塊の詰まったビニール袋が重ねて放置されており、それらの中味はどう観察しても、猫か何かの小動物の死骸だ。

足を踏み入れていい空間ではない、という気がする。一刻も早く立ち去れ、と本能が胃の奥を騒めかせ、知らせている。

小路は足下へペンライトを向ける。床一面が輝いていた。沢山の硝子片が散らばり、血痕らしき赤色までところどころに付着している。しゃがみ、ラベルの付いた硝子を摘《つま》み上げる。無水エタノール、の表記。肝心の中味は揮発《きはつ》してしまったらしい。床も壁もコンクリート製の構造で、地上の建物との質感の違いは、リフォームの際に地下が増築されたことを示しているのかもしれない。

ようやく見上が降りて来た。その興奮が息遣いで伝わってくる。床の硝子に気をつけろ、と小路は注意を送るが、耳に入っているようには見えない。破片を踏み砕きつつ棚に近付き、書籍の背表紙に光を当てている。小声で書名をつぶやいていた。

小路はスチール机の前に移動する。ここが蜘蛛の拠点だと確信したのは、机上の機械に見覚えがあったからだ。二股に分かれたフラスコを機械が固定する蒸留装置。箱状の減圧装置。家庭用プリンターのように見えるのが、分光分析装置だったはず――神経剤を製造するための機器。

目前の灰色の壁には、様々な化学式の記された紙片が所狭しと貼り付けられている。その中に一枚の、やや色褪《いろあ》せた写真があった。二人の若い男が並んで立っている。どちらも似た背格好で白衣を着ており、同じようなぎこちない笑みを浮かべていた。学生同士。あるいは、職場での一コマ……小路は写真へ顔を近付ける。一方の顔立ちには、見覚えがある。熊谷辰己だ。中学生時の写真よりも成長し、顔付きは多少骨張っていたが、印象自体は変わらない。ということはやはり、蜘蛛と熊谷は同一人物、ということになる。

見上へ知らせようとするが、背後にその姿がなかった。ライトの光を、開け放たれた銀色の扉が反射する。歩み寄り、覗き込むと中は便器も備えた広い浴室となっていた。内部に立つ見上の先、浴槽の中に大きな何かが置かれている。

それも、冷蔵庫だ。システムキッチンにあるものより大型で、浴槽の中に無理に設置されたために、壁のパネルを支えに傾いている。コンプレッサーの駆動音が聞こえた。電源コードが、洗面台のコンセントに繋がっている。

見上が無造作に、冷蔵庫の扉へ手を伸ばそうとする。小路は思わず、班長、と鋭く呼びかけた。我に返ったように振り返る見上へ、

「もう充分だ。班長」

再び本能が強く小路へ警告する。無闇に触れていい場所ではない、と。

「後は鑑識と特捜本部に任せよう」

突然、携帯端末の呼び出し音が狭い空間で鳴り響き、小路を驚かせた。見上が冷蔵庫から身を離し、端末の通話アイコンに触れる。ユニットバスから出ようとした小路の耳に乾いた声が届き、足を止めた。今どこにいるのです、と声が見上へ訊ねている。

「所轄署です」

落ち着いた声で班長は嘘を返し、

「後で掛け直します。すぐに、捜査会議が始まりますから」

『……それは少し、妙な話だ……』

見上の眉間に深い皺が刻まれる。

『……届いたパケットを解析しているところだが、奇妙なことになぜかあんたは今、俺の

生活圏内にいる。あんたの端末は、オープンネットワークとして設定し直した隣人のルーターに自動接続しているんだよ……』

相手は蜘蛛だ。小路の背筋が粟立った。

『……問題は、範囲内のどこにあんたが位置しているかということだが、隣人を訪問しているとしたら、それも奇妙だ。あんたの声は、まるで浴室にいるように反響しているからな……』

押し黙る見上へ、

『……俺の住み処の浴室だとすれば……一階のユニットバスには見るべきものはないはずだ。だとすれば地下にいることになるが、もしそうだとしても、全く不思議じゃない。中継器を設置しているからな。地下でもうまく電波を拾うだろう？　どうだ、何か間違っているか？　侵入者のアラームも届いていたし、よかったよ、こちらから連絡をして。なかなか報告がないものでね……』

「班長、今すぐここを出るぞ」

予感以上の何かが、小路を突き動かしている。見上は頷くが、なぜかその場から動き出すのを躊躇していた。

「早く――」

見上が浴槽内の冷蔵庫へ、もう一度手を伸ばす。小路はぞっとする。まるで班長は、この場の何かに魅入られているようだ。

小路は、体内に起こった感覚が恐怖であるのを自覚していた。見上の動きを後ろから封じようとするが、相手が冷蔵庫に触れる方が早かった。冷気とともに眩しい光が漏れ出し浴室内に満ちる。そのせいで、内部に入ったものの正体を視認するのが遅れてしまう。

冷蔵庫の中には、人間がいる。多くの部分に分かれた人間が。

小路は見上を背後から抱え、浴室から引き摺り出した。冷蔵庫の扉が閉まり、再び闇が辺りを塗り潰す。地下室に異臭が立ち込めている。揮発性の燃料の臭い。これは、奴の仕掛けだ。蜘蛛は拠点に捜査の手が延びた時を考え、痕跡を隠滅するための装置を地下に施していたのだ。遠隔操作で燃料が撒かれたその後は――

どこかで何かが爆《は》ぜる音がし、急に地下室全体が赤色に発光した。

見上が悲鳴を上げる。階段までの数メートルの距離を炎が分断していた。あっという間に熱気と黒い煙が地下に充満する。班長は完全に自分を見失っている。浴室へ戻ろうとする見上を、小路は乱暴に引き戻した。

「ためらっていたら、黒焦げになるぞ」

脇から見上の体を支え、壁伝いに階段を目指そうとする。棚の薬品を瓶ごと床へばらまいてしまう。小路は、床の硝子片を足で払いつつ進んだ。華奢《きやしや》な見上の体が、硬直している。どう声をかけても、耳に入っているとは思えない。見上は過去の経験を再体験している、と小路は気付く。爆発で受けた衝撃と熱が、体内で蘇っているのだ。

小路は自分たちがスチール机の前に戻っていることを知り、壁へ手を伸ばして写真を剝ぎ取った。見上へ、

「突っ切るしかない」

一瞬、体が大きく震えたのが分かる。

「死にたくなければ。いくぞ」

返答は待たず、むしろその場に踏み止まろうとする見上を抱え上げるようにして、小路は目前の炎の中へ飛び込んだ。気の狂いそうな熱気が押し寄せ、もがき暴れる班長の動きを封じつつ、現れた階段へ雪崩《なだ》れ込んだ。ようやく見上の様子に脱出の意思らしきものが兆し、早く、と小路は急き立て強引に押し上げた。

転がり込むようにクローゼットルームに登るが、一階にも煙は広がっていた。室内の天井にも火が点いているのが分かり、蜘蛛の仕掛けが地下室だけではないことを確信する。見上のマフラーの端が燃えているのを見付け、小路は無言で奪い取り、床へ捨てた。

煙の中、久保がリビングの中央にいた。片手で口元を押さえ、小路たちを見付けると走り寄り、消防署へは連絡しました、と報告した。久保は素早く反対側から見上の脇に潜り込み、その体を持ち上げる。自力で歩こうとしない班長を二人掛かりで玄関に運び、黒煙とともに雨の中へ出た。

建物の前に数台の車が停まっていた。車から降りた顔ぶれを見た小路は、特捜本部の捜査員たちが到着し始めたのを知る。硝子の割れる音がし、振り返ると二階の窓から炎が噴き上がっていた。近隣住民に火事を知らせてくれ、と捜査員たちへ頼むと、すぐに全員が動き出した。

セダンの位置は見上にとって火に近すぎると判断し、脱力したままの班長を数軒先まで運び、十字路を折れたところに駐車された警察車両、その傍に立つ地域課員へ炎に巻かれた事実を説明し、後部座席に座らせてもらう。小路は自分の手袋と足に嵌めたビニール袋を外し、悪いな、と断って座席の下に丸めて捨てた。病院に運びますか、と訊ねる若い制服警察官へ、

「大丈夫。放心しているだけだ……たぶんな。このまま、休ませてやってくれ」

「袖が溶けていますが」

地域課員に指差され、小路は背広の袖の端が熱で形を歪めているのを知る。まくると、手首の辺りが火傷で赤く染まっていた。

「……このまま、雨で勝手に冷えるだろうさ。俺たちのことはいい。住民への知らせを手伝って欲しい」

生真面目に挙手の敬礼をして、地域課員は去っていった。小路は暗い空を見上げる。雨の勢いが強くなっている。久保とともに木造住宅の前に戻りつつ、俺たちは運がいい、と

考える。いったんは盛大に燃え上がる気配をみせた炎が、今はもう静まり始めている。余所の住宅の、塀を越えて茂る庭木の下で雨を避け、

「うまくいけば、消防車が着く前に鎮火するかもしれない。久保、ここはもういい」

外ポケットに差し込んでいた写真を取り出して、

「これを持って、すぐに特捜本部へ戻れ。濡らすなよ。こいつで、抜け駆けのへまを帳消しにできるかもしれん」

「ここに写っているのが……蜘蛛ですか」

「蜘蛛と、熊谷辰己だ。恐らくな」

「同一人物では……」

小路は、地下室で見た光景を払いのけるように首を振る。瘦せこけ、変色した頭部。

「あの地下室に熊谷はいた。冷蔵庫の中に詰め込まれていたんだ。奴はずっと……熊谷の遺体と暮らしていたことになる。写真に写ったもう一人の人物の方が、蜘蛛のはずだ。どこかで熊谷と知り合っている。大学か薬局か……写真を送信して関係者に当たれば、蜘蛛の素性も明らかになるはずだ。急いで写真を提出してくれ。これは、重要な手掛かりだ」

+

消防車が到着する頃には屋内からの火災はほとんど収まり、降り注ぐ雨の隙間を縫って黒い煙を立ち昇らせる程度となっていた。が、木造建築の歪みはひどく、内側へと崩れかかり、燃焼が内部で相当進んだことを想像させた。

現場には所轄署の刑事課長まで現れ、火災の様子を厳《いか》しい顔《め》で眺めつつ、こちらへ様々な質問をぶつけてきた。課長が気にしているのは隠れ家発見の経緯ではなく、火災の原因であるのを小路はようやく理解する。原因の中に警察の責任がどの程度存在しているのかを、見極めたいのだ。小路は、

「……つまり蜘蛛によって意図的に火災が引き起こされた、という話です。遠隔操作か、あるいは自動装置がどこかにあったのかもしれない」

「君たちが何かを発火させたわけではない、ということで間違いないんだな」

「何度もいった通りです。あれは……証拠隠滅のための、蜘蛛の仕掛けですよ」

そうか、とようやく納得した様子で刑事課長が頷き、

「この天候だ。奴の計算よりも早く消火されるだろう。消防士が鎮火を確認し次第、証拠を集めたい。案内してくれるか」

「そのつもりですが、地下には多くの薬品が保管されていました。火災で容器が破損している可能性があります。急ぎ捜索するのは危険かもしれません……」

　小路は会話を止め、傍に立つ地域課の制服警察官を見た。地域課員が手に持つスピーカーマイクロフォンから流れる署活系無線の内容が耳に入ったからだ。おい、と思わず地域課員へ詰め寄り、

「何を聞いている？」

「重要参考人を発見した、ということですが……」

　困惑しつつ答える地域課員とともに、無線連絡に耳を澄ませる。

『手配車両、国道二四六号線を南西へ移動中。付近の警察車両は新宿署の「連続殺人特捜本部」と連携し、確保に協力してください。特捜本部のチャンネルは……』

　イルマだ、と小路は気付く。怪訝な顔で同じように無線を聞く刑事課長へ、

「課長、すまない。俺はイルマの身辺警護に向かわなくてはいけないんだ。一段落つき次第、必ず戻って来る。それまで、見上班長から話を聞いておいてくれ。火災に巻き込まれて相当ショックを受けたようだが、話くらいはできるだろう」

「髪の長い警部補の話でしたら」

　と地域課員が話に割り込む。警察車両の傍に立っていた青年だ、と認めた小路へ、

「先程から姿が見えなくて」

小路は首を伸ばして通りの先、十字路の辺りを見やり、

「車の中にいないのか。回復して、外に出たのなら……」

「いえ、そうではなく」

地域課員も困惑した様子で、

「警察車両《PC》ごと見当たらないのです」

小路は、早足で通りを歩いた。後ろから地域課員が、

「ご自身で運転して場所を移したのか、とも……」

「それはあり得ない」

規制線を潜り、十字路に出て警察車両が停まっていたはずの場所を見詰める。車両が見上ごと消失していた。背後へ、

「……班長は、運転のできる体ではないんだ」

急ぎ背広の内から名刺入れを取り出し、

「事件かもしれん。悪いが、電話を貸してもらえるか」

k

「出るなよ」

ステアリングを握る蜘蛛は、ルームミラー越しに後部座席の見上へ命じる。後方からずっと、携帯端末の呼び出し音が鳴り続けていた。見上の青ざめた顔を一瞬、通り過ぎる街灯が克明に照らし出す。頷いたのが分かった。

蜘蛛は微笑み、コントロールパネルから流れる車載無線に再び集中する。連絡のほとんどは、二輪の逃走車、イルマに関する報告だった。見上へ、

「生きている、とすぐに教えなかったのはなぜだ？　死んだと知らされて、俺がどれほど悲嘆し、次の行動に頭を悩ませたと思っているんだ？」

「……私も、今初めて知ったんだ」

ミラーの中の強張った顔。蜘蛛は制服のホルスターから空気銃を抜き、持ち上げてみせ、

「これが何か分かるか？」

「……本物じゃない。エアガンだろう」

「その通り。が、装塡した薬物弾には、服の上からでも皮膚を貫く鋭い注射針が備わっている。そして中味は、普通の弾丸よりもずっと強力な代物だよ」

樹脂製の二連装の銃を揺らし、

「リシンだ。知っているか？　成人男性の致死量が、二ミリグラム程度。体内の蛋白質合成を阻害し、臓器の機能を停止させる。解毒剤はなく、死ぬまでに数日かかり、その間苦しみ抜くことになる」

蜘蛛は空気銃を仕舞い、代わりに小振りな硝子瓶を取り出して、

「こっちは分かるか？　致死量は二グラム程度。無色無臭だ」

かぶりを振る見上へ、

「有機リン化合物。最近、ようやく合成に成功したんだ。難しかったよ。こいつの利点は、解毒剤が存在すること、皮膚からも吸収されるために注射針が必要ないことだ。地面に瓶ごと叩きつけるだけでいい。飛沫だけでも、殺すことができるだろう。無駄なく使えば、百人の殺害が可能な量だが……それは流石に理想的すぎるな」

見上の恐怖心が、ミラー越しに伝わってくる。愉快でならなかった。もう少しその不安を舌の奥で転がしていたかったが、それほど時間の猶予があるわけでもない。イルマの目的地は分かっている。結局あの女は独自の嗅覚を働かせ、期待に応えて「悪意」に到達したことになる。

――きっと、素晴らしい見物となるだろう。

そして、もう一人の標的……どちらにどちらの薬物が相応しいか、よく考える必要がある。それで、と見上へ話しかけた。

「それで……これまでの筋書きの中で、俺とイルマの働きを最も妨害した愚か者は誰だ？　この混乱の責任を取るべき有毒な蠅は？」

i

幹線道路沿いに位置する大使館は、幾何学的な飾りがそれぞれの窓に組み込まれた近代的な建築物だった。開かれたままの門の傍に守衛所があり、そこで警察手帳を提示して一之瀬高守との面会を希望する旨を伝えると、日本人の警備員が大使館へと小走りに伝えにいった。イルマは念のため、門の外に出て一之瀬を待った。大使館内は外国の管轄となり、そこで悶着が起これば国際的な問題として扱われてしまう。

門の両側には、レインコート姿の制服警察官が二名立っていた。普段は大使館前にいない警備課員が門番をしているのは、建物内で要人の集まる「アジア医療支援交流会」が開催されているせいだろう。近くで直立する同世代の警備課員が、雨の中で佇むこちらを気にしている。カットソー姿でずぶ濡れになっていれば哀れみの目で見られるのも当然、と思う。けれど彼らは自分自身の職務のために、その場を離れるわけにいかない。イルマの方から近付き、この場で簡単な聴取をするから、と釘を刺す。口も手も出さないでね……。

建物の中央辺りから落ち着いた賑《にぎ》やかさが伝わってくる。そして、閉会の気配があった。

追っ手はすぐにも、大使館にたどり着くだろう。イルマは警察手帳を持ったまま両腕を抱え、強く擦ってみるが冷えきった体温は少しも戻ろうとしない。気力も体力も、限界が訪れようとしている。でも、晃の方が私よりもずっと深刻な体調のはず。

建物から守衛が出て来た。その後ろに二人の人影がある。背の高い男性秘書に傘を持たせた、一之瀬高守だった。鷹揚《おうよう》に歩み寄ろうとする小柄な衆議院議員を、辛抱強くイルマは待った。

一之瀬の両足が門を越えたのを見届け、その背広の襟をつかみ、引き寄せる。丸顔が驚きで歪んだ。君、と気色ばむ秘書に警察手帳を突きつけ、動揺する警察官たちへ、口を挟むな、と声を張った。

「時間がない。手短にいうよ。あなたの子供の元には、もう免疫抑制剤は届かない。闇移植を知った者が、あなたを弾劾するために個人輸入品を横領した」

警察手帳をホルスターバッグに突っ込み、携帯端末を取り出す。一之瀬美幸の番号を選び、通話アイコンを押した。スピーカー・アイコンにも触れて音量を上げ、相手が会話を聞き逃さないよう設定する。一之瀬に端末を押しつけ、

「美幸さんに繋いでいる。子供の腎移植を公に認めて、林教大学病院での治療をすぐに開始させるようにいって。晃の体は拒絶反応を起こしている。今すぐに処置しないと、このまま昏睡状態に陥ってしまう。晃の容態について、美幸さんから聞いていないの？」

一之瀬の顔色が変わる。秘書とともに絶句していたが、ようやく口を開き、

「誰がそんな話を君に教えた？　妻かね」

「違う。連続殺人の捜査の過程で、私が独自に調べ上げた。いっておくけど、あなたも犯人に狙われる可能性がある。それはそれで、かなりやばいからね。命が惜しければ、全部を公表して警察に協力すること」

「……私にとっての危機は」

ふと表情を消したように見え、

「政治生命が終わる、という事態だ。これ以上、国民の役に立つ機会もなく国会議事堂から消え去ることだよ」

「本当の生命に比べれば……」

「冷静になりなさい。他の道もあるはずだ」

サイレンを鳴らした警察車両が、背後を通り過ぎたのが分かった。あらゆる意味で、もう本当に時間がない。一之瀬へ、

「雑談してる余裕はないんだ」

額がつきそうなほど顔を寄せ、

「本当に、晃は危険な状態にある。このままでは、死んでしまうんだよ」

感情が胸の中で膨れ上がる。声が震えるのを止められない。

「たった一人の子供でしょ。それ以上大切なものがある？」

「……そうか」

イルマの目をじっと覗き込んでいた一之瀬高守が、視線を落とした。

「これは私たち家族の問題だが……他の者まで巻き込んでしまったのか」

代議士が全身の緊張を解き、

「大丈夫。心配しないで欲しい」

思わず力を緩めたイルマの手から、背広の襟が離れた。携帯端末が歩道に落ち、湿った音を立てる。止める間もなく一之瀬高守は後ろに下がり、大使館の敷地に入った。慌てて秘書がその後を追い、雨が額と頬を伝う代議士の頭上に傘を掲げた。イルマは呆然とし、何とか言葉を絞り出そうとする。

「晃が……」

「妻の凍結卵子は、もう四つ保存されている」

形の崩れた背広の襟を直し、

「だが、私の政治生命は一つしかない。たった一つだけだ」

一之瀬高守の全身が、赤色に染まる。警光灯の色だった。警察車両が周囲に集まり始めている。

——本物の悪意。

イルマはバッグから自動拳銃を抜き出した。雨の中でも、全身の産毛が怒りで逆立つように感じる。拳銃の先を一之瀬へ向けると警備課員が、おい、と大声を上げた。

――蜘蛛との約束は、まだ有効のはず。

大使館の建物の方から、背広の懐に手を入れた浅黒い男が近付いて来る。外国人らしい。守衛の海兵隊員だろうか。でも、そんなことよりも。

――この人差し指に少し力を加えるだけで、私は晃を助けることができる。蜘蛛が奪った免疫抑制剤は、少年の元に戻るだろう。

奥歯を噛み締めた。警備課員二人がホルスターから回転式拳銃を抜き、こちらへ構える。敷地内の海兵隊員も、大型の拳銃を懐から取り出した……だから何？

一之瀬の命と私のこれからを犠牲にすれば、一人の少年を確実に救うことができる。

――これは神様がくれた、償いの機会。

あの時私は、海水浴中に流されたカオルに気付くことができなかった。でも今なら。

体がよろめきそうになる。頭が朦朧としている。

――今度こそカオルを助けられるのなら、私は何でもする。命だって惜しくない。

イルマの周りが騒然とし始める。警察官に取り巻かれているはずだった。けれど、自分と関係のある話のようには感じられない。

人差し指に、後少しだけ……

見上が隠れ家に侵入した同時刻、蜘蛛はタクシーでイルマの自宅へ向かおうとしていた。遺品となる何かを、室内から手に入れようと思い立ったからだ。

k

道路工事の渋滞に巻き込まれた時、蜘蛛は携帯端末で『ツァラトゥストラ』を再読していた。賢者が群衆へ教説を語る場面では、涙が流れそうになった。君はいつか孤独に疲れ果てる。いつか君の誇りは膝を屈し、君の勇気は軋《きし》む――

また車が一時停止し、端末画面のアイコンが付近の無料Ｗｉ‐Ｆｉと繋がったのを知らせた。その時、住み処の落とし戸に隠した警報装置が蜘蛛の端末に、地下への侵入者を教えたのだ。ただちに発火の仕掛けを発動しなかったのは侵入者をさらに奥へと誘い込むためだったが、見上へ連絡を入れたのは咄嗟の判断によるものだ。確率的に考えればそこにいる可能性が最も高いのは、あの野心家の警察官、ということになる。

電話を切り、仕掛けの発動を端末から操作すると、すぐにタクシーの運転手に隠れ家へと引き返すよう指示し、それまで身に着けていたガス会社作業員の上着を脱ぎ、持ち歩いていたボストンバッグから警視庁の防寒コートを選び、後部座席で着替え始めた。鬘《かつら》を取り、髪の毛を縫い込んだ制帽を被る時には禿頭《とくとう》が露になり、ルームミラーの中で初老の運転手と目が合ったが、何も話しかけてはこなかった。

隠れ家から少し離れた場所でタクシーを降り、住宅街のダストボックスに衣服の詰まったバッグを捨てた。ボストンバッグは制服警察官の装いに相応しくない。

変装が効いて、警察官や消防士や野次馬の集まる現場へ近付くのは簡単だったが、実際に隠れ家の燃焼を確認した時には落胆の余り、前歯を剝き出しにして唸り声を上げそうになった。予想はしていたものの雨のせいで中途半端な燃え方となり、隣家に炎が移ることもなく、一区画全てを焼き尽くす計画が台なしになってしまった。

その後、辺りを観察して回る最中に見上を乗せた警察車両を見付け、蜘蛛は運転席に乗り込んだ。死のうが死ぬまいがどちらでも構わない、という程度の男だったが、生きているなら情報を仕入れることもできる。車を発進させると、周囲の警察官は赤色灯を振って誘導までしてくれた。幹線道路に入った辺りで、後部座席で放心する見上が異変に気付き、ルームミラーへ目を見開いた。蜘蛛は状況の全てが愉快でならなかった。警察無線でイルマの生存を知ったのだから、なおさらだ。

あの女が生き延びたことで、標的と薬物との関係性も変わってくる。イルマの選択が、まだ終わっていないのだから。見上は怯えながらも、この件で蜘蛛とイルマを煩らわせた責任が誰にあるのかを教えた。その者がイルマに対して、偏執的な敵対心を持っている、という事実も。

ならば、その者と会うにはイルマを目指せばいいことになる。警察無線が刻々とその位置情報を知らせてくれる。

i

一之瀬高守は立ち竦んでいた。丸みを帯びた顔が引き攣り、後退ることもできない。その恐怖の源が自分自身であることを認めたイルマは、意識が現実世界に引き戻されるのを感じる。急速に体から力が抜けてゆく。

――だめだ。

自動拳銃がひどく重い。構えることができず、銃とともに両腕が垂れる。

――命を救うために、命を奪うのは。

気付くと、歩道に両膝を突いていた。アスファルトに落ちた携帯端末が目に留まり、慌てて取り上げ、

「聞こえてる？　今の話を聞いた？」

雑音。通話は繋がっている。けれど、一之瀬美幸からの反応がない。

「カオルを……晃を助けて。後はもう……あなたの判断しかないんだ」

語尾は悲鳴のように高くなった。喉が震え、イルマは自分が泣いているのを知るが、そ

んなことはどうでもよかった。涙は雨に混じり、すぐに温度を失ってゆく。端末へ再び怒鳴ろうとした時、背後からの強い力を浴び、アスファルトに押し倒された。

k

大使館前の幹線道路には、多くの警察車両が停まっていた。蜘蛛がその列の最後尾に停車しても、怪しむ者は一人もいなかった。後部座席のロックを開け、先に出るよう見上へ命じる。逃げれば後ろから撃つ、と警告するが、杖を持たない見上が逃走などできないことは分かりきっている。

蜘蛛は見上の脇から体を支え、反対側の手を防寒コートに差し込んで、内側から空気銃の先を相手の脇腹に強く押しつけた。この男は隠れ蓑《みの》のようなものだ。捜査一課員と行動をともにしていれば、誰何《すいか》されることも行く手を阻まれることもない。警察官たちの移動の流れに交じりつつ、見上の耳元で囁く。

「見ろ。あの女を中心に、皆が集まろうとしている。イルマが引き寄せているんだ。俺の花嫁は、実に大した舞台女優じゃないか……」

i

数人掛かりで後ろ手に手錠を掛けられたのが、硬い感触で分かった。誰かが目の前の拳銃を拾い上げ、持ち去った。俯せのまま暴れようとするが、すでに気力も体力もイルマの内にほとんど残っていなかった。乱暴に髪の毛をつかまれ、歩道に横顔を強く押しつけられる。歯を食い縛り、呻き声を上げる。

涙が流れ続けた。しゃくり上げ、感覚が麻痺し、全身を打つ雨をもう冷たいと感じることもない。

「……自分を哀れだとは思わないのですか」

イルマの意識を覆う靄《もや》を貫き、湿り気のある声が突き立つ。

「散々私たちを愚弄《ぐろう》しておいて、最後はそのざまですか」

背中に載った何人もの男性警察官の体重を、はねのけることができない。無理に首だけをねじって見上げると曽我管理官が傘を手に、呆れた、という表情を作っていた。最後の力を振り絞り立ち上がろうと試みるが、無駄な足掻きだった。簡単に押し潰されたイルマの胸中に黒い孔が現れ、それが滲むように広がり、手足の力を奪ってゆく。

大使館の敷地内では、一之瀬高守が秘書とともに離れた位置からこちらを眺めていた。

すでに落ち着きを取り戻し、建物を指差して戻るよう手振りをする背広姿の外国人へ笑みを返し、その勧めを断っている。安全地帯から成りゆきを見守るつもりらしい。傍観者としての好奇心を隠そうともせず。

雨滴が絶え間なくイルマを打ち、重みを加え、心を圧殺しようとする。

――私は結局、誰も助けることができなかった。

後ろから両腕をつかまれ、乱暴に引き起こされる。自力で立とうとしても、己の体重を支えきれない。両側から強引に上腕を持ち上げられ、左肩の奥に痛みが走った。左右を睨みつけるが、どちらの私服警察官にも見覚えがない。背後から、掠れ声がした。

「お前は一之瀬高守を選択した。死ぬのは子供の方。そうだな」

はっとし、振り返る。警察官の制帽とレインコートを身に着けているが、その男は絶対に同僚ではなかった。

イルマを見詰めたまま、蜘蛛が誰かを突き飛ばした。アスファルトに転がったのは……見上真介。この男が蜘蛛を手引きしたのだ。けれどその異常事態に、管理官はじめ周囲の警察官は誰も気付いていない。違和感は覚えても、一制服警察官と脱獄犯とが咄嗟に結びつかないのだ。顔面に厚く塗ったファンデーションの臭いが、雨の中でも漂っているというのに。

蜘蛛は両目を細め、

「お前の選択だ。代議士は生き、少年とお前は死ぬ。だがその前に」

懐から、それも見覚えのある二連装の空気銃を抜き出した。

「まず、俺たちの敵を葬ろうじゃないか」

空気銃の先が管理官を指した。イルマと蜘蛛を除くこの場の全員が混乱し、その状態から抜け出せずにいる。時間が停まったようだった。

イルマは後ろから両腕をつかむ二人の警察官に体重を預け、力を振り絞り、両足で思い切り曽我管理官を蹴り飛ばした。管理官が歩道にひっくり返るのと同時に、空気銃の発射音が立て続けに鳴る。

二発の薬物弾が、遠くのアスファルトで硬い音を立てた。蜘蛛の顔が歪む。

ようやく警察官たちが事態を察したらしい。相手が何者か正確に認識しているとは思えなかったが、取り押さえようとする雰囲気は現れた。何人かが金属製の特殊警棒を腰から抜き出し、一振りで伸長させた。

蜘蛛が歩道へ空気銃を捨てる。投降の仕草と見た警察官たちの動きが鈍くなる……でも、そんなはずがない。コートの内から蜘蛛が何かを取り出し、頭上に掲げた。二〇〇ccほどの、透明な液体の入った硝子瓶。離れろ、と歩道で体を起こした見上が叫んだ。

「あれは神経剤だ。有機リン化合物。巻き込まれるな、猛毒だ」

蜘蛛が大きく顔を歪ませた。苦しんでいるようにも見えたが、どうやらそれは笑みであるらしく、

「イルマを放せ。そしてイルマとそこの現場責任者以外は、この場からゆっくり離れるんだ。間違っても俺を逮捕しようなんて考えるなよ……頑丈な容器じゃないからな。こいつには、およそ百人分の死が詰まっている」

両腕をつかんでいた力が急に弱まった。イルマは両脇の二人へ、

「……早く下がりなって。いても役に立たないから」

警察官全員の視線が、歩道に尻餅を突いたまま呆然とする曽我管理官へ集まっている。現場責任者としての判断を求められた管理官は、何とか頷いてみせた。覚悟を決めて、というよりも機械的な反応のように見えた。

イルマと蜘蛛と管理官を除く全員が、ゆっくりと後退し始める。こちらを捕らえていた二人が見上を助け起こし、引き摺るように離れてゆく。拘束から解放されたものの、背中に回されたイルマの両腕は手錠が掛けられたままだ。立っているだけでやっとだった。安心しろ、と蜘蛛がいう。

「俺とお前だけは、この薬物で死ぬことはない。二人の体内には解毒剤を注入してある。それは、神経伝達物質の過剰な働きを打ち消してくれる。体内に解毒剤がなければ痙攣し、麻痺し、呼吸困難に陥る」

蜘蛛が片手で管理官のコートの襟首をつかみ、放り投げるようにイルマの傍へ引き倒した。甲高い悲鳴。

「こいつを、お前への手向けにしてやる」

両膝を突いた管理官の後頭部を、瓶で軽く小突き、

「俺はお前の魂が消えてゆく様を眺めていたい。意識を失うその瞬間を脳裏に刻みたい。ここで瓶を割れば、事態を混乱させたこの馬鹿者だけが先に死に、あの世でお前を出迎えるだろう。向こうで下僕として使うがいい。そしてまた神経剤が周囲に残る間は、誰も俺たちには近付けない。お前はこれから、死線を踏み越える。完全な死に届くまでには、まだ幾らかの距離があるかもしれないが、もう後戻りはできない。俺はせめて、お前が瞼を閉じるまでは見届けたい。神経剤は、そのための時間を用意してくれる……しかし」

雨を落とし続ける、黒紫の厚い雲を見上げ、

「運がないものだな。これほどの大雨になるとは。薬物が揮発すれば、範囲を相当広げられたのだが。多くの警察官を巻き込むこともできた。これでは、ごく狭い範囲でしか効き目がないだろう。だが、少なくとも一匹の蠅を殺すことくらいはできる。後は可能な限り、お前の死を観察するとしよう」

蜘蛛が硝子瓶を大きく振り被る。

「待て」

イルマは深呼吸して姿勢を整え、蜘蛛へ近寄ろうとする。

「ご免だね。こんな奴、お伴になんていらない」

「今さら命乞いか、イルマ……」

「どう見えるかは、知らないけど」

一歩進むだけで体が大きく揺らいだ。それでもブーツの踵で管理官の脚を蹴って、脇へ退《ど》くよう指示し、

「今大切なのは、お前と私の関係だけ。でしょ？　こんな奴、別に大事でも何でもない。よく考えてみなよ……」

黙り込む蜘蛛へ、

「その瓶を割る必要はないんだ。むしろそのまま持っている方が武器になる。私がくたばる姿を見たいんだろ？　納得いくまで見せてやるよ。でも私はしぶといからさ、今それを叩きつけたら、満足する前に全部雨で流されてしまうかも。逃げる時の切り札として、もっと大切に使うべきじゃないの……」

イルマは時間稼ぎをしている。遠巻きに囲む警察官たちの中から、無謀にも一人だけ蜘蛛の背後へ近付こうとする人間が、視界の先に存在した。

小路明雄。暴対の大男。相変わらず、後先を考えずに行動している。

──でも、今は彼に賭けるしかない。

目の中に入った雨を片手で払いながら、わずかに身を低め、忍び寄る小路がこちらへ頷いたのが分かった。意外に、この状況を正確に把握しているようにも見える。

沈黙した蜘蛛が、こちらを凝視し続けている。イルマの方から、

「どうせなら、さ」

さらに一歩、前に出る。左肩が痛み、カットソーに含まれた雨水が鉛《なまり》のように重い。

「今ここで、私を殺しなよ。そうすれば――全部が楽になる」

イルマは瞼を閉じる。自分の言葉の何かが間違っている気もしたが、もうほとんど頭が働かない。

――きっと私は、カオルにも晃にも許してもらえないだろう。

瞼を開け、歩みを再開させる。雨滴のせいで、蜘蛛のファンデーションが崩れ始め、わずかに髑髏の刺青が透けて見える。

「……俺がお前の死を望んでいると思うか、イルマ」

蜘蛛が、接近するイルマへかぶりを振った。

「これは契約の履行だ。避けることができないなら……俺はお前の魂を感じたい」

イルマは俯いて蜘蛛の懐に入り、小声で囁く。

「……知るか。変態野郎」

蜘蛛の体を肩で押すと軽くよろめき、その背後の小路にぶつかった。硝子瓶と蜘蛛の襟を後ろから素早くつかんだ小路へ、イルマは体内の気力を全て振り絞り、叫ぶ。

「瓶を私に叩きつけろっ」

S

蜘蛛の握力は予想外に強く、その手から瓶は離れなかった。蜘蛛の腕ごとイルマへと振り下ろし、小路がその場からすぐに逃げることは可能かもしれない。だが。

「……見損なうなよ。俺はあんたの警護だぞ」

神経剤を大量に浴びて、イルマの体内の解毒剤が完全に中和できるものかどうか、分かったものではない。蜘蛛へ、

「調べたぞ、赤根均《アカネヒトシ》。それがお前の正体だ」

ここに着く直前に、車内で久保から知らされた情報だった。刑事課長は被疑者の隠れ家から離れるのをためらう様子だったが、見上の乗る警察車両が蜘蛛に奪われた可能性が高いこと、そうであるなら無線を聞きイルマの居場所へ向かうだろうという予想を話すと、最終的には移動を決意してくれた。そして小路も刑事課の覆面警察車両に同乗し、大使館前へと急行することになったのだ。

蜘蛛の力は緩まない。が、新たに生じた緊張がその腕を通り、小路に伝わってくる。

「お前は准看護師として大学病院に勤めていた。正体は薬剤師、と見立てた特捜本部は方向性を誤ったわけだ。病院で熊谷と出会ったな？　殺したのは、同年齢の優秀な医療従事

者に嫉妬したからか？」

「……陳腐な想定はやめろ」

憎悪を込めた、地の底から響くような声色。

「お前は俺たちのことを、少しも理解していない。熊谷と俺を結びつけたのは、地位でも学歴でもない、『孤独』だ。奴は俺の目の前でカフェインの錠剤をまとめて飲み下し、震えながら死んでいった。一之瀬の医療過誤を押しつけられ、真理に気付いたからだ。国家とは冷たい怪物の中で最も冷たい。それは冷ややかに嘘をつく——」

憤怒までも声に混ざり、

「周りを見るがいい。無邪気で無知な連中が、火を弄ぶ……この毒蠅たちが、俺や熊谷やイルマの血を欲しがっているのが分かるか？　だからこそ俺は、怒りで世界を救おうとしている。邪魔をする者は……不敬だよ。世界に対する不敬だ」

抵抗の激しさが増す。蜘蛛の、瓶を持たない方の手が防寒コートをまさぐっていることに小路は気付く。咄嗟にコートの襟から手を放し、その袖をつかんだ。

黒色の小型ナイフが握られている。

蜘蛛が背後の小路へ体重を掛けてきた。あえてその動きに逆らわず、小路は蜘蛛の体ごと歩道へ倒れる。顎を引き、自由の利かない両腕に代わり、肩で転倒の衝撃を吸収しようとする。完全にはうまくいかず、硬い痛みが電流のように走り、後頭部も打ちつけ、瓶と蜘蛛の指を握り締めた小路の手がアスファルトに叩きつけられた。

しかし、まだ割れてはいない。反射的に蜘蛛が硝子瓶を放したが、小路の肘も痺《しび》れ、指の力が抜ける。手から離れた瓶が、歩道の表面を流れる雨水とともに転がり、その先にはイルマがいた。

俯いたイルマがアスファルトに座り込んでいる。両手を背に回され、まるで処刑を待つ捕虜《ほりょ》のような姿勢だった。瓶がその膝に軽く当たるが、何の反応も見せなかった。

腹の底から怒りが湧き上がる。誰がイルマをこんな姿にした？　自分を犠牲にして民間人を救うことだけに全力を注いだ、一人の警察官を。小路は顔を背け、

「……俺も怒ってるさ。世間にも組織にも、てめえにもな」

蜘蛛へと意識を集中する。

「が、一番頭にくるのは自分自身の不甲斐《ふがい》なさだよ。ここで、挽回《ばんかい》させてもらうぞ」

刃物を持つ蜘蛛の手首から指を放し、すかさず腋の下から後頭部へ回して相手の肩を固定する。反対の手で襟をつかみ、渾身《こんしん》の力を込め、蜘蛛の首を締め上げた。蜘蛛は無茶苦茶に暴れ出し、駆け寄ろうとする警察官たちを蹴りつけ、自由な方の手で顔を背けた小路の襟首を裂き、もう一方の手に握られたナイフの刃先が眉尻を掠めた。

そして徐々に、蜘蛛の体から力が消えてゆく。左右の頸《けい》動脈を小路に締めつけられ、血流が止まり、酸素が脳に届いていない。ついに蜘蛛が意識を失い、刃物が歩道に落ちた。

小路は脱力した蜘蛛を抱え上げる警察官たちへ、すぐに手錠を掛けて徹底的な所持品検査——襟の裏や服の縫い目まで——を行なうよう指示した。立ち上がりながら、自分の眉尻と襟首の傷を指先で確かめる。血は流れているが、擦り傷だ。毒物を刃に塗っていた可能性を思いつき、思わず雨で顔を拭った。いや、俺のことよりも——

イルマがアスファルトに、俯せに倒れている。神経剤の入った硝子瓶は、及び腰の捜査員により運び去られようとしていた。手錠を掛けられた同僚をどう扱うか分からず手をこまねいている警察官たちへ、小路は、おい、と怒鳴り、

「救急車を呼べ。イルマは被疑者じゃない。早く手錠を取ってやれ」

どいてください、と警察官たちの間に割り込む姿があった。小型のペットボトルを持った宇野が片膝を突き、片手だけ手錠を外されたイルマの背を抱きかかえた。

耳元で呼びかけると、反応のない上司の頰を宇野が手のひらで何度も叩いた。周囲の警察官たちと同様、息を潜めてその様子を見守る小路は、イルマの瞼が微かに開くのを見た。

i

唇に押しつけられたペットボトルを何とか一口飲み下したイルマは、顔をしかめる。スポーツ飲料に、強い苦味が加えられている。

「解毒剤を混ぜてあります。味は悪いですが、我慢して」

いつの間にか、目の前に宇野がいる。蜘蛛は、と思い出し、すぐに小路が後ろから組みついた光景が蘇った。神経剤の瓶も、辺りから消えている。周囲では大勢の警察官が忙しく立ち働き、彼らの動きを目で追おうとすると、頭がくらくらしてしまう。改めて、部下に抱え起こされた自分の有り様を意識する。きまりが悪く、

「……なんかこういう時ならさ、口移しで飲ませてくれるものじゃないの」

「気道に入っては危険です。主任のペースで確実に一五〇ミリグラム分、全部を飲み干してください」

つまんない奴、とつぶやくが宇野は聞く耳を持たず、イルマに解毒剤を全て飲ませると、取り出したペンライトの光を向けてきた。眼球を観察しているらしく、眩しさに細めようとする瞼をこじ開け、

「発疹《ほっしん》や嘔吐や吐血《とけつ》は？」

「ない」

「本当ですか」

「……今さら、強がらないって」

宇野はライトを消し、俯いて大きな息をついた。しばらくしてから顔を上げ、

「……このまま警察病院に入院してもらいます。症状がなくても経過は診《み》るべきですし、

解毒剤のアセチルシステインも四時間ごとに投与する必要がありますから。それに、ひどく衰弱しています」

イルマは疲労の中から、思考が浮上するのを感じる。病院、という単語で思い出した。下から宇野の襟をつかみ、

「来るのが早すぎる」

晃は、と食ってかかろうとして、すぐ近くの歩道に自分の携帯端末が落ちていることに気がついた。そして今も、通話は繋がっている。身をよじって宇野の腕を逃れ、座り込んで端末を拾い上げた。音声が流れている。顔に近付け、恐る恐る、

「聞こえる……」

『……聞こえます』

一之瀬美幸の声が、

『先程、ステロイド剤と免疫抑制剤が投与されて……晃の容態は安定しています』

イルマは驚き、宇野の顔を見た。

「予め二人を林教大学病院へ運んでいましたから。主任が必ず代議士を説き伏せる、といい聞かせて」

そう説明する部下の顔にも疲労の色があり、

「病院では、当直の上級医へ事情を全て説明しました。その年配の外科医には心当たりが

あるようでしたから……代議士の了承を得次第、治療を開始することを約束して、病院を離れました。事務所でも病院でも一之瀬夫人は治療を頑なに拒み続けていて、その場で説得するのは無理だろう、と判断したこともあります。ですがここに着く前に、車内で外科医から連絡をもらいました。夫人が治療を決断した、と。彼女は、主任と代議士のやり取りをずっと聞いていたそうです」

イルマは両肩の力を抜く。一之瀬美幸へ、

「……それはきっと、正しい選択だよ」

全てを公開したのちの、彼女の苦労を思う。警察の長い聴取。報道による追及。世間からの厳しい非難。

「これから色々大変だとは思うけど。相談くらいは乗るからさ、直接連絡を寄越してくれたら……」

『大丈夫です。もう、決心しています』

澄んだ声色に聞こえ、

『ありがとうございました』

通話を切り、一之瀬美幸の礼の言葉で自分の全ての働きが報われたのを実感する。晃が元気な時に会ってみたかった、とも思うが、九歳の少年からすれば、それも押しつけがましい話でしかないだろう。事案の解決後に、晃にこだわる理由はない――カオルと晃は、別人なのだし。

今も大使館内には、秘書の持った傘の下に立つ一之瀬高守の姿があった。イルマは離れた場所で佇む代議士へ人差し指を突きつけ、犬歯を見せて微笑みかける。こちらの様子から何かを察したのだろう、相手は不安そうな面持ちになった。悪態をついてやろうとするが眩暈《めまい》がし、アスファルトに両手を突いた。宇野が肩を抱え、支えてくれた。

体内を安堵が巡っている。それとも、解毒剤の効果だろうか。座り込むイルマの目前に、片膝を突いた宇野がいる。雨の染み込んだ髪と背広の輪郭が、街灯の橙色を浴びて光っている。私は私の都合で動いただけなのに、と思う。彼にとっては、全然必要のない苦労だったはず。宇野へ、

「……大変だったな、相棒」

素直に礼をいうのが照れ臭く、

「でも……そこまでしなくても、よかったのに」

「主任は空の金星《ヴィーナス》ですから」

宇野は小さく首を振って、

「主任に何かあったら、僕が道に迷ってしまうので」

こいつ、よくそんな恥ずかしいことがいえるな、と思う。でも、悪い気分じゃない。片手だけに嵌められた手錠に気付き、その反対側の輪を宇野の手首に掛けてみる。何です

か、と眉をひそめて訊ねるものだから、

「……何となくだよ」

ようやく本物の笑みが、イルマの体内から湧き出てくる。

「いいじゃん、別に。何だって」

自分の手に掛かった手錠を、宇野は不思議そうに見詰めている。

S

刑事課長が、歩道まで出て来た大使館職員たちへ事情を説明している。

失神から醒《さ》め、引き立てられてゆく蜘蛛がイルマと宇野の様子を凝視していた。暗い瞳の中に怒りが見えたような気もしたが、いつまでもあの男の姿を眺めていたくはない。小路は目を逸らした。

地域課警察車両の、扉の開け放たれた後部座席に座る見上に傘を差した捜査員たちが集まり、即席の聴取が始まっている。傘の隙間から窺える見上の紅潮した顔からすると、彼の頭は今後の立場を少しでも有利にしようと、高速回転していることだろう。一時的にでも蜘蛛の人質となった事実により、むしろうまく彼自身の辻褄は合ったはずで、脅されていた、と証言さえすれば細かな矛盾も不問に付される可能性が高い。上手く立ち回れば、隠れ家の発見その他を自分の功績にして、マイナスよりプラスを多くできるかもしれない……どんな行ないであれ、これ以上誰かへの恨みをただ深めるよりは、ましというものだ。車の周囲を、手持ち無沙汰に右往左往する金森と藤井の姿があった。

靴の中まで、ずぶ濡れになっている。雨除けとなるものが大使館の建物以外は見当たらず、刑事課の車へ戻ろうと振り返った時、すぐ傍に管理官が立っているのを知った。管理官は頭上に傘を広げた部下を忌々《いまいま》しげに一瞥するが、その憎悪が本当は誰に向かっているのか察するのは簡単だ。管理官のコートの肩口には、雨滴《うてき》を受けてもなお、はっきりとブーツの靴底の模様が刻印されている。

「……イルマに助けられましたな」

小路はそのひと言を、どうしても抑えられなかった。管理官は、歩道の上で座り込んだまま向かい合うイルマと宇野を睨み据え、

「……あの女を懲戒免職に追い込めるだけの材料は、あります」

「だが、連続殺人の犯人は蜘蛛だ」

目を剝く管理官へ、

「そして奴を確保したのは、あんたの特捜本部に所属する俺です。手柄はあんたのものになるはずだ。ただし」

笑みの途中で強張った顔を見下ろし、

「この件に関して、イルマは相当貢献をしていますからね……あんたが、奴の後始末をするべきでしょうな。大使館だけじゃなく警察も含めて、イルマはきっとあちこちに迷惑をかけているはずです。代わりに謝罪して回る人間が必要かと。奴の功績も全て自分のものとするなら、ですが」

「……物覚えの悪い男だ」

　興奮しているのか、喉仏をしきりに動かし、

「君の今後を握っているのが誰であるか、今すぐに思い出すべきでは？」

「……思い出したのは」

　傘を持つ若手の捜査員が、二人のやりとりをはらはらと見守っている。小路はコートの上から煙草を探すが、雨の中にいるのを思い出す。

「こう見えて、働き者が好きだってことです。罠を張ってほくそ笑んでいる奴より、獣みたいに走り回る警察官の方が」

「……後悔するぞ」

　声が震えているのは、怒りのためらしい。

「私に逆らったことを。覚悟しておくんだな」

「ご自由に」

　この痩身の男には、もう怖れも感じない。

「どうせ俺も怠惰《たいだ》な警察官ですから。辞めて欲しいなら、いつでも伝えてください」

そういい置いて、小路は刑事課の警察車両へと歩き出す。管理官ももう、何も言葉をかけてはこなかった。施錠がされていないことを確かめ、肩と髪の水滴を払い、小路は後部座席に滑り込む。扉を閉める前に視界に入ったのは、他の車両へ向かうイルマと、それを支える宇野の姿だった。どういうわけか二人は手錠で結ばれており、そしてイルマは時折ふらつきながらも、なぜか上機嫌に見える。

小路は扉を閉めた。

車内で電子煙草を吹かしていると、窓硝子を外から叩く者がいる。刑事課長が覗き込んでおり、喫煙を怒られるかと思ったが、窓を下ろした小路へ、

「際どいやり方だったな」

何かを車内へ差し入れ、

「だが、確保はお手柄だ。図体がでかいだけかと思っていたがね、大した警察官だ」

どうも、と答える小路が受け取ったのは、宇野に預けていた携帯端末だった。

「お返しします、とさ。礼をいっていたよ」

端末を指差し、

「それに、一度だけ娘さんから連絡があった、と」

「……そうですか」

「後でかけ直すよう伝える、と返答したそうだ」

一瞬言葉に詰まった後、了解です、と答えた。刑事課長が現場捜査に戻り、車内で一人雨音を聞く小路は、この煙草を吸い終わったら、と考える。俺も捜査を手伝いに、もう一度外へ出るべきかもしれない。

電話はその後で、と決めた。

※参考文献
『ツァラトゥストラかく語りき』
フリードリヒ・W・ニーチェ／佐々木中訳／河出書房新社

（この作品は、『小説NON』（小社刊）二〇一八年三月号から二〇一八年八月号に連載され、著者が刊行に際し加筆・修正したものです。また本書はフィクションであり、登場する人物、および団体名は、実在するものといっさい関係ありません）

捜査一課殺人班イルマ　オーバードライヴ

一〇〇字書評

切り取り線

購買動機（新聞、雑誌名を記入するか、あるいは○をつけてください）	
□（　　　　　　　　　　　　）の広告を見て	
□（　　　　　　　　　　　　）の書評を見て	
□ 知人のすすめで	□ タイトルに惹かれて
□ カバーが良かったから	□ 内容が面白そうだから
□ 好きな作家だから	□ 好きな分野の本だから

・最近、最も感銘を受けた作品名をお書き下さい

・あなたのお好きな作家名をお書き下さい

・その他、ご要望がありましたらお書き下さい

住所	〒				
氏名		職業		年齢	
Eメール	※携帯には配信できません		新刊情報等のメール配信を 希望する・しない		

この本の感想を、編集部までお寄せいただけたらありがたく存じます。今後の企画の参考にさせていただきます。Eメールでも結構です。

いただいた「一〇〇字書評」は、新聞・雑誌等に紹介させていただくことがあります。その場合はお礼として特製図書カードを差し上げます。

前ページの原稿用紙に書評をお書きの上、切り取り、左記までお送り下さい。宛先の住所は不要です。

なお、ご記入いただいたお名前、ご住所等は、書評紹介の事前了解、謝礼のお届けのためだけに利用し、そのほかの目的のために利用することはありません。

〒一〇一－八七〇一
祥伝社文庫編集長　坂口芳和
電話　〇三（三二六五）二〇八〇

祥伝社ホームページの「ブックレビュー」からも、書き込めます。

http://www.shodensha.co.jp/bookreview/

祥伝社文庫

捜査《そうさ》一課《いっか》殺人班《さつじんはん》イルマ　オーバードライヴ

令和 元 年 6 月 20 日　初版第 1 刷発行

著　者　結城《ゆうき》充考《みつたか》
発行者　辻　浩明
発行所　祥伝社《しょうでんしゃ》
東京都千代田区神田神保町 3-3
〒 101-8701
電話　03（3265）2081（販売部）
電話　03（3265）2080（編集部）
電話　03（3265）3622（業務部）
http://www.shodensha.co.jp/

印刷所　堀内印刷
製本所　ナショナル製本
カバーフォーマットデザイン　芥 陽子

Printed in Japan ©2019, Mitsutaka Yuki　ISBN978-4-396-34536-5 C0193

祥伝社文庫の好評既刊

結城充考
捜査一課殺人班
狼のようなイルマ
暴走女刑事・入間祐希、誕生――!!
検挙率No.1女刑事、異形の殺し屋と黒社会の刺客との死闘が始まる。

結城充考
捜査一課殺人班イルマ
ファイアスターター
嵐の夜、海上プラットフォームで起きた連続爆殺事件。暴走女刑事・イルマ、嗤う爆弾魔を捕えよ!

結城充考
捜査一課殺人班イルマ
エクスプロード
元傭兵の立て籠もりと爆殺事件を繋ぐものとは? 復讐の破壊者が企む世界破滅計画を阻止せよ――!

伊坂幸太郎
陽気なギャングが地球を回す
史上最強の天才強盗四人組大奮戦! 映画化され話題を呼んだロマンチック・エンターテインメント。

伊坂幸太郎
陽気なギャングの日常と襲撃
華麗な銀行襲撃の裏に、なぜか「社長令嬢誘拐」が連鎖――天才強盗四人組が巻き込まれた四つの奇妙な事件。

石持浅海
扉は閉ざされたまま
完璧な犯行のはずだった。それなのに彼女は――。開かない扉を前に、息詰まる頭脳戦が始まった……。

祥伝社文庫の好評既刊

石持浅海

君の望む死に方

「再読してなお面白い、一級品のミステリー」——作家・大倉崇裕《おおくらたかひろ》氏に最高の称号を贈られた傑作！

石持浅海

彼女が追ってくる

かつての親友を殺した夏子《なつこ》。証拠隠滅は完璧。だが碓氷優佳《うすいゆか》は、死者が残したメッセージを見逃さなかった。

石持浅海

わたしたちが少女と呼ばれていた頃

教室は秘密と謎だらけ。少女と大人の間を揺れ動きながら成長していく。名探偵碓氷優佳の原点を描く学園ミステリー。

一田和樹

サイバー戦争の犬たち

裏稼業を営む尚樹《なおき》。ある朝、何者かによってハッカーに仕立てられていた！焦った尚樹は反撃に乗り出すが……。

浦賀和宏

緋《あか》い猫

殺人犯と疑われ、失踪した恋人を追って彼の故郷を訪ねた洋子《ようこ》。そこにはあまりにも残酷で、衝撃の結末が……。

河合莞爾

デビル・イン・ヘブン

カジノを管轄下に置く聖洲《きよす》署に異動になった刑事・諏訪《すわ》。カジノの闇に踏み込んだ時、巨大な敵が牙を剝く！

祥伝社文庫の好評既刊

深町秋生

PO《プロテクションオフィサー》 警視庁組対《そたい》三課・片桐美波《かたぎりみなみ》

連続強盗殺傷事件発生、暴力団関係者が死亡した。POの美波は一命を取りとめた布施《ふせ》の警護にあたるが……。

福田和代

サイバー・コマンドー

ネットワークを介したあらゆるテロに対処するため設置された〈サイバー防衛隊〉。プロをも唸らせた本物の迫力！

矢月秀作

D1 警視庁暗殺部

法で裁けぬ悪人抹殺を目的に、警視庁が極秘に設立した〈暗殺部〉。精鋭を擁する闇の処刑部隊、始動!!

矢月秀作

警視庁暗殺部 **D1 海上掃討《そうとう》作戦**

遠州灘沖に漂う男を、D1メンバーが救助。海の利権を巡る激しい攻防が発覚した時、更なる惨事が！

矢月秀作

人間洗浄（上） D1警視庁暗殺部

国際的労働機関の闇を巡る実態調査は危険過ぎる。しかし、日本でも優秀な技術者が失踪して――。どうするD1？

柚月裕子

パレートの誤算

ベテランケースワーカーの山川《やまかわ》が殺された。被害者の素顔と不正受給の疑惑に、新人職員・牧野聡美《まきのさとみ》が迫る！